津子围文学年谱

Jin Ziwei Literature Chronology

王雨晴 著

北方联合出版传媒（集团）股份有限公司
万卷出版有限责任公司

图书在版编目（CIP）数据

津子围文学年谱 / 王雨晴著. — 沈阳 : 万卷出版有限责任公司，2023.6

ISBN 978-7-5470-5966-1

Ⅰ. ①津… Ⅱ. ①王… Ⅲ. ①津子围—文学研究—年谱 Ⅳ.①I206.7

中国版本图书馆CIP数据核字（2022）第068824号

出 品 人：王维良
出版发行：北方联合出版传媒（集团）股份有限公司
万卷出版有限责任公司
（地址：沈阳市和平区十一纬路29号　邮编：110003）
印 刷 者：辽宁新华印务有限公司
经 销 者：全国新华书店
幅面尺寸：155mm×230mm
字　　数：290千字
印　　张：21
出版时间：2023年6月第1版
印刷时间：2023年6月第1次印刷
责任编辑：齐丽丽
责任校对：佟可竟
装帧设计：张　莹
ISBN 978-7-5470-5966-1
定　　价：88.00元
联系电话：024-23284090
传　　真：024-23284448

文学年谱：
在时间的河流里照亮人生

作家年谱是文学研究的重要基石，这在古代文学、现代文学中早已形成共识，并有很多学者付诸行动编写年谱。而对于当代文学来说，学者可能比较注重批评，更感觉时间太近不易编写年谱，致使作家年谱在很长一段时间内被忽视或者说被漠视。近些年，随着当代文学史料的整理与研究逐渐得到关注，当下的作家年谱也不断问世。尤其是《东吴学术》推出作家年谱专栏、复旦大学出版社出版作家年谱系列，为当代文学研究与文学史书写提供了强有力的史料支撑，当代作家年谱编写的优势和重要性得以被深刻认识。

确实，同时代人做年谱，在访谈作家、确证细节、获取第一手资料等方面有着不可替代的优势。在当代文学史教学的过程中，为了更多地了解作家，更好地理解作家，我们也常常翻阅年谱，多多参照年谱。作家年谱的重要性已然沉淀于心，甚至在某些相对日常的交流中我也流露出对年谱的“偏爱”。可正是非正式地说出自己的这一想法，却被雨晴“抓住”，她说她要做津子围年谱，是为了弥补硕士学位论文《津子围小说创作论》缺少作家访谈的遗憾，她要写一部有生命温度的，关于一个人的文学史。

当雨晴说她要准备做年谱时，其实挺让人担心，倒不是担心她的能力，而是担心她的精力。因为她每天到出版社上班，还准备考博士，我不知道她怎么有时间把这三件事做好。后来知道，她在单位附近租了公寓，减少睡眠，真是把节省下来的通勤时间和部分睡眠时间都用在了学习、工作和研究上。

为了把年谱做好，雨晴阅读了25部出版社出版的津子围作品，及其200多篇发表在报刊上的作品，共计600多万字，以及能够查到的、搜集到的所有涉及津子围的评论文章和书籍，研读10多部文学年谱写法，与谱主无数次交流……雨晴下了很大功夫。固然搜集材料难，阅读整理需要时间，但所有这些也还只是最初的铺垫，具体到写作当中还有更大的困难，而这些有可能是雨晴最初准备做年谱时所没有想到的。当初可能以为有材料就好了，其实更大的难题在于如何择取、运用和编排这些资料。我一直没主动问雨晴年谱进展到何种程度，因为编年谱需要投入很多。半年后她把《津子围文学年谱》初稿发给我的那一刻，我着实大吃一惊。尽管她做硕士学位论文时已有一些资料，但能够在这么短的时间内完成年谱初稿，如此高效，确实超乎我的想象。雨晴知道初稿的不足，她广泛征求老师们的意见和建议，又用9个月的时间反复修改。尽自己最大的努力完成，这是雨晴的定力。

读罢年谱，一句话涌然于胸——文学年谱，在时间的河流里照亮人生。我把这句话告诉雨晴。津子围是一位特别有时间意识的作家，这不仅体现在他作品中对“时间”的格外关注，认为“写作是抖落时间的羽毛”，善于处理故事时间与叙事时间的关系；而且他在《在时间的“河流”里》一文中，特别强调“时间是小说最严厉也是最公正的评判者”，表明其严谨的创作姿态与对经典性的不懈追求。就是在生活里，他也是个时间管理“专家”。时间的考验，是普适性的。“在时间的河流里照亮人生”，确实是我阅读年谱的最初感受，不仅是照亮谱主的人生，照亮研究者（包括我）相关的研究之路，照亮作家津子围审读自己的人生，当然还包括照亮雨晴作为编者的人生（雨晴可能对这一点体味更深）。

年谱照亮谱主的一生，在时间的河流里，我们能看到一个作家的成长史。从1983年4月发表的第一篇作品——短篇小说《棋迷》、1994年创作转向关注语言问题，到2021年产生广泛影响的长篇小说《十月的土地》和话剧《北上》，再到2022年正在筹划写作的巨制《辽河传》，从牡丹江、大连到沈阳，集作家、学者、官员三种身份于一身，年谱呈现出了丰富饱满的谱主形象——对文学的敬畏与虔诚，对人的豁达与真诚，做事的勤奋与韧性。谱主的写作史、阅读史、交游史，同时也是他的生命史与精神史，年谱为我们提供了破解津子围何以成为津子围的密码。阅读年谱，我们会惊诧于谱主的成就与他的时间管理，“他如何巧妙地利用时间，让朋友们嫉妒”。津子围是出了名的勤奋，他的勤奋在孟繁华老师、秦朝晖老师的文中谈到过，也听马晓丽老师说起过，这次年谱实实在在地让我们看到勤奋与韧性在他身上所蓄积的力量。

在时间的河流里，年谱是相关研究者无法越过的最重要的资料之一，它为后来的研究者照亮研究之路。编写年谱，需要搜集大量的史料。同时，年谱也在创造史料、生产史料，它将为后来的研究者提供史料。研究者可以从年谱的线索中追根溯源，回到历史现场，微观探赜和宏观审视，拓展和深化关于作家的研究。更重要的是，一个作家的年谱，它也留有时代的印痕。通过年谱，我们可以看出一代中国知识分子的文学道路与精神追求。

雨晴编写年谱有压力，我阅读年谱也有压力。我认真阅读每一个字，生怕落下一个字就丢掉最重要的东西，从而错过谱主文学经历中的华彩篇章，也担心漏掉雨晴每一份切实努力所留下的点点滴滴。有了这个压力，阅读变得很有期待。阅读年谱，时刻感觉不断地与我的文学史相遇，也不断刷新我的阅读体验，进一步巩固对谱主文学史地位的认识。去年重读杨匡汉、孟繁华主编的《共和国文学50年》发现书中有关于津子围城市书写方面的论述。这本1999年出版的文学史，我多年之前读过，但因为那时和津子围并不熟悉，也并没有在意。这次重读有了这一发现，顿时觉得作家是切切实实地在文学史中，在等待着我们去发现，或者等待着我们去记录。从中启示我们，拓展视野，深挖资料，就会有意外的收获。

在阅读年谱之前，津子围在我的阅读视野中还处于“拼图”一般的存在，有很多地方是空白；而在阅读年谱之后，这张“拼图”越来越趋于完整。作家、学者与官员，通过他的作品，我仅相对了解作为作家的津子围；而对于作为学者和官员的他，却不甚了解。尽管在年谱中，雨晴重点突出了文学方面，但我还是从只言片语和叙述缝隙中勾勒出谱主三位一体的形象。这在某种程度上帮助我们了解谱主的人生经历与文学创作的互动性关系以及互为性存在。

随着阅读的展开与深入，年谱越来越照亮了我认知的暗处。在文学方面，以前我只知道写短篇、写中篇、写长篇的津子围，这一次我还了解了作为小小说领跑者的津子围。他做过刑警、政务秘书等，每一次经历都成为他创作的源泉，生活中的人物艺术地进入到了他的小说世界之中。23岁那年的事故让他对生命、对时间有了更加深刻的理解，看到这里，我豁然开朗，年谱帮我解开了《十月的土地》中的时间之谜——为什么有专家建议他小说题目去掉“十月”，而他却执着于“十月”？“时间”刻在他的生命里，永远无法挥去，正因此才有小说里被困在时间里的土地和灵魂。以前我只看到2021年的《十月的土地》，这一次了解到还有1999年送到人民文学出版社但书稿最后丢失却为《十月的土地》做“预演”和“排练”的《草尖无风》，以及2000年为《十月的土地》的拓展性书写做铺垫的《裂纹虎牙》，让我们看到在时间的河流里追求经典性的作品是怎样一点一点“炼成”的！他为了爱而到大连，开启美好的人生征程。在一系列坚持不懈的精心阅读中与古今中外经典对话，在不同时期彼此坦诚的知心交游里与文友共筑文坛佳话。年谱中的作家形象越来越立体，创作路径越来越清晰。

年谱的意义，不仅仅是对于读者、研究者而言，对于谱主来讲，也是一次照亮。作为谱主的作家，他阅读年谱像是看自己，又像是看别人，虽然是自己走过的道路，但是如此集中地、密集地把自己的人生和创作凝结在同一文本中一起展示出来，还是具有熟悉的陌生化与陌生化的熟悉。也可以说，文学年谱帮助作家检视自己的文学之路，为作家比照不同时期文本、总结创作经验提供最具体、最翔实的范本。也许，谱主以前都是在一本本刊物和著作的实像中看自己，或在脑海中回望过去的自己，而现在是在文本之中完完整整、真真切切地观照自己、审读自己。这不仅是一次照亮自己的原来和本来，它也是在照亮自己的未来。这是当下作家年谱编写最重要的意义之一。

雨晴可能更深切地体会到，编写年谱如何在时间的河流里照亮自己的人生。通过写作年谱，她好像走入了一个新的世界，不仅是进入研究世界，而且发现了研究的兴趣和乐趣。

可以想象，2021年秋开始编年谱，对于硕士刚毕业的雨晴来说是一个多么大的挑战。虽然她做硕士论文时已经对津子围有些了解，但综合起来说，编年谱的难度要高于她写一篇硕士学位论文（当然写硕士学位论文也并不是件容易的事儿）。梁启超在《中国历史研究法补编》中说，年谱的重要工作“全在搜罗的丰富，去取的精严，叙述的翔实”。雨晴遇到的难题是材料的足与不足以及相关材料的选取与运用。搜集1990年代之前的资料有难度，2000年之后关涉津子围的评论有百余篇，如何把这些材料有效地、不重复地运用于年谱之中，这需要阅读所有的文章，进行选择和比对，而且对其中的观点进行详细的梳理、辨析与凝练。编年谱“不但须注意多少详略的调剂，而且须注意大小轻重的叙述。总期恰乎其当，使读者不嫌繁赘又无遗憾，那就好了”。雨晴在年谱的每一年份，首先辑录谱主发表、出版的作品篇目，使读者对谱主这一年的文学活动一目了然，然后充分展开，进入那一年的具体谱系之中，并做到重点突出。她比较好地处理了以下三个方面的关系：

一是对谱主文学创作、个人生活经历、工作经历的取舍，即涉及作家、学者、官员三种身份的比重权衡。文学年谱，重点在文学方面，大量笔墨在于文学。但仅有文学的封闭空间，又很难解释诸多文学作品的内在构成与创作生成。因而雨晴在写作时有意识地拓展空间，注意详略的适宜调剂，讲究大小轻重的叙述策略，关于生活先繁后简，关于学术稍有涉及，关于工作点到即止。

二是文学作品与谱主生活经历的真实性关系。少年时代的材料，比较难以搜集，但谱主的长篇小说《童年书》有很多自己童年生活的影子。而以多大程度参考、怎样参考《童年书》就成为一个问题。雨晴通过和谱主交流，一方面从《童年书》中辨析、提取相关真实资料，另一方面把访谈中的内容加入童年叙述之中，努力做到合二为一。

三是作品内容与文学评论之间的关系。作为平叙体年谱而非考证式年谱，雨晴尽量采用客观性叙述，较少主观倾向性的流露，但在风格明显转变处或产生重要影响时会加入自己的判断。年谱以作品发表时间为线索，关于这部作品的文学评论有效分布在作品发表的时间点和评论发表的年份，可以说前者是对这部作品“初评”，不以评论发表的时间为序，而以不同的观测点“布阵”，呈现出作品在批评家那里的“众生相”；后者是对这部作品的“再评”，以论文发表的时间为序，分散在不同的年份，展示不同时期对同一作品的评价，历时性观照对这部作品批评的变化，展现这部作品的影响力。这涉及有的评论文章被使用两次，但在“初评”与“再评”中，选取这篇论文的内容会各有侧重。作品与评论合力合围结构谱主文学创作的风格特点与文学史定位。

梁启超说，做年谱是最好的训练自己做史的本领。的确，通过编写年谱，雨晴搜集史料、精炼史料、运用史料，摸到了一些门路，为后来的研究者提供了比较丰富的史料。雨晴作为年谱的编者，理解历史，参与历史。历史学家何兆武在《历史理性批判论集》中说：“人对于历史也有两重性，即他既是理解历史的人，也是创造历史的人。作为理解历史的人，他就是一个旁观者；作为创造历史的人，他就是一个参与者。而我们要理解历史，就要求我们参与创造历史。只把历史当作单纯的现象，是无法真正理解历史的：真正理解历史同时就有赖于我们自身（作为历史现象的本体）投身于历史活动。”编写年谱，雨晴的历史意识逐渐自觉，这一点不仅仅存在于年谱的编写中，而且在她最近所写的论文中也都得到充分体现。

硕士毕业的去年和攻读博士的今年，一年多的时间里，一个人的变化究竟能有多大？一般我们说变化很大，好像是一个难以落地的虚指，而从雨晴这一年的变化来看，我作为导师是实实在在地感觉到了这种变化。雨晴在一次关于年谱写作经验的课前分享中说：“从读硕士到读博士，是学历层次的进步，但是更重要的，是从学生心态到研究者心态的变化。过去，由于学力薄弱，缺乏理论和文学史的积累，我仅仅把自己看到的当作全世界。然而，随着知识的丰富，我渐渐能够辩证地看待某一个观点，无论是作家言说的，还是我本人产生的观点。任何观点都要经过正反两面的推敲，都要经过理论的证实，都要放置于文学史经验的链条上加以阐释，绝不能是自说自话、断章取义。更进一步，我认为，发现问题是学术研究的核心，过去上课老师总说要有问题思维，我当时不能理解，如今我通过经验切实地理解到，没有提出问题的论文或研究，似乎无法体现研究者本人的创新，也就很难成为真正的研究者。”如梁启超所言，做年谱不是很容易的事情，“可以修养做学问的性情”，“用来训练做历史的方法”，显然雨晴在这两方面都有收获。

不仅如此，做年谱的意义和价值也在时间的河流里能够看得更加久远。雨晴从年谱出发，从谱主身上看到文学的气质与文学的执着，那深深刻在时间河流里的生命印记带给她的不仅仅有那一份文学上的感动与获益，更有生命绽放的光华激起内在的力量与执着的追求，可以在“不知不觉”中“发扬志气，向上努力”（对于读者又何尝不是如此），把“精细、灵敏、忍耐、勇敢”等诸美德齐归于一身。因而，有一些收获是在即刻显现的，更有一些效应会在未来的岁月中慢慢浮出，终生受用。

写年谱，雨晴得到很多人的帮助，一个青年学子在各方提供的有利条件下，不负众望，用自己的实绩证明了学术研究和人生追求的“聪明”与“笨拙”。她努力打开年谱的空间，于辽宁、东北、中国、世界之视域，审视一个作家的成长。年谱的编写空间有效开放——生活、创作、工作，注重谱主交游和共时性考量，可以帮助读者洞悉津子围何以成为津子围的多层次原因。

雨晴的严谨写在字里行间，她时刻告诫自己，要做就尽自己最大的努力做好。完成年谱，我似乎看到雨晴凝望天上的彩虹，激动之后亦趋于平静，默默地和自己说，这还只是一个开始。是的，我们相信，这是一个很好的开始，当然，我们对雨晴的未来更充满期待。

吴玉杰

2022年10月29日

目　录

contents

1　文学年谱：在时间的河流里照亮人生　吴玉杰

001　一九六二年——一九六五年　一岁—三岁
004　一九六六年——一九六八年　四岁—六岁
007　一九六九年——一九七〇年　七岁—八岁
011　一九七一年——一九七四年　九岁—十二岁
017　一九七五年——一九七六年　十三岁—十四岁
022　一九七七年——一九七九年　十五岁—十七岁
027　一九八〇年　十八岁
030　一九八一年——一九八二年　十九岁—二十岁
034　一九八三年　二十一岁
038　一九八四年　二十二岁
041　一九八五年　二十三岁
046　一九八六年　二十四岁
050　一九八七年　二十五岁
054　一九八八年　二十六岁
058　一九八九年　二十七岁

062	一九九〇年	二十八岁
065	一九九一年	二十九岁
070	一九九二年	三十岁
073	一九九三年	三十一岁
076	一九九四年	三十二岁
079	一九九五年	三十三岁
084	一九九六年	三十四岁
086	一九九七年	三十五岁
090	一九九八年	三十六岁
093	一九九九年	三十七岁
098	二〇〇〇年	三十八岁
113	二〇〇一年	三十九岁
118	二〇〇二年	四十岁
127	二〇〇三年	四十一岁
136	二〇〇四年	四十二岁
149	二〇〇五年	四十三岁
156	二〇〇六年	四十四岁
163	二〇〇七年	四十五岁
168	二〇〇八年	四十六岁

173	二〇〇九年	四十七岁
179	二〇一〇年	四十八岁
187	二〇一一年	四十九岁
196	二〇一二年	五十岁
201	二〇一三年	五十一岁
215	二〇一四年	五十二岁
222	二〇一五年	五十三岁
226	二〇一六年	五十四岁
229	二〇一七年	五十五岁
240	二〇一八年	五十六岁
247	二〇一九年	五十七岁
256	二〇二〇年	五十八岁
260	二〇二一年	五十九岁
280	二〇二二年	六十岁

297 主要参考文献

316 后记

一九六二年—一九六五年

一岁—三岁

八月十五日，农历七月十五，津子围出生在黑龙江省牡丹江市柴河林业局。他曾说没有过生日的习惯，甚至常常忘记自己的生日，每当看到大街上有人烧纸，他才想起自己的生日。农历七月十五是传统的“中元节”，俗称“鬼节”。后来津子围查阅万年历，那年的农历七月十五是阳历八月十四日，国家建立身份证制度后，身份证上是阳历八月十五日。

津子围本名张连波，祖籍山东蓬莱，父亲张永富在辽宁宽甸出生，后在黑龙江林区参加工作，曾做林业工人三个月，由于有高小文化而从事检尺、材料统计等工作。母亲丛桂兰家也是从山东迁徙至辽宁，再到黑龙江，祖辈属于20世纪初到黑土地垦殖的“坐地户”，由于时代风云变幻，土地失而复得又得而复失，土改时被定为“下中农”，丛桂兰当时在林区后勤部门工作。

牡丹江市地处黑龙江东南部，是一座安静的小城市。他这样评价他生活的城市：

> 小时候我生活在中国版图的边缘，那个地方的名字也鲜为人知，不过我相信，每一个生命都是伟大的，不管他在什么地方，在世界的任何一个角落里。[①]
>
> 我出生于1962年，那一年是三年自然灾害的最后一年，先天营养不足。物质是一方面，而精神的缺失来得更加严酷。很多年里，除了我生活的窄小环境里，我并不认为这个世界和我有着多么密切的联系。那一段时间，我查阅了1962年的大事记，我惊异地发现，其实无论在哪里，我们都不能说跟这个世界无关。在那之前，实行全国性下放。“六二压”——全国六千万职工有两千万下放农村。本来对婚姻毫

① 津子围：《童年书》，北京：中国青年出版社，2011年版。

无准备的母亲为了避免被下放，匆忙和我父亲结婚，于是，我有机会来到这个世界上。”①

津子围出生时母亲21岁，父亲24岁。

津子围出生之后，爷爷张殿福从里城（旧时对辽宁省的称谓，黑龙江省被称为边外）宽甸来到柴河林业局，一家四口人共同生活。津子围是家中的第一个孩子，而他的父亲和母亲却都是家中最小的孩子。父亲有一个哥哥两个姐姐，母亲有两个哥哥三个姐姐。津子围曾坦言，上一辈人中对他产生深刻影响的是爷爷和姥姥。爷爷吃苦耐劳、待人诚恳宽厚；姥姥是个小脚的矮个子老太太，皮肤白皙，善良而精干。

后来，津子围又多了三个妹妹，大妹张连香、二妹张连杰、小妹张连萍。很多年里，父母亲靠着不足百元的工资收入支撑一个七口之家，生活之艰辛可以想象。

中年后的一天，突然觉得自己的童年越来越远离了，很多记忆变得模糊、碎片化甚至不可思议了，如同冰封下的图景。后来整理那一段记忆，把二十世纪那一个遥远林区、一群孩子成长的生活放在当下思考和当下价值过滤的原点，去点击和刷新，我才知道，“快乐的童年”在个体生命体验里并不是事实。我能做的也许仅仅在于忠实地记录和付出我最大的真诚。《童年书》里发生的故事与大的事件距离那么遥远，它只是那个时空里极其细微和渺小的，是整个世界大背景里雄伟和荒谬组合中被忽视的另一部分。②

① 津子围：《人要从梦中醒来看自己的梦》，《长篇小说选刊》，2012年第2期。
② 津子围：《人要从梦中醒来看自己的梦》，《长篇小说选刊》，2012年第2期。

一九六六年——一九六八年

四岁—六岁

这年，“文化大革命”开始了，尽管地处边陲，如同红色血液流淌到毛细血管，津子围生活的林区也一样红旗飘舞、歌声嘹亮。听母亲讲，父亲属于逍遥派，不过他是个表现积极的逍遥派，一有运动他就跟着敲锣打鼓，据说敲鼓需要技术含量，并不是谁都可以有节奏地敲出鼓点，父亲就占位了鼓手的角色。

在津子围朦胧的记忆里，比较突出的是房间里的装饰，正堂挂着《毛主席去安源》的画像，旁边是一副对联：天连五岭银锄落，地动三河铁臂摇。画像和对联都镶嵌在玻璃框里，里面还挂了灯泡。晚上关闭棚顶灯，点亮画像，画像仿佛有了动感。还有就是摆在地柜上的领袖雕像，白瓷的，脖子上围一块红丝绸。

> 如果把人生比喻成一本书，那么他的全部手稿要在童年中去选；如果把人生比成一首钢琴曲，那么它的全部的键子也是在童年这个时候按起……①

据津子围母亲的讲述，津子围儿时对雕像十分好奇，总是想方设法去拿雕像，有一次居然学会了爬高，被父亲发现打了屁股，那应该是他人生第一次挨揍。

那段日子里，津子围的父亲和母亲为生活增添了一抹亮色——一把胡琴。父亲下班后就拉上几段，虽然父亲不懂乐理，连简谱都不认识，可只要他会哼哼的曲子，就可以用胡琴拉出来。母亲不懂音乐，却画得一手好画，那些画都是民间工艺类的。

“不朽的暗示来自童年。”正如华兹华斯所言，童年不仅对作家的文学创作产生举足轻重的影响，而且作为牵引着已逝时光与生命的精神丝缕，童年经验往往成为作家诗性回眸中对社会对人生的回忆、

① 高海涛：《一群中国孩子被定格在那里——津子围〈童年书〉英文版的意义》，《小说评论》，2011年第12期。

想象、思考以及感悟的重要载体。[①]童年的记忆是植入型，潜移默化、润物无声。在日后文学创作中，很多小说都涉及那一段历史，不过，津子围没有人云亦云，他还原了一个客观的背景，冷静客观地坚守自己的判断。

对于津子围后来以童年为创作灵感的长篇小说《童年书》，李云雷认为：

> 《童年书》的叙事方式是比较冷静和客观的，他就是把这个事情呈现出来。所以他可以接受的这种角度会更多，范围会更大，我觉得这也是我们正面面对“文革”叙述的一种方式，真正正面的，应当是把它当成一个类似学术对象来研究的，客观化来呈现，可能会是我们今后面临的一个思考的方向。[②]

王玉春也认为，《童年书》表现出十分质朴而可贵的品质，它以“文化大革命”为背景但并没有着意渲染“文化大革命”的罪与罚，没有铺陈契合大众审美趣味与宣泄需求的灾难故事，也没有概念化的说教和对主题进行有意识的提炼与拔高。[③]

① 王玉春：《时空回眸中的陌生、混沌与内敛》，《海燕》，2013年第1期。
② 李云雷：《回到童年更能重新开始——评〈童年书〉》，《文艺界》，2011年第12期。
③ 王玉春：《时空回眸中的陌生、混沌与内敛》，《海燕》，2013年第1期。

一九六九年——一九七〇年

七岁—八岁

那年秋天，津子围进入柴河林业局江西小学，那是“学制要缩短、教育要革命”的时代，小学教育的重点并没有放在传授知识上。一天下午放学，他兴冲冲跑回家，拉住正在缝纫机前干活的母亲的胳膊，对母亲说，老师说“毛泽东思想路线”这个“线”字，也是“针线”的“线”。母亲说：“对，你给我写一遍。”当时，他写了错字。母亲纠正他，写了个繁体的“线”字。“不对，”他提出质疑，“老师写的‘线’跟你写的线不一样。”不过那之后，他很快就学会了两个“线”字。当年的课本里有关于天气的农谚，比如“燕子低飞蛇过道，大雨不久就来到”什么的，都激发起他浓厚的兴趣，由此展开了丰富的想象力。总体上，那时的文化生活是贫乏的，男孩子更多的是在泥里水里满世界撒野。

李师东分析那个年代：

> 最好的文化生活就是看小人书和电影，电影就那么几部，小人书也就那么几本，这就是60年代出生的人的精神生活。①

那一年，家里的生活压力越来越大，父母的关系也越来越差。他在散文《做客的父亲》里写道：

> 在母亲的世界里，父亲既是她的假想敌也是她真正的斗争对象。几十年来，她投放了几乎所有的情感、智慧和精力跟父亲对决，嬉笑怒骂，恩恩怨怨，旷日持久的战争一直持续到父亲去世……小时候，母亲时不时跟我和妹妹唠叨和埋怨父亲，在我们的印象中形成了一个“不管家、不关心

① 李师东：《童年书写的超越——评〈童年书〉》，《文艺界》，2011年第12期。

母亲和孩子”的父亲形象。事实上，我们和父亲相处的时间的确很少，他总在外面忙工作，三天两头出差，经常在我们入睡的时候他才回家。母亲对父亲说，“我看全世界就你最忙了，少了你地球不转了吗？”这个时候，父亲的表情冷峻而缄默。父亲平时话少，性格还算温和，可喝了酒的父亲就变成了另一个人。为了和工人打成一片，父亲用二大碗和工友喝酒，酩酊大醉后被人搀扶回家，因为喝酒他吐出了苦胆汁儿，也因休克挂过吊瓶。母亲也奇怪，偏偏在父亲喝醉的时候唠叨他，把他唠叨烦了，酱红着脸的父亲像一头暴怒的狮子，舞动着拳头对母亲吼叫。母亲当然委屈，她认为父亲喝醉了她有理由生气，而唠叨的内容也多半是为父亲身体健康着想，自然无法控制情绪，于是，两人短兵相接，拳脚相加。母亲虽然打不过父亲，却也给父亲的脸上、胳膊上留下抓痕，第二天父亲被挠破的痕迹颜色变深了，他上班前总要掩饰一番。母亲说她永远都不原谅打她的父亲……

津子围的儿时更多的是在户外的“广阔天地”里度过的。暑假时，他争着吵着要去爷爷那里，为了贴补家用，年逾七旬的爷爷还到离家七里之外的苗圃场打更。苗圃场在林业局西面的山坳里，去那里要走一段长长的铁道线。苗圃有一片大水塘，夜晚的星空下，水塘里蛙声一片。

在我很小的时候，我爷爷告诉我在森林里可以靠以下办法来判断北极星：首先，找到勺子星（北斗七星），再找到王屋星，将两星的延伸线交叉起来，点上那颗星就是。我爷爷已经过世多年，我也由于读书和成长对天体物理学有了理性的认知，但仍然对天空充满想象。我们叙述的这个晚上是中国农历的七月初七，我小的时候还端了一盆水，拿一块儿小镜子，蹲在黄瓜架子下听母亲说天上牛郎和织女相会的声音……所以，当我体会先人的创造时，才明白文学的力量有的时候是科学所无法替代的，也才觉察出国人的精神性和生存意义所在。[①]

水塘边的津子围看着自己的倒影，遥望天空，生发出诸多的感慨。银河浩瀚无垠，随着流星瞬间闪过，世界充满了不确定性和神秘感，从那一刻，他开始对时间有了执拗的关注。

在他的童年岁月里，津子围有着许多关于生存环境和亲人的记忆，“童年经验”是压抑、反抗和求索的情绪汇合体，隐约弥漫着素色的清苦、淡淡的忧伤和挥之不去的“丢失”的感觉。他说，“我的写作常常发端于丢失，我总觉得有什么东西丢失或者可能丢失在生命的过程之中，亲情、友情甚至爱情，我用文字打捞那些记忆，安放和守护它们”[②]。李师东指出，《童年书》可以看出津子围生理、心理、精神上的文学天赋，这本书确实凝聚了很多20世纪60年代出生的人的成长命运。[③]

那年，他第一次听中央人民广播电台广播，总能听到“联播”两个字，后来他才知道，“新闻联播”中的“联播”与他的名字“连波”没有关系。

① 津子围：《三个故事和一把枪》，《青年文学》，1999年第2期。
②《地域·民族·历史——长篇小说创作三人谈》，网易新闻辽宁，2021年3月25日。
③ 李师东：《童年书写的超越——评〈童年书〉》，《文艺界》，2011年第12期。

一九七一年——一九七四年

九岁—十二岁

那年，津子围的父亲由柴河林业局基建处股长，调往八面通林业局基建处当领导。当时的林业局是县级建制，归属牡丹江林业管理局，牡丹江林业管理局下辖十个林业局和一些附属单位，林业职工的地位很高，被称为“林大头”。

八面通也叫穆棱县，林业局和县城在同一区域，铁道线西是地方，铁道线东是林业局。那个小县城终究还是进入到津子围的作品里，《童年书》的故事就发生在那个场域之中。

> 它处在黑龙江的东南部，离中苏边境不足一百公里，过了马桥河林场，就要检查边防通行证了。中国这么大，没多少人知道那个地方。不过我们那个地方的人都知道北京，知道外面的世界。那时候中苏关系正紧张，“深挖洞，广积粮”“反修防修”的条幅到处都是……我家也和很多家庭一样，在窗玻璃上贴“米”字的纸条，以防玻璃被震碎伤到了人；在自己家的院子里挖了地窖，以防空袭。预防空袭的警报经常在大修厂的灰楼上响起来。这时，大家就把准备好的干粮和炒面背上，跟着前呼后拥的人群，向铁道旁的防空洞跑去。

孟繁华也有同感。“这是一个极其简单和苍白的时代，那个时代留给我们的记忆几乎是相同的。”[①]张学昕指出：

> 《童年书》写出了一代人的成长方式和生命形态。一条布满大雪的“窄街”，一副难得一见的扑克牌，一块小花布，一种“拔牛筋儿”的游戏，还有“上山打游击”“苏修

① 孟繁华：《社会密码与文化记忆——评津子围的长篇小说〈童年书〉》，《文艺报》，2011年9月14日。

特务”、电影《卖花姑娘》，如此等等，小说使我们的记忆成了一个博物馆，重新翻覆、整理了真正的童年生活。[1]

津子围就读的学校是林业局中心小学，那段时间他最深刻的记忆就是饥饿。放学的路上，他尽量避免跑步，以免消耗所有的能量，回到家却依然感觉已经前胸贴后背了。据津子围回忆，当时只有在职职工26市斤供应粮，小孩和老人是16市斤。定量供应的粮食使每个家庭经常断粮。一次家里断粮时，母亲给了他钱和粮票，让他到饭店买馒头，陪他去的有几个伙伴，买的20个馒头让他和伙伴们吃掉了。

这段回忆也在《童年书》中有所体现：

回家已经是傍晚了，母亲看到我两手空空，问我馒头呢，我撒谎说钱丢了。母亲的眼泪立即涌出来。事后我才知道，母亲和妹妹都没有吃中午饭，而且，那些粮票是那个月最后的指标。多年后，我一直无法回忆那件事，每当想起，我的心都在流血。

孟繁华认为：

没有那种生活经历的人，很难想象几个馒头对母亲意味着什么。作者不是“无法”回忆，而是不能回忆或不敢回忆。物质生活的贫困，在这样一个细节上被揭示得一览无余。[2]

为了减轻家里的负担，津子围的爷爷在林业局东山基建工地打更，那里是一大片坟地，夜里只有他一个人住在木板搭成的“人”字形窝棚里。津子围还记得，一次傍晚给爷爷送饭，爷爷抽着烟袋锅，笑吟吟的。天黑了，他不敢独自回家，坚持要和爷爷一起住。他佝偻

① 张学昕：《活在历史与生命记忆中的童年——读津子围的长篇小说〈童年书〉》，《文学报》，2011年9月29日。
② 孟繁华：《社会密码与文化记忆——评津子围的长篇小说〈童年书〉》，《文艺报》，2011年9月14日。

在爷爷的怀里，听着爷爷气管里拉风匣一般嘶啦嘶啦的响声。在他的记忆里，从未听爷爷说过别人的不好，也从不占别人的便宜，爷爷永远都是沉默寡言、泰然自若的样子。后半夜，津子围醒了，大概是饿醒的。爷爷点亮了嘎斯灯，递给他半个饼子，他没多想，狼吞虎咽地吃起来，吃了一半，他愣愣地问："爷爷，你吃饱了吗？"爷爷说："我吃饱了、吃饱了。"

童年孤寂的时光里，津子围有两个不同于其他小朋友的爱好，一个是收集连环画，最多的时候有《黄继光》《刘胡兰》《草原英雄小姐妹》《南征北战》《敌后武工队》……还有《列宁在一九一八》《钢铁是怎样炼成的》《越南英雄阮文追》《女英雄阮氏娇》，等等，那些翻得起毛边儿的小人书，整齐地摆放在木匠爷爷打造的木箱里。

另一个是收集毛主席像章，像章放在一个铁皮焊接的盒子里，那里有各种像章：铝的、铜的、铁的和合金的，还有陶瓷的、海绵的，有机玻璃的、搪瓷的、夜光的。这些宝贝不仅可以"笼络"一些小朋友，也可以"招惹""得罪"一些小朋友。

那时候，林业局没有街道和居委会，只是划分为五个"妇联"，大概是"文化大革命"初期妇女联合会的延续，当初几个"妇联"之间一会儿联合一会儿武斗的。尤其是四妇联和五妇联，它们所处的位置最近，差不多是混居的，可四妇联和五妇联之间的关系最紧张……20世纪70年代，四妇联和五妇联已经不对立了，可奇怪的是，四妇联和五妇联的孩子们却一直持续着对立的情绪。在五妇联孩子们的意识里，认为自己才肩负着"革命江山万代红"的重任，而四妇联的孩子们或许认为真理在他们那一边。津子围的家属于五妇联，《童年书》里记载的都是当时的真实写照。

津子围与街上的男孩子一样，变着花样儿淘气。一次在县砖瓦厂的转盘窑里玩，当时正值休窑期，转盘窑里如同电影《地道战》里的场景，小朋友们玩起打仗的游戏。"各小组注意，各小组注意，打一枪换一个地方，不许放空枪！"就在幽冥的窑洞里摸索、转战时，他掉到一个暗井里，井水冰凉、深不见底，津子围扑腾着、挣扎着，好在后来一位仲姓小伙伴把他拉了上来，捡回一条命，这个记忆在他的生命中十分深刻。

还有一个深刻的记忆，是津子围因为上房揭瓦被父亲狠狠地教训了一顿。那是春天，麻雀窝里小麻雀的黄嘴丫子还未褪尽，刚刚准备初飞，在小麻雀初飞之前，小伙伴在他的带领下去掏麻雀窝，他想抓小麻雀来饲养。阴雨天过后，他们爬到县粮库的房顶，由于雨水洇湿了灰色的瓦片，踩在上面，瓦片纷纷碎裂。粮库职工发现了，在下面吆喝着、追赶着，慌乱中，他们在房顶跑来跑去，踩碎了更多的瓦片。津子围和另外两个小伙伴被粮库职工抓住，关在办公室里。后来，津子围被父亲领回了家，一场疾风暴雨的惩罚终究没有躲过去。

关于淘气被惩罚的经历，津子围在小说《上山打游击》里写得十分详细。一行三人为了逃避家长的惩罚，带上"武器"俨然训练有素的急行军。路上对"小米加步枪是什么样的"进行一番辩论，最后的结论是"小米加步"是枪的名字。到了晚上，暂住在护路工的家中吃饭休息，第二天继续向山里进发。临行前，专门给养路段的大爷留了一张字条，"写上吃饭的数量，表示等革命胜利了一定加倍奉还"。小说中这样写道：

> 我对大龅牙和大舌头说，我们一定要按照"三大纪律，八项注意"去做，不拿群众一针一线。这次，我们吃了老百姓的饭，就要留一个欠条，等将来我们有了钱再还他们。大龅牙和大舌头都觉得我想得周到，不愧为游击队长。

正如王玉春所说："孩子们的所思所想，所言所行，无不显示出特殊的时代背景对人们日常生活的入侵与渗透。"①

津子围在小说《大雨》中写到两个街区孩子打群架的情节。打得比较严重的一次是初春的傍晚，五妇联的孩子和四妇联的孩子在"窑地"相遇了。砖头瓦块横飞，叫喊声此起彼伏。当时，四妇联的孩子占据了砖窑一带的制高点，而五妇联处在坯子垛一带。坯子垛是砖厂堆砖坯子的地方，有几十趟草棚子，在草棚子的下面，码着还没进窑

① 王玉春：《时空回眸中的陌生、混沌与内敛》，《海燕文学月刊》，2013年第1期。

烧制、在那儿阴干的砖坯子，坯子码得像大人那么高，站在砖坯子垛的后面或者迂回在那些垛子之间，就有一道道城墙似的天然屏障。当时，孩子们从电影里学了很多知识，比如，打穿插、迂回包围、抢占制高点，甚至还去抓“舌头”什么的……

吴丽艳分析，这种战争文化一旦进入童年记忆，就会激化成一种幻觉。比如，主人公希望原子战争真的打起来，为的是检验自己防原子弹卧倒的姿势正确与否；同时他坚定地认为原子弹没什么可怕的，不过是纸老虎罢了。战争文化塑造了男孩子虚幻的“英雄主义精神”，并且渗透到了日常生活中。比如，窄街的伙伴们都被封了军队的职务，从司令开始，一直到侦察员、通信兵。这种军事文化符号使童年生活有了满足感，但他们并不满足于口腔的快感，他们还要诉诸行动。比如他们经常打群架，经常有“血染的风采”。[①]

“孩子的战争”不仅发生在男孩子中间，有时候也涉及女孩子。津子围家一街之隔的女孩叫朴美善，是他大妹妹的同学，她俩几乎天天一起上学放学。由于朴美善属于四妇联，所以到了五妇联的地界就挨了欺负，有时候头上被扬了沙子，有时候路边会跳出一条假蛇。津子围清晰地记得朴美善掉眼泪的样子：眼泪儿噼里啪啦往下掉。

张学昕这样评价《童年书》：

> 可以说，《童年书》是整整一代人童年的“备忘录”，津子围在十余万言的叙述中，深情追忆童年的初始状态、“原生”状态，努力使叙事接近包括情感之内的实感经验。[②]

---

① 吴丽艳：《60后是集体的与个人的精神传记》，《中国青年报》，2011年12月27日。

② 张学昕：《活在历史与生命记忆中的童年——读津子围的长篇小说〈童年书〉》，《文学报》，2011年9月29日。

一九七五年——一九七六年

十三岁—十四岁

那年冬天，津子围的父亲又调到黑龙江省镜泊湖林业职工疗养院，位于牡丹江市的镜泊湖湖畔。于是举家搬迁到了镜泊湖北湖头，坐落在被称为3号的临湖山沟里，紧挨着的临湖山沟就是4号、5号。

5号是黑龙江省地质局地球物理探矿队留守处，夏天物探队职工“出野外”，家属都留守在那里。津子围家住4号，在5号的物探队子弟学校上学，就读小学五年级，班里有个叫王玮的同学，后来成了他的妻子，他的岳母薄淑霞也是那所学校的任课老师。

> 那一年，天津小靳庄农民诗歌走红全国。那时候，劳动比知识光荣很多，我所在的小学按照“学制要缩短，教育要革命”的要求，实行五年制，很多时间都在“学工学农，学习政治”。我还记得秋天上演的电影《决裂》，龙校长坚持不拘一格选拔人才，工农子弟李金凤只会写“毛主席是我们的大救星”几个字就被大学录取了。①

语文课上写“我的理想”命题作文，同学们大多想成为刘胡兰、黄继光、邱少云等那样的英雄。津子围说，当时，他除了想当英雄外，排在第一的是当兵，其次是进工厂当工人。学校每个学期都组织学生学工学农。学工是到东京城林业局②机械厂，学农是到杏山公社大兴生产大队。也不是所有的同学都不愿意学习，王玮同学就认真学习，学习成绩在班级里总是名列前茅。津子围与王玮没有固定一张桌，不用在桌上画“分界线”，不过每个月大轮换，他们会在中间一排相遇。

热爱学习的王玮并没有对津子围产生太大的影响，他的心思花在

① 津子围：《人要从梦中醒来看自己的梦》，《长篇小说选刊》，2012年第2期。
① 东京城镇，隶属于黑龙江省牡丹江宁安市。东京城林业局始建于1948年2月，隶属黑龙江省森林工业总局牡丹江林业管理局。

了淘气上。从县城街区到了湖边的山区，天地更广阔了，他在山上攀岩、爬树，到湖里游泳、钓鱼，当然，也少不了男孩子的各类游戏，跑马城（源自满族孩子的游戏）、滚铁环、扇编记、弹玻璃球，那些活动带有竞争性甚至冒险性，成为苦涩童年的自由飞翔。

高海涛分析这代人的童年：

> 中国儿童的游戏，主要是权力游戏，孩子打打闹闹，分分合合，争争抢抢，在某种意义上投射出“文革”时代社会生活的基本状态：权力游戏。这些童年游戏它又是超龄的。……现在孩子，我觉得是把游戏当成游戏，当年的孩子是把游戏当成真实，他心里有一种宏大意识，庄严、理想主义……[①]

贺绍俊也注意到童年的影响：

> 《童年书》讲了苦涩的童年，但是它的重点不在苦涩，而在童年。我想若干年之后，经历过这一段历史的人不在了，之后的读者来读，他不会被这个社会线索所约束的话，可能会对这本书的价值看得更加清楚。[②]

受“劳动比知识光荣”的影响，他对文化课没兴趣，却对“有情节的读物”和“美术绘画”生出浓厚的兴趣。上课时读小说，尽管那时能读到的小说不多，谈不上选择了，但凡能拿到一本就如饥似渴地读起来，通常一本长篇小说两三天就读完了。比如《欧阳海之歌》《红岩》《青春之歌》《海岛女民兵》《苦菜花》《战斗的青春》等，外国作品《第聂伯河畔的灯火》《堂吉诃德》等，还有中国古代经典小说《水浒传》《西游记》……

与男同学在大地里玩打仗游戏时，他们纷纷扮演梁山好汉的角

① 高海涛：《一群中国孩子被定格在那里——津子围〈童年书〉英文版的意义》，《小说评论》，2011年第12期。
② 贺绍俊：《苦涩童年的自由飞翔——评〈童年书〉》，《文艺界》，2011年第12期。

色："此乃扑天雕李应来也，此乃霹雳火秦明来也，此乃双鞭呼延灼来也，此乃大刀关胜来也，此乃玉麒麟卢俊义来也，此乃……"《水浒传》一百单八将的绰号和名字他倒背如流。

> 我小的时候，我爷爷告诉我别人告诉过他的话，少不读"西游"，老不看"三国"，在他们看来，人开始读的第一部小说应该是《三国演义》，在我们这个国度生存和发展需要的是"谋略"，而不是"想象力"。所谓"尘缘"吧，我少年读的书恰恰不是"三国"，而是《水浒传》和《西游记》，现在回过头来看一看，觉得对自己后来的人生之路的确影响很大……对我影响最大的还应该说是《水浒传》，所以我身上绝对有"义"大于"利"的思想倾向，且可谓根深蒂固。①

绘画方面，他没接受过任何正规训练，却尝试过各种样式，由于绘画材料的限制，更多是用铅笔和钢笔画画。他曾说，当时疗养院青年中有一位黄姓哥哥在牡丹江美术用品商店买回一盒油画棒，他羡慕得要命，爱不释手，后来那位黄姓哥哥就送给了他，他视如珍宝。后来他也去了牡丹江美术用品商店，买了成盒的水彩和水粉，不过那是几年以后的事了。

有一次，他在作业本上画的画被老师没收，辗转到了学校刘支书手里，那个刘支书类似于工宣队长出身，矮个子，皮肤粗糙，是个"扣帽子打棍子"的家伙。刘支书目光冷峻地找他谈话，严厉地批评了他，还上纲上线，说他思想意识有问题，道德品质败坏，理由是"画的女游击队员形象身上有曲线"。其实那幅画是临摹的一本小人书，津子围本想解释，但刘书记不容他解释，还吓唬他要在班级里公开宣读检讨书，检讨不深刻要开除学籍。虽然此事后来不了了之，但在他心灵深处留下了难以抹去的阴影。

画画的遭遇还不止一次，转年津子围到北湖头林场子弟中学读初

---

① 津子围：《用真诚叩门》，《黑龙江日报》，1999年8月20日。

中，类似的一幕又重演了。一位崔姓老师发现他的书本上画了一些小人，就用大道理狠狠地教育他一番，那位崔老师逼着他写检讨，写了一遍再写一遍。不承想，一九八三年津子围毕业分配在牡丹江林业管理局公安处工作，接待的第一个上访者竟然就是崔老师，崔老师因涉及十几元钱的工资问题纠缠不休。津子围不计前嫌，中午还请他吃了一顿饭。所以，在写长篇小说《童年书》时，那种情绪不免弥漫在作品之中。

张学昕这样评价小说《童年书》的叙事美学：

> 整个叙事自由而有度，没有按线性因果模式，而是让人物、故事、情节和细节无拘无束地伸展、生长。我感觉，作者的这种美学选择，恰好符合这部小说的话语情境，也坚定地摆脱了任何对童年形象和意象的心智囚禁，让童年永久地活在历史和个人生命的内心。[①]

贺绍俊也指出：

> 《童年书》让我们看到了一个原版的童年，是一个没有经过成人知识改造、加工的记忆……年代可以说是特殊的，童年却是永恒的。[②]

① 张学昕：《活在历史与生命记忆中的童年——读津子围的长篇小说〈童年书〉》，《文学报》，2011年9月29日。
② 贺绍俊：《苦涩童年的自由飞翔——评〈童年书〉》，《文艺界》，2011年第12期。

一九七七年——一九七九年

十五岁—十七岁

十五岁那年初秋，津子围拿到了北湖头林场子弟中学[①]的初中毕业证书。那时还没恢复高考，他只能到牡丹江林业管理局职工养老院的家属队（青年点）参加农事劳动，刚一参加劳动他无比兴奋，觉得“广阔天地、大有作为”，尤其是在田野里劳作一个上午，中午的大馒头、白菜豆腐汤，成了他味蕾的深刻记忆。

当然，那个记忆只与一段经历有关，而影响一生的味蕾记忆，是姥姥给留下的。那时候姥姥已经过世，姥姥留下的酸汤子、鸡血糊糊、土豆粉包子却终生难忘。津子围在他的小说《十月的土地》里写道：

> 酸汤子是旗人的传统食品，玉米在浸泡发酵之后用小石盘磨出水面，攥汤子时，先将锅里的清水烧开，将汤面烫到半透明，等锅里的水滚沸了，揪一块汤面放在手中“攥”，汤面受到挤压，就从小喇叭形的汤套中漏出，掉到开水锅里……[②]

土豆粉包子是淀粉烫面，里面包萝卜丝粉条，蒸出来的包子晶莹剔透。描述那个包子皮儿，津子围说跟粤菜中的虾饺有点像，但虾饺皮儿不是淡灰色，也没有那种田野的风味儿。他说，后来他再也没吃过那种纯正的味道了。

味蕾记忆的目录里还有花生米，他长到13岁才第一次吃花生米。

> 那一年，国务院下发了一个关于花生米的正式文件——“近来对外宴会上吃花生米的现象相当普遍……根据总理指

① 林场子弟学校是林场为了林场职工子女教育问题而设立的，一般每一个林场都设有一个学校，而近几年因为林场的人数减少，有些林业局就采取了集中办学的方法。
② 津子围：《十月的土地》，长沙：湖南文艺出版社，2021年版。

示，请各地今后举行对外宴会一律不要供应花生米。”[1]其实花生米也是我记忆中的痛点，小时候过年，邻居收到山东老家邮来的花生米，一包二斤，偶尔会给我们抓一把，那一把也就20粒左右，当时我觉得花生米是世界上最好吃也是最奢侈的东西。[2]

津子围在青年点主要是跟拖拉机翻犁，有时候还跟着放电影。电影机是疗养院的，有了新的片子就到周边农村湖北、大兴等生产大队放露天电影，16毫米、8.25毫米的都放过。放电影时可以顺便改善一下伙食，那时的农村也普遍缺粮，招待客人的主食是黏黄米、炒鸡蛋，属于绝对的“大餐”了。

那个时期，读书成了他生活中的重要组成部分，淡绿色封皮一套的《史记》、深蓝色封皮的《春秋左传》和《魏晋南北朝诗选》，鲁迅作品各种版本。小说方面，有巴尔扎克的《高老头》、大仲马的《基督山伯爵》、高尔基的《童年》《在人间》以及列夫·托尔斯泰的《复活》。那一年“手抄本”开始在青年点流行，《第二次握手》《梅花党》《绿色尸体》《恐怖的脚步声》，等等，那些手抄本成了稀有资源，很难排上队的。有一次赌气，他开始自己编故事，在笔记本上写了一篇名叫《河边的钟声》的手抄本，交换给章姓同伴，约定时间是两天，章姓同伴如期归还了他的抄本。不想十几天后，有人在田埂里跟他说，有一个手抄本特别有意思，讲的是河边钟声的故事。他询问章姓同伴才知道，章姓同伴拿到手抄本后并没有阅读，而是夜以继日地抄了下来并流传开去。这算是他第一次尝试创作吗？他并没有加以确认，毕竟，那个抄本仅仅是一个故事。

开始尝试写小说应该是那年秋天，那时全国恢复了高考，津子围离开生活了三个多月的青年点，回学校复读，并在下半年进入东京城林业局第二中学读高中。

一次，他听说哈尔滨文联《小说林》杂志编辑到了疗养院，就从东京城林业局赶回去，见到了杂志社的编辑林子和刘子成。林子和刘

① 参见《北京青年报》1998年7月18日。
② 津子围：《人要从梦中醒来看自己的梦》，《长篇小说选刊》，2012年第2期。

子成看了他写的小小说和散文诗，建议他多写自己熟悉的生活，那样才能避免“学生腔”。津子围深受启发，并对两位编辑充满了感激之情，至今还保存着他们三个人的合影照片。

从那之后，他开始关注自身的感受和体验，尝试着写童年的生活，由于距离太近，那些童年生活片段的书写并不完整也没有拿出来发表，而日后却成了他创作《童年书》的素材。

张学昕曾分析：

> 在远离了那种特定的历史文化语境之后，这一代人曾被围困的、残酷的童年，并没有被任何形式凝固、封存起来，而在他们的内心作为一种异质性经验，不断超越时空的禁忌，以叙事的方式在这个时代渐渐复活。[①]

津子围对书写童年生活曾有过思考：

> 《童年书》英文版出版之后，《欧洲时报》有一个专访，他们说小说写的是作家童年的一个片段，小说以最大的真诚定格了特定时间里的孩子们，他们永远停留在那里，不再长大，与未来的访问者（读者）对话。小说中文版出版后，我也想过这样一个问题，如果科技发展到足以让我们冷冻起来，而在若干年后解冻生命和意识，那个结果是无法想象的，我能想到的一点是，天然性被格式化后，错误也许是灾难性的。[②]

在东京城林业二中读高中的那年秋天，津子围的爷爷病危了，病危第三天他才得到消息。而爷爷似乎一直在坚持等他，直到他回到镜泊湖疗养院的那个下午，爷爷才咽了气。爷爷下葬后的那个夜晚，津子围对着星空放声大哭。

① 张学昕：《活在历史与生命记忆中的童年——读津子围的长篇小说〈童年书〉》，《文学报》，2011年9月29日。
② 津子围：《人要从梦中醒来看自己的梦》，《长篇小说选刊》，2012年第2期。

那一刻，我仿佛回到了柴河苗圃泡子边，回到了爷爷在身边那个遥望星空的夜晚。我写小说的种子是不是在那个时候就已经埋下了呢？创作活动是不是在与时间对峙？与它赛跑、与它对抗，而我的小说从完成开始也交给了它，小说是我生命体中分裂出去的细胞，她应该是活着的，有灵魂的，只是，不知道她能抵抗多久，在时间面前她的浅薄和虚妄都无法躲藏。时间是小说最严厉也是最公正的评判者。[①]

① 津子围：《在时间的“河流”里》。

一九八〇年
十八岁

在东京城林业二中，津子围才真的确立了刻苦学习文化知识的方向。他说："可惜，知道得有些晚，基础太差了！不怕你笑话，我初中毕业时连二分之一等于几都不知道。"

尽管"苏老泉，二十七，始发愤，读书籍"可以鞭策自己，但面对高考，身边挤满了竞跑者。于是，他开始了如饥似渴地学习，晚睡早起，每天睡眠不足5个小时。那个时候同学王玮也在东京城读书，后来转到宁安县第一中学，周末回镜泊湖，他们偶尔见面，但是彼此都没说话。

学习生活尽管紧张，课余他还是喜欢小说和哲学，说是放松心情，有时也误了正事儿。那段时间他尤其对哲学感兴趣，读《费尔巴哈与德国古典哲学的终结》、冯友兰的《中国哲学简史》、罗素的《西方哲学史》、柏拉图的《理想国》，等等。

发愤读书的效果在高二就体现出来。学校举办了一次文科竞赛，语文、历史、地理他都获得第一名，文理科分班时，他被班主任石大成推荐为班长。对学科的偏好和选择有客观因素，也有隐秘的心理因素，这大概与他后来的写作生涯有着必然的联系。

贺颖认为童年经历的影响将持续一生：

> 我这样认为，一个人离开家乡后无论他受到什么样的教育，有了怎样的经历，他都无法摆脱他出生的那个背景以及童年经历的影响。这是一种河流般的生命体验，当那条河从远方或者说我们的祖上流到我们这一代时，我们仍残存着河流上游的记忆。——记忆是一种内心的色彩，它同时也会点染未来的天空……"[1]

① 贺颖：《镜像："存在与虚无"——津子围小说作品中的精神重构策略》，《当代作家评论》，2020年第4期。

那年夏天，语文老师高曼霞布置作文，他写了一篇关于诺贝尔文学奖的作文，题目已经忘记。大概意思是，世界上出现了那么多诺贝尔文学奖的伟大作品，中国为什么没有？无论传统文化土壤还是现实社会的冲击，都提供了基础和条件，一定会出现获得诺贝尔文学奖的好作家和好作品，吾辈应以舍我其谁的气概，自当勇攀高峰云云。高曼霞老师将这篇作文拿到另一班当范文宣读。下课之后，有很多同学都来“认识认识”这个“疯子”，他感受到纷至沓来的揶揄、孤立和讽刺。

那一年，他在站前的照相馆第一次照个人照，四寸照片上写着：十八岁留念。穿的是照相馆照相用的西装——他人生第一次穿西装。

童年记忆对人的一生影响深远，对于作家而言，也是珍贵的写作资源。狄更斯、托尔斯泰、高尔基、莫言、苏童……无数作家都曾言说或将童年经验直接融入到作品中。如童庆炳所言：“童年经验作为先在意向结构对创作产生多方面的影响。一般地说，作家面对生活时的感知方式、情感态度、想象能力、审美倾向和艺术追求等，在很大程度上都受制于他的先在意向结构。对作家而言，所谓先在意向结构，就是他创作前的意向性准备，也可理解为他写作的心理定式。①

① 王雨晴：《津子围小说创作论》，辽宁大学硕士论文，2021年5月。

一九八一年——一九八二年

十九岁—二十岁

年前，津子围的父亲又调到林业部牡丹江林业机械厂任总务科科长，元旦一过他就随迁到牡丹江市，开学时转入牡丹江市第十三中学，七月高中毕业并参加高考。

虽然两年时间加速追赶，但由于高中之前的基础太差，高考时发挥得并不理想。尽管如此，也是当年牡丹江市第十三中学400多名应届考生中的前十名。考分递档进入牡丹江师范学院，通知上写的是他不喜欢的数学专业，于是，他决定放弃入学，转年再参加高考。

档案降档后，黑龙江省人民警察学校（现黑龙江公安警官职业学院）进行第二轮补招，在邻居温铁军（时任牡丹江市木工机械厂党委书记）的劝导下，他决定去省警校学习。当年，警校招生很严格，需要体检、政审和面试等环节，对身高、体能都有要求。津子围顺利通过面试，那年九月就去了哈尔滨报到，开始了半军事化的训练和学习。每天6点起床跑步，不仅学习了政治学、法学、侦查学、检验学等课程，还学会了骑摩托车、照相、射击、擒拿格斗。

那时他精力旺盛，课余时间都沉浸在读书上，两个学期下来，他阅读了大量中外名著，如巴金的《家》、欧阳山的《三家巷》、罗广斌和杨益言的《红岩》、梁斌的《红旗谱》，还有外国名著，如肖洛霍夫的《静静的顿河》、托尔斯泰的《战争与和平》、雨果的《九三年》、狄更斯的《双城记》、奥斯特洛夫斯基的《钢铁是怎样炼成的》、哈谢克的《好兵帅克》等。

> 也就在那个时候，我正式开始写小说并投稿，小说写得幼稚，有的石沉大海，有的回复一纸不予采用的铅印稿签，如果得到编辑的亲笔回信都宝贝一般收藏起来。[①]

① 津子围：《我与文学创作》，《林业文坛》，1985年第9期。

那个时候青春在体内燃烧着，仿佛有无限的精力。学校组织观看电影《少林寺》之后，男同学就跑到清滨公园偷着练武术，看电影《虎口脱险》，就研究起《密码学》。

一九八一年，中国女排首次夺得世界冠军，十一月的哈尔滨已入寒冬，他们热血沸腾，没穿棉衣就跑到街上庆祝。

第二年暑假，他自费去林口县朱家沟镇搞农村社会治安情况调查。朱家沟镇是他姥姥家所在地，尽管姥爷姥姥都不在了，他还是故地重游，寻找曾经丢失在那里的情感和记忆。那次社会调查为三年后写作小说《老屯的》埋下了种子。

张晶（发文章时笔名兆力）认为：

> 《老屯的》是一篇相当有力度的作品，这是一组线条明快的人物速写，作者将今与昔熔为一炉，以时代的变迁写出人物的兴衰际遇，人生的苦辣酸甜，从中挖掘出长期积淀在民族心理结构中的历史负荷，作品的内涵凝重而深沉，但作品的语言却是恬淡而传神的。老屯的老榆树吊死的人比投井的人多，但人们并没有把树锯了，不知为什么，树没有锯掉，但井却是填了又打，打了又填，人们为了寻找新的出路，总是要既适应环境又捕捉机运。平平淡淡的一句，却包藏着引人深思的意味。老王二姐早年丧夫，又坏了名誉，原是为社会伦理所不齿的，却在“文革”中走红起来，唱样板戏演李铁梅，一时成为风云人物，但那个令人怕的岁月毕竟过去了。作者写道：“那年阴历年，老王二姐痴呆地坐了一夜。她没有微笑也没有眼泪。然而第二天早晨，戏匣子里传来了她熟悉的声音，她眼睛‘忽’地亮了起来。‘十来年了，十来年了！’她喃喃着，接着用沙哑的嗓子跟着戏匣子唱了起来。‘都有一颗红亮的心！’老王二姐终于流下了眼泪。”作者以极其简省的笔墨勾画出人物心灵的轨迹，将时代风云的迁化浓缩在一个不由自主的小人物的心理波澜之中。[①]

① 兆力：《略谈张连波小说之“淡”》，《大连文艺界》，1991年第5期。

周末，他尽可能不浪费一点儿时间，去省图书馆、博物馆、美术馆，到哈尔滨师范大学美术系见牡丹江籍老乡高路、张应力等人，讨论美术创作。从春天到秋天，他几乎寻访了哈尔滨有名的老建筑，包括保存下来的教堂，甚至犹太人的公墓。

哈尔滨的冬天是寒冷的，津子围还清晰地记得一个周末，他陪中学语文老师温老师去拜访老师的同学——词作家邢籁（郑绪岚演唱的歌曲《太阳岛上》的作词者之一）。返回学校宿舍已经很晚，走在连接南岗区和道里区的霓虹桥上，雪花漫天飞舞，桥下是一排排的铁道线，昏黄的灯下，一列运材火车缓缓地开动……进入他脑海的是一段小说里的情景，车轮和铁轨的节奏形成了小说的语言。

> 语言一旦进入到小说里，就不再是简单的词汇了，它是人物的细胞和血肉，是情境的气味和色彩，是运动着的纤维和速度，是心理射出的有温度的子弹，所以，当有先生讲语言是写作的技术因素时，我很疑惑，小弟认知有限，可还是不敢苟同啊！威廉·福克纳老兄说过一句精彩的话：寓言是寓言的谜底。[1]

① 津子围：《寻找自己的声音》，《文艺报》，2006年1月。

一九八三年

二十一岁

本年津子围作品发表情况：

四月，短篇小说《棋迷》（《牡丹江文学》第二期）。

那年面临毕业分配，有想法的同学私底下开始做工作了，津子围却显得不慌不忙，腾出时间写起了小说，短篇小说《棋迷》就是那年四月份发表的，发表在《牡丹江文学》双月刊上。

《棋迷》是津子围公开发表的第一篇小说，如果以公开发表为标志，《棋迷》就是他的处女作了。小说写了一个“棋迷”老工人在生活中遇到的不理解和误解，以诙谐幽默的方式讲述了一个人性温暖的故事，在当时“伤痕文学”成为主流的小说语境中，他的目光聚焦到了社会底层的日常生活，写出了鲜活的人物形象。

毕业时，津子围本来有机会留在哈尔滨工作，当时黑龙江省公安厅有本杂志叫《黑龙江公安》，津子围给那个杂志投过稿，是那篇关于林口县农村社会治安情况的调查报告，尽管那篇调查报告没有刊登出来，编辑部的人却对他有了深刻的印象，毕业前编辑部跟他联系过，征求意见，询问他有没有留在编辑部做编辑的意愿。津子围说：“我那时脑袋一根筋，只想回家乡工作。”

这样，毕业后他就回到家乡牡丹江市，分配在牡丹江市林业地区公安处刑侦科工作。林业地区公安处是地区机构，下辖十个林业公安局。刑侦科的警察属于刑警，号称公安第一警种。其实，刑侦科包括科长、副科长、内勤、技侦、法医等在内只有7个人。后来一个刑侦分出了若干个机构，如刑侦支队、经侦支队、技侦支队，等等。

报到第二天，他就随科长到海林林业公安局检查督导，核实“严打”第三战役刑事案件。他小时候生活过的八面通林业局，他也去督导过，火车站候车室、储木场绞盘机、职工俱乐部、职工医院、子弟学校……几乎还是老样子，往事历历在目。他出差住宿的招待所门前就是连接县城和林业局的水泥桥，桥的一侧挂了一个水泥捣制的水槽，水槽如当年画册上的“红旗渠”，主要是为稻田供水用的。小时候，津子围和小朋友淘气，不走桥面，而是走水槽边沿儿，那个边沿儿大概十五厘米左右，在上面行走如同走扁担，身子一摇晃就会掉到桥下。现在他长大了，有了身份，不能再走水槽边沿儿了。

在林业公安局看守所，津子围意外地见到朴美善，从铁皮门的小窗口向里面望去，朴美善在光线昏暗的角落里，呆呆地坐着。朴美善被拘的理由是“流氓罪”，按办案人的说法是跟过好几个男人的“马子”。“严打”的时候从重从快，不知道林业检察院和法院最后怎么量刑的，多年以后，津子围听说朴美善刑满释放后去了韩国，大概在韩国定居了。后来，津子围还把“朴美善”这个名字写入长篇小说《十月的土地》中。

津子围只做了三个月的刑警，一次，一位刑侦科内勤人员生病，暂时由他代理内勤，机缘巧合，内勤岗位还不到半个月，他就被调到办公室做政务秘书。

> 我这个人做什么事都认真，代理内勤时，觉得刑事档案有些乱，尤其是“文革”遗留下来的没有破案的杀人案，谁都说不清楚，我做事喜欢条理清晰，就开始各地调档，还去海林战备库查原始记录，很快就把各种台账数据建立起来。
>
> 一天下午，我们领导“老顾头”突然陪几位领导来到办公室，领导坐在我对面，开始问这问那，发案率、破案率、案件类型和发布情况等，我刚整理完档案资料，所以对答如流。领导十分满意地对我们领导说：“我这可是突击检查，你们单位的干部素质这么高吗？”老顾头顺水推舟，说我是科班出身什么的。我没有想到，考问我的那位领导是省委分管政法工作的周副书记。
>
> 第三天，政治部找我谈话，说要重用我，调我到办公室当政务秘书。我知道，我不过是被运气撞上罢了。政务秘书主要工作是写材料，写那个材料可以归属到公文大类里，其实跟写小说不是一回事儿。不过，写材料以坐办公室为主，忙里偷闲可以搞文学创作，特别是夜里加班，只要电话不

响，就可扎在书堆和稿纸堆里“埋头苦干”。那个时候加班一夜只有八角钱的加班费，很多有家庭的干部都不怎么愿意加班，常常找我替班。读书写作成了抵抗漫漫长夜的短刀和长剑。小说也许是时间里的生活碎片，为此，我对小说恒久虔诚，并且，内心里充满了敬畏。

在我有限的阅读和写作实践中，我一直小心翼翼地看护着词汇，像一个老牧人守着栅栏里数量不多的绵羊，用善良、温和和宽容来梳理语言的鳞角，在语言勒索和语言暴力面前，我有着本能的抵制和回避。[1]

那年年底，津子围加入了牡丹江文学工作者协会。

① 津子围：《寻找自己的声音》，《文艺报》，2006年1月。

一九八四年

二十二岁

本年津子围作品发表情况：

四月，报告文学《豆腐之花》（《牡丹江文学》第二期）。

十二月，短篇小说《寂静的白桦林》（《牡丹江文学》第六期）。

工作、学习、写作仿佛三股绳索编成了津子围日常生活的辫子，一天一天地编织下去。由于小学和初中知识基础薄弱，他不得不后续发力，满腔热忱地投入到学习之中。当然，当时社会上的文凭热也对他产生了影响，警校毕竟是专科毕业，所以他选择在职学习，一个是吉林大学法律系，一个是黑龙江大学中文系。在职学习只能利用业余时间，所以熬夜是避免不了的。

此外，他还要读小说，那段时间他读过并做了笔记的小说是：萧红的《呼兰河传》、老舍的《四世同堂》、高尔基的《我的大学》《母亲》、维克多·雨果的《悲惨世界》、司汤达的《红与黑》、巴尔扎克的《欧也妮·葛朗台》、鲍·瓦西里耶夫的《这里的黎明静悄悄》。

是年，津子围发表了《豆腐之花》和《寂静的白桦林》，还完成了短篇小说《镜泊湖畔》《北方，那个冬天》《湖崴子里的小船》的创作。这几篇小说是他对林区生活记忆的打捞和真挚情感的致敬。

张晶评价他早期的小说：

《北方，那个冬天》按时间的先后顺序写了逻辑上并列的几件事：二哥和“我”上山打狍子遇到狼的经过；二哥的父亲在林场因工死去，二哥要接班上山去了，走前与“我”互赠礼物；二哥走后的两次见面。第一件事与后面的事绝无联系，第二件事与第三件事之间似乎有着因果联系，但作者突出的并不是这种联系，他叙述了“是怎样的”，不是“为什么这样”。这些并列的事件，显示了主人公处变不惊、抗争命运的品性，作者用“生活的风风雨雨检验了他们的生存本领”，为森林人的顽强生命意识唱了一曲由衷的赞歌。这样的叙述方式，就使小说更接近于叙事散文，它的优点是行文挥洒自如，摆脱了编故事的束缚，更贴近生活，因为大千世界每时每刻发生的纷纭事件，并不一丝不爽地编入因果链条之中。[①]

对于工作资历尚浅，又承担主要职务的他来说，工作担子已经够繁重的，还有学习和写作，辛苦自不必说，好在他精力充沛，能够乐观从容地应对。他学会了在局限的条件下做西餐，比如用熟油一滴一滴搅拌鸡蛋做沙拉酱，比如用黄油一层层涂抹饼干做“蛋糕”，还有罐焖羊肉、意式海鲜烩、俄式苏伯汤等。他还学会俄文和英文歌曲《莫斯科郊外的晚上》《灯光》《乡村路带我回家》等。

正如刘恩波的类比：

津子围只是守望在他的小角落里，用一个公职人员下班后的业余时间，如同我们的前辈卡夫卡、卡瓦菲斯，或者佩索阿那样，让写作成为黄昏降临以后融入到暮色中的期盼、等待和慰藉，让时光、岁月、人情世故和命运的声音在寂静的头脑里穿行。[②]

① 兆力：《略谈张连波小说之“淡”》，《大连文艺界》，1991年第5期。
② 刘恩波：《进入到恒温层的写作——津子围作品印象点滴》，《当代作家评论》，2003年第6期。

一九八五年

二十三岁

本年津子围作品发表情况：

七月，短篇小说《镜泊湖畔》（《北方文学》第七期）。

那年春天，津子围开始积极参加各种文学活动，参与成立牡丹江青年诗歌联合会，与青年诗人朱凌波、宋词等人当选常务理事。[①]参与成立牡丹江林区职工文学艺术工作者协会，当选副秘书长。[②]

是年五月一日，创作的诗歌《我的北方》在牡丹江市阳明区新华剧院登台朗诵，获得佳作奖。发表了短篇小说《镜泊湖畔》。作家谭英凯写的关于他的印象记[③]中这样评价他：他爱好广泛，才思敏捷，近年陆续在《牡丹江》《北方文学》《青年文学》《丑小鸭》《青年作家》等十余家报刊发表小说、散文、报告文学三十余篇，累计十五万字，并两次获地市级小说奖。……五一前，牡市文联和报社联合举办诗会，朋友对他说："一定赞助一首。"他一笑，第二天就拿出一首五十多行的诗——《我的北方》，并在三千多人的台上朗诵。事后他对人说，"我主要想上台锻炼一下"。后来，诗获了佳作奖。

他有时款款谈兴大发，有时沉静得近乎古板，拿他很没办法。他经常参加社会活动，给中小学生讲法制课，给新华路小学当课外辅导员，等等。以前，他每天只睡六个小时的觉。本职工作身兼数职，又读中文、法律两个大学函授，又写作，又有诸多的会议、座谈。还时时挤出时间与朋友去冷面馆喝杯啤酒。他的充沛的精力，巧妙地利用时间，几乎让他所有的朋友都嫉妒。繁忙过后，就有了沉寂，特别是早晨醒来，他总有放不下的心思似的，无论窗外阴晴圆缺，都牵动起情绪和思索。

津子围曾说过，他们那代人长期生活在性封闭和性压抑的环境

---

①《牡丹江日报》，1985年4月23日。
②《牡丹江日报》，1985年6月6日。
③ 谭英凯：《创作班上的时间差》，《创作通讯》，1986年第5期。

里，对待爱情是羞涩的甚至是恐惧的，很难主动、大胆地表达自己的真实想法。那段时间，单位同事、邻居和亲友都热心地为他介绍对象，他的心情有些纷乱，想来想去想起小学同学王玮，就在五月份试探着给王玮写了一封信，投石问路。他只知道王玮在东北财经大学读书，不知道她现在的情况，有没有男朋友。很快王玮就回信了，他也大概了解了王玮的情况，她已经考取了投资专业研究生，还要继续读书，从回信的语气判定，王玮还没有男朋友。就这样，他们正式开始恋爱，每周一封信，你来我往，酝酿写信和等待收信成了生活中的重要内容。两年多时间，他们写了150多封，效仿鲁迅和许广平，也起名《两地书》。

六月份，津子围仿佛可以感知到空气中弥漫的花香，每天骑单车上班也心情愉快，充满了活力。一方面，王玮快放暑假了，他们约定在牡丹江见面。另一方面，他接到《北方文学》编辑部邀请他参加牡丹江笔会的通知。

不想，七月第一周周末的傍晚，他骑自行车在东七条路和光华街交叉口被一辆飞驰过来的摩托车撞翻，意外不仅打乱了他完美的计划，更是导致他左大腿粉碎性骨折，在病床上躺了三个月。住院期间，每天都有许多老师和朋友去探望他。一次，《北方文学》副主编鲁秀珍、作家迟子建等人到林业管理局医院探望他，鼓励他坚强起来。有人以为他会消沉下去，他自己也说："以后不再写什么小说了。"手术期间，麻药奇特地对他不发生作用，他挺了三个小时，牙都快咬碎了。大夫和护士却说："看他挺文静的，没想到内在刚强，是条真汉子。"王玮也来到病床前，陪伴他半个多月，他们的关系也正式确立下来。

命运总是喜欢捉弄人，同时也有着说不清道不明的神秘联系。刚发表的小说《镜泊湖畔》里写坚强的爷爷断了一条腿，现实里就预言般地发生了。而当时的心境也如小说里写的一样，充满了淡淡的哀伤。

《镜泊湖畔》的开头是：

清丝丝的淡腥味儿，从明镜似的湖崴子沿着沟膛飘来。

湖里的丘状波谷，似滑润的亮绸子，悄悄地伴着岸边细细的喧哗声抖动着。我爱镜泊湖，爱闻这股淡淡的腥味儿，喜欢躺在沙滩上，让温和的湖水慢慢地舔湿我的裤角。

小说的结尾是：

过去的日子离得更远了，但那一涌一涌的湖浪，常常在梦中漫过我的心头，就连从亚热带吹来的晚风中，我也会闻到那来自遥远北方的、淡淡的湖腥味……

津子围在采访里说道：

我的小说中很少有直接写主观的题材，大多是在作品中制造一个客观偶像借以释放自我感觉。如《镜泊湖畔》《年华》等都属于“淡化情节的散文体小说”，追求语言的恬淡和传神，充满了对往事的伤感情绪。虽然很纯情，但调子比较低沉，像秋天里的童话。①

在打着牵引的病床上，津子围一遍又一遍地听着文友刘长军送他的《世界经典名曲》——舒伯特《小夜曲》、柴可夫斯基《天鹅湖》、巴赫·古诺《圣母颂》……他真切地感受到命运在时空中律动。

我曾经当过穿警服的秘书，过了两年拖地板、打开水的严谨日子。但是1985年7月7日的一次意外车祸击碎原来的我，在病房的三个月，我开始反思自我，可以说，那次车祸成了我人生的一个转折点，使我对生命的理解更加深刻了。我仿佛感到死亡随时都会迎面走来……格外珍惜时间。②

① 渔翁：《张连波的思索》，《牡丹江日报》，1988年1月6日。
② 渔翁：《张连波的思索》，《牡丹江日报》，1988年1月6日。

那两年，津子围如饥似渴地读书：汪曾祺、王蒙、孙犁的小说，《道德经》《论语》《禅宗经典》，康·帕乌斯托夫斯基的《金蔷薇》、果戈理的《死魂灵》、莱蒙托夫的《当代英雄》、屠格涅夫的《猎人笔记》、车尔尼雪夫斯基的《怎么办》、列夫·托尔斯泰的《安娜·卡列尼娜》、《契诃夫小说选》、大仲马的《基督山伯爵》、泰戈尔的《新月集》《飞鸟集》、雷马克的《西线无战事》、拉夫列尼约夫的《第四十一个》、哈代的《德伯家的苔丝》、霍桑的《红字》、斯托夫人的《汤姆叔叔的小屋》、荷马的《奥德赛》、但丁的《神曲》、薄伽丘的《十日谈》、卢梭的《忏悔录》、巴尔扎克的《欧也妮·葛朗台》《高老头》、维克多·雨果的《巴黎圣母院》、福楼拜的《包法利夫人》、惠特曼的《草叶集》、海明威的《丧钟为谁而鸣》《老人与海》《太阳照样升起》《永别了，武器》等。

那年年底，拄着双拐的津子围不仅参加了一些文学活动，还参加了油画和书法展览。在第四届冰灯游园会冰雕比赛里，他拎着铁铲去雕冰，三天完成了冰雕《太白醉酒》，虽然是第一次做雕塑，却意外地获得了二等奖。

一九八六年

二十四岁

本年津子围作品发表情况：

发表短篇小说6篇，小小说1篇，散文1篇，诗歌3首。

一月，短篇小说《湖崴子里的小船》（《牡丹江文学》双月刊第一期）。

二月，短篇小说《老乡情》（《艺术》第二期）。

三月，短篇小说《阳差》（《丑小鸭》第三期），小小说《谁是导演》（《法律与生活》第三期），散文《鸟墓》（《青年文学》第三期）。

六月，短篇小说《小说两篇》（《北大荒文学》第六期），诗歌《诗三首》（《牡丹江文学》双月刊第三期）。

九月，短篇小说《街头》（《青年作家》第九期）。

十一月，短篇小说《刘海儿》（《北方文学》第十一期）。

本年津子围获奖情况：

是年，小小说《我在你窗下执勤》获江苏省《钟山》等13家杂志联合举办的法制文艺征文优秀作品奖。

散文《鸟墓》具有忏悔和忧伤的基调：

> 鸟墓再也寻它不到，疏朗的白桦林覆着一层厚厚的落叶。早些年，春的时候，我的的确确在这儿葬了三只鸟，一雄两雌……
>
> 我找不到鸟墓了，只有葳蕤的绿色。下山时，我看到人工林里有一群雀跃的孩子们，他们在野游还是采集植物标本？但我清楚：他们不会在口袋里藏着捕杀鸟类的弹弓，也真愿，他们不会像我，在那种心境下去修鸟墓了。

五月初，津子围去哈尔滨参加省委宣传部、省作协举办的小说创作班。小说创作班为期两个月，学员有迟子建、王立纯、何凯旋、王清学等人，由作家、学者王蒙、刘梦溪、周艾若、张抗抗等人授课。[①]

谭英凯回忆：

> 学习班上，大家开足马力地进入创作状态。人多房间大，学员们见缝插针地在会场，书法班教室写作，苦不堪言……他写作的时间与别人不同。别人都抓紧白天和上半夜这段时间写作。他白天则蒙头大睡，任凭室内说笑、唱歌、电视，对他的睡眠状态丝毫没有影响。他醒来了，哼着苏联歌曲，洗罢脸，吃罢饭，夹着纸大步进楼上办公室，夜深人静，他的创作进入了最佳状态。第二天，别人开始写作了他又开始睡觉。这家伙净打“时间差”！大家看着他香甜的睡态羡慕得要命。于是想，坏了，他准着了魔，阴阳颠倒了。他是学员中一块“高产田”，班中他写了五个短篇、一个中篇。“时间差”这一招确实绝了。[②]

小说创作班创作的小说与他之前创作的小说有了明显的变化，也可以说质量有了一定的提升。韦健玮评价津子围的短篇小说《刘海儿》时认为：

> 《刘海儿》则有几分明清笔记小说的传统……从描写上说，《刘海儿》的地方特色要更浓些，那窗台和地面一平，下雨水从窗子往炕上流的土房子，油都下锅了才去摘豆角的细节，小姑娘抽烟的风习，都有浓郁的乡土味。但更引人注意的是作者的写法，短小的文体，恬淡而又传神的语言，不露臧否的处理方式，很有明清笔记小说的风范。[③]

① 参见：中国作家协会黑龙江分会《小说创作班小结》。
② 谭英凯：《创作班上的时间差》，《创作通讯》，1986年第5期。
③ 韦建玮：《船儿已经驶出港湾》，《北方文学》，1986年第12期。

那年牡丹江市与牡丹江地区行署合并，新成立的牡丹江市人事局要找“笔杆子”，津子围被纳入人选之一，经过考试考核，正式调入牡丹江市人事局工作，同时兼黑龙江省人事厅《人才报》记者。

是年，津子围加入黑龙江省作家协会。

一九八七年

二十五岁

本年津子围作品发表情况：

发表中篇小说1篇，短篇小说2篇，小小说2篇，散文1篇，诗歌1首。

一月，短篇小说《猎雪》（《牡丹江文学》双月刊第一期），散文《采自森林的素描》（《林苑》第一期）。

二月，小小说《奇异的红房子》（《小小说》第二期）。

四月，短篇小说《黑瞎子沟》（《林业文学》第四期）。

五月，中篇小说《年华》（《小说林》第五期），小小说《老屯的》（《小小说》第五期）。

八月，诗歌《写给牡丹江》（《牡丹江文学》双月刊第四期）。

这一时期津子围的小说具有散文化的特征。

张晶认为：

> 张连波的小说在格调上大多仍然属于情节淡化小说。张连波小说的“淡”，也首先表现在情节之淡上。他的作品大都不是由故事贯穿全篇，而是抛弃故事情节的内在形式，用散文式的写法结构全篇，使小说在形式上具有散文的某些特点，亦称之为“散文体小说”。故事情节消融在心理、情绪、感觉的描写中。
>
> 中篇《流失年华》（初发表名为《年华》）两组生活画面交叠呈现于主人公云儿的脑际，云儿既是主人公，又是叙述的视点和叙述人，一方面是现实的（对主人公而言）实际家庭生活，另一方面是由淅淅沥沥的小雨为引线所牵出的对往昔知青生活的回忆。这两组生活画面是心理情绪情感逻辑而非情节逻辑组接起来的。[1]

① 兆力：《略谈张连波小说之“淡”》，《大连文艺界》，1991年第5期。

是年六月，津子围参加了林业部文联在湖北省房县举办的全国林业文学工作者会议，从湖北十堰转道去房县，有几件事令他印象深刻。

一是进入房县的盘山路，公共汽车在遍布沟壑的弯路上飞快奔驰，而悬崖下常常见到汽车的残骸，他一路心惊肉跳，还好总算顺利抵达会议地点。二是房县大街上挂着欢迎全国林业文学工作者的条幅，可见当时文学的热度和受人重视的程度。再一个就是会议结束后去爬武当山，从山脚徒步爬到金顶，再徒步下来，几乎用了大半天的时间，以致后来去武汉的黄鹤楼，他的小腿已经抽筋，爬了一层怎么也上不去了，只能望楼兴叹。

接下来的工作调研和考察，他先后去了沈阳、北京、郑州、西安、成都、重庆。在北京他吃了一顿“西餐”，所谓的西餐馆是位于东四的一家“肯德基”，一个汉堡、一包薯条和一杯可乐，居然花掉42元，那时的工资才50多元。

在考察沈阳人才市场的间隙，他还与沈阳的青年作家刁斗、王滨、刘元举见面交流。

那年暑假，津子围在吉林大学集中学习，王玮也从大连去到长春。王玮在散文《世界上的客人——丈夫津子围印象》中回忆了那段时间的经历：

> 我和他约好在长春见面。不想，我去的当天，他在吉大旁边四分局邮局邮信时，身上所有的钱都被小贼洗劫一空。他很好面子，不肯向别人借钱，我身上的钱又很少，这样，我们一见面就过着窘迫的日子。当时，我们吃的最好的东西是“义和小吃”的煎饼包果子（油条），他美滋滋地吃着，一副无忧无虑的样子。望着他的侧脸，我心下茫然，将来我的老公就是这个大大咧咧的人吗？结婚之后，我曾下决心改一改他的毛病，一遇到这种情况，他就态度诚恳地答应，可做的时候，他还是改不了大大咧咧、什么都不在意的习惯。
>
> 1993年，他的一个黑龙江朋友要在大连办一个饭店兼办事处，他帮助联系之后，那个朋友由于在南方出差赶不过

来，就让他帮着筹措资金垫付，他为那个朋友借了十几万元，把一个饭店给盘了下来。结果，他那个朋友一拖再拖，两个月后又改变主意不来了。盘下来的饭店扔在那里，他却不知道忧愁，我埋怨他时，他只是笑一笑说，没关系，什么问题都可以解决的。那段时间，他拼了命地写稿，用稿费来偿还那笔高额的债务。后来，我怕伤他的自尊心，很少跟他提被朋友骗了的事，我知道，他一定把那个人当成了最好的朋友，也只有最好的朋友才能伤害人。不想，他自己却不在乎。

1996年，他在《文学报》发表了一篇题为《午夜打电话给谁？》的散文，里面提到了被骗的事，有意思的是，他没有吸取“教训”，反而说不能因为受骗了就失去了真诚，“因为真诚不仅面对别人，而且首先要面对自己。不可以想象，一个没有真诚的人，他的人生会快乐”。如果说这还可以理解的话，他的做法却有些令人费解。后来，那个饭店被一个沈阳人包去了，开了“老边饺子”，他竟然常常去那里吃饭，我不明白他要去那个“伤心之地”寻找什么……

是年，津子围与王玮结婚。

九月，津子围开始了《来自改革试验区的报告》的采访和写作，他与合作者诗人黄瑞“同吃、同住、同劳动”，用两个多月时间完成了初稿。

一九八八年

二十六岁

本年津子围作品出版情况：

七月，第一本报告文学集《来自改革试验区的报告》（黑龙江人民出版社）出版。

本年津子围作品发表情况：

发表短篇小说2篇。

四月，短篇小说《秋雨》（《牡丹江文学》第四期）。

五月，短篇小说《眼睛》（《北方文学》第五期）。

本年津子围获奖情况：

六月，小小说《黑玫瑰》《蝴蝶》获《中国青年报》、中国人民争取和平与裁军协会等五家“青年与和平”征文优秀作品奖。

短篇小说《眼睛》一改以往“散文化”的写作风格，情节集中紧凑、诙谐幽默、反讽而不露臧否，但总体上仍旧体现了小人物的“民间性”。

秦岭认为：

> 津子围小说呈现出的正是一种菲茨杰拉德所说的气质：“如果没有办法跟别人说不一样的事情，那就用不一样的话来说。”……小说中充满了戏剧性，雨果曾说：“小说不是别的，而是有时由于思想，有时由于心灵而超出了舞台比例。”①

那一年，津子围开始忙于工作调动，先是在国家人事部所属部门借调工作，初秋去大连与王玮会合，住东北财经大学学生宿舍5号楼。那是他第一次去大连，腥丝丝的海风、温暖的阳光，随处可见的

① 秦岭：《走出如戏人生的困境——评津子围小说珍藏版〈大戏〉及其他》，《渤海大学学报》，2014年第3期。

老建筑和整洁的市容，正巧赶上大连举办国际服装节，他被这座美丽宁静、开放气息浓厚的城市吸引了，与王玮商量，两人决定不去北京，留在大连。在大连，他结识了文友刘文善。

当时，辽宁省的对外贸易机构大多在大连，有十多个省外贸公司，一家公司的中层职位空缺，正在寻找“懂法律、能写公文”的人，由于他的法律专业背景和职业经历，面试顺利通过。商调期间，他开始主动学习外语、规划外贸职业生涯。

一天，大连市人事局调配处的领导来了电话，问他是否愿意留大连市人事局工作，为尽快调动，他当即表示“服从安排”。后来他才知道，大连人事局审核档案时发现他从事人事工作，又是正需要的“笔杆子”，于是，将他截留。九月，津子围正式由牡丹江市人事局调大连市人事局调研处工作。

年底，津子围参加大连市直机关书画展，书法获优秀作品奖。

创作长篇小说《草尖无风》先于来大连之前，1987年年底他就开始动意。

> 虽然岁月的风霜将灵魂磨出了一层老茧，但我还是相信真诚。真诚是永久的魅力，是暗夜的灯光。所以我总在寻找朋友，也许这正说明我的孤独。太阳升起时，我没有自卑，走出家门，男子汉的勇气、刚强和自信统统上来了。可是一到午夜，一个人面对台灯、稿纸，面对茫茫的夜空，常常觉得脆弱和恐惧。实在孤独了，就尝试与自己的灵魂对话……我对神秘的东北移民史有浓厚的兴趣。我正在准备写一部长篇小说，名字叫《草尖无风》，写好写坏无所谓。但我就是想写，这是一种血液里的冲动。[①]

刚到大连，津子围在胜利桥北租了房子，是铁路职工住宅，条件十分艰苦，一室半住了两家，他家住的是那个“半”，两家共用一个厨房。不过外面的环境很好，房子在大连自然博物馆后面，周边都

① 渔翁：《张连波的思索》，《牡丹江日报》，1988年1月6日。

是老房子，俄式风格的建筑。这个地方是大连城市的起点，最早的市政厅，自然博物馆门前一条小街直接通往胜利桥，小街是由碎石铺成的，其实那是立起来的石条儿，如同哈尔滨的中央大街。小街两侧是风格迥异的老房子，每天上班下班他都走过这里，感受岁月的沉淀和祥和的氛围，时不时会有几只鸽子在街上飞起落下。

在一个陌生的城市里，他每天固定在两点一线上，从家到单位，再从单位到家。时间变得充裕起来，于是他就开始创作长篇小说《草尖无风》。当时家里的条件很差，除一张双人床几乎摆不下大一点儿的家具，他从老家带来的一个“靠边站”派到了用场，“靠边站”是吃饭时打开，饭后折叠起来靠在墙边的饭桌，他就趴在那个饭桌上，每天几乎都写到半夜。

转过年单位帮他协调了公租房，从胜利桥迁到了桃园街，桃园街山坡上的一栋日式小别墅，据说过去住的是满铁株式会社课长一家人，他去的时候住了6户。在二楼那个带阳台的房间里，他继续长篇小说的创作，那个阳台面对起伏的山峦，看不到海却经常可以听到海鸥的鸣叫。就在胜利桥和桃园街简陋的房间里，他完成了25万字、书写神秘东北文化和历史的长篇小说《草尖无风》。

一九八九年

二十七岁

本年津子围作品出版情况：

八月，第一本中短篇小说集《一袋黄烟》（大连出版社）出版，收入中短篇小说《镜泊湖畔》《猎雪》《黑瞎子沟》《湖崴子里的小船》《寂静的白桦林》《眼镜》《棋迷》《年华》《笨狗》《三人班》《黑玫瑰》《蝴蝶》等，共计23篇。

本年津子围作品发表情况：

发表短篇小说1篇。

十一月，短篇小说《白茫茫湖岸的呼唤》（《林业文学》第十一期）。

本年津子围获奖情况：

七月，小小说《蝴蝶》获首届全国微型文学作品编辑出版大展二等奖。

九月，短篇小说《三人班》获全国林业文协、全军绿化办、《中国林业报》联合征文“绿叶文学奖”。

是年，小小说《秋弈》获国家人事部、民政部、解放军政治部“老同志纪念建国四十周年征文”二等奖。

关于第一本中短篇小说集《一袋黄烟》，高云撰写了评论发表在《大连日报》上。小说集《一袋黄烟》收入的小说，都是近年来在刊物上公开发表的。津子围在小说集后记里说：

> 我已无信心再整理什么，有一些小的删改，也谈不上什么补足，作为十年创作的小小总结，似乎太不丰满了，所以我只好再找托词，作为一个了解的窗口吧！我写小说是心灵的聚光，是偶然，莫若说是必然，这扇窗口是打内侧灯光的，心里不再黑暗，我便安详了。

后来林喦认为《一袋黄烟》是有“地域性”特征的小说，津子围自己则认为：

> 您提到的地域性和年代性，我同样没有刻意去“区隔”的，只要某个“触发点”令我心动了，我就会探究下去，并不在意这个故事（或者作品里的人物）该发生（或者生活）在哪个时代和哪个地域，在我看来，无论时代还是地域，人性的某些东西是共通的，比如喜怒哀乐，所不同的是，舞台上换了场景和道具罢了。①

到了大连之后，津子围就把会员关系转到了大连市作家协会，与大连市的作家邓刚、素素、孙慧芬等人经常参加大连市文艺界组织的活动。这期间，津子围参与和组织成立大连市青年作家协会，任副主席，义务为各类文学创作和写作班讲课。

那段时间他身兼数职，白天忙于工作，下了班忙于写作，同时还开展与工作有关的学术研究，发表了《农村选聘合同制干部中“身份”问题带来的困扰》（《人才研究与开发》第一期）、《价值的失落与重逢》（《人才与管理》第三期）、《沉重的话题》（《东北之窗》第五期）等论文。

那年三月，他将长篇小说《草尖无风》送给中国人事出版社的一位熟人，熟人的爱人在人民文学出版社工作，很热心地答应帮助推荐。小说手稿托付三个月之后，他与那位编辑联系，那位编辑告诉他，早已转给了人民文学出版社，让他再等等消息。半年之后，那位编辑回信了，说那个书稿怎么也找不到了，问他留没留草稿或者复印件，让他再寄一次。可惜，那部小说他一气呵成，一遍成稿，除了一些笔记外，根本没有底稿。就这样，他耗费了几乎一年的心血就白白丢失了。一方面他十分痛心，另一方面又自我安慰。也许就是命运使然，那部小说还没有达到它应有的高度，不应该在那个时候问世。事实上，那次写作为后来、30年后津子围创

① 林喦，津子围：《好作家不会被落下——林喦与作家津子围的对话》，《渤海大学学报》，2014年第3期。

作《十月的土地》进行了一次预演和排练。一如荣格所言：“在我记忆中不可磨灭的人们，实际上他们的名字从生命一开始就早已写在我命运的卷轴里，所以表面上是遇见他们，实际上同时也是久别重逢。”

一九九〇年

二十八岁

本年津子围作品出版情况：

四月，报告文学集《边贸之光》（大连出版社）。

本年津子围作品发表情况：

五月，报告文学《最后的虎啸》（《东北之窗》第五期）。

本年津子围作品收录情况：

十月，小小说《我在你窗下执勤》收入《中国当代微型作品集》（江苏人民出版社）。

十二月，短篇小说《三人班》收入《中国林业文学作品选（卷一）》（中国林业出版社）。

工作、研究和创作仿佛是三个齐头并进的队列，并排向前进发，在别人看来的辛苦，到了津子围那里，仿佛成了鼓励、加油的推动力。

那时他已经从大连市人事局调研处调到办公室工作，他负责的工作之前在全辽宁省人事系统排名第九，他接手后用了不到一年的时间，就取得了全省第一名的好成绩。

学术研究方面，他开始拓宽研究领域，参与编写并统稿的高校教材《现代人事管理》出版（辽宁人民出版社，五月），发表论文《列宁考任制思想》（《中国人才》第十期）和《干部回避工作要研究和注意的问题》（《领导者》第一期），论文《城市住宅开发行业的体制改革》参加全国行政管理学会年会并收入《中国行政管理现状与改革》（北京出版社，六月）。

文学创作上，津子围开始关注机关里的小人物并着手对机关小人物的书写。冯静认为津子围对于机关小人物的书写充满温情与感动：

> 曾有人将津子围的小说创作总结为“零度叙事”，冠以“后新写实小说”作家，我以为不是很公允。从他的小说

中我们能明显看出作家赋予小说人物以生命的尊重，他用温情的笔调书写了在政府机关这一特殊语境下的一群群生命歌者，在权力的丝丝笼罩下充满温情与感动。①

十月，津子围加入中国作家协会。

十二月，津子围的儿子张樱觉降生。

① 冯静：《温情的生命歌者——论津子围新世纪小说中的机关小人物》，《小说评论》，2011年第2期。

一九九一年

二十九岁

本年津子围作品发表情况：

发表中篇小说2篇，短篇小说1篇，散文1篇。

一月，散文《三岁不知》（《新春》第一期）。

二月，中篇小说《机关大院里的骚动》（《章回小说》第二期）。

三月，短篇小说《调转》（《朔方》第三期）。

六月，中篇小说《小灰楼》（《海燕》第六期）。

是年，津子围的姓名被收入《中国作家大辞典》（中国作家协会编）、《中国专家大辞典》（国家人事部专家司编）、《中国人才大辞典》（人事部全国人才中心编）、《当代文艺群星词典》（新华出版社）。

出版任副主编的论文集《考试录用工作文集》（大连海运学院出版社，七月）。

发表论文《置身经济建设大环境，牢固树立全方位服务的思想》（《人才研究与开发》第四期）和《形成全方位服务大思路》（辽宁大学出版社，十二月）。

这年五月，由于工作实绩突出，民主推荐和考核都名列前茅，津子围被破格提拔为大连市人事局副处级调研员。

八月，津子围去牡丹江参加文化艺术节，同行的有王蒙、汪曾祺、林斤澜、童庆炳、何镇邦等著名作家和评论家。津子围作为代表团最年轻的成员抱着学习的态度，一路上沉默寡言，喜欢开玩笑的王蒙，管他叫"老张"，管汪曾祺叫"小汪"。他和汪曾祺相处得很好，在镜泊山庄，汪老还给他留下两幅墨宝。

那段经历让他记忆深刻。一九九七年汪曾祺去世，津子围写了一篇纪念文章发表在一九九七年六月十四日的《大连日报》上。

我还记得那是一个细细的雨天，汪老穿一件砖红色的衬衣，戴一顶礼帽。我们的话题是从他的小说《大淖记事》开始的……更多的时候汪老是不讨论文学的，他总是那么恬静和悠然，每到一地他总是想一切办法给北京的家里打一个电话，大概是报平安什么的。而平时，他就是细细地品烟、品茶，静静地听大家谈话。游镜泊湖回来，汪老的诗兴正浓，大家便乘机讨汪老的墨宝。汪老也不推托，不过汪老有三不写，即官不写、商不写、不认识的人不写。他给我写了两个条幅，一幅是：静对古碑临黑女，闲吟绝句比红儿。后来我在他的一篇随笔《写字》（收入多本文集）中看到这样的文字："……曾在昆明一家茶叶店看到一副对联：静对古碑临黑女，闲吟绝句比红儿……《张黑女》的字我很喜欢，但是没有临过，倒是借得过一本，反反复复，读了好多遍。《张黑女》北书而有南意，我以为是魏碑到二王之间的过渡。这种字体很难把握，50年来，我还没有见过一个书家写《张黑女》而能得其仿佛的。"而汪老的另一幅字更使我深藏敬意：大绿浓青俱泼尽，更余淡墨出烟岚。这或许更接近汪老的文品与人品。①

长篇小说《草尖无风》没有发表，曾看过手稿的作家刘文善（笔名师子闲）却记忆犹新：

在新时期文学中，一批作家群已当之无愧地以自己的面貌立于白山黑水之间，其探索足迹无疑会轰然或默默地走进历史的橱窗……张连波（津子围）在创作上似乎对生存形态赋予了更多的真诚。他以坦诚和严肃的探索心理方式去感受和体验生命，尽管在文化问题上他抱持着宽容的态度，但思索的重负常常令他显得过于"洒脱"。他的作品多在客观上借以偶象，灵魂旋即放飞灰蓝色的小鸟。他说：历史隔着一扇窗敲响了未来！他的长篇小说《草尖无风》，用轻捷的线

①《大连日报》1997年6月14日。

条捕捉凝重的感受，像历史风霜剥落而又重涂的绘画，显示了一种文化的夯实力。[1]

这一年，他在自己的创作生涯中首次使用“津子围”这个笔名。后来经常会遇到有人问起他为什么起这样一个笔名，他在《渤海大学学报》上做过详细的解释：

古代文人有字、有号，现在没有了，其实也没必要有。关于笔名也是有疑问的，如同您问的一样，比如鲁迅时代，周树人先生曾经用过183个笔名，当然，他用笔名与政治的甚至是别的其他因素有关，我的笔名没有上述因素，仅仅是与时代性有关，这样说有些不自然，我的意思是，我没有放大话题的意思，我所说的时代性是指我们自己的“时代性”。一九九〇年，一位同学就报刊发表的“张连波”的诗歌与我交流，我告诉他那不是我的诗，后来我又发现“张连波”发表的散文，当然也不是我写的。就在我为此事困惑时，我发现大连市公开发行的“黄页”上，有二十几个“张连波”的电话，我请教了相关部门，有人告诉我，第三次人口普查，大连市叫张连波的人共48位。同名或者重名算是我们所经历的时代特色。仅仅是因为避免重复，我在一个闷热的夜晚查字典，预设某页、第几个字，经过三次反复，“津子围”就无中生有地产生了。后来，有人说我起笔名是查过起名网什么的，我无以应对，不怕你笑话，一九九〇年我对电脑的认识几近文盲。笔名是这样产生的，从狭隘的角度讲，是为了区别，为了具有可识别性甚至是寻求“唯独的那个”，但是到了后来，我发现这些都不重要，名字不重要，幕布和灯光后面的作者也不重要。那么什么是重要的呢？——你说得很对，重要的是作品，作者的名字真的和现实生活中具体的人没有太大的关联，比如很多关注我的小说

① 师子闲：《东北新时期文学十家趣谈》，泰国《渤海商报》，1991年10月22日。

的读者，比如很多写过我小说评论的批评家，绝大多数都没见过面，作品是唯一可以衡量的尺度。福柯说，读者在上游，我非常信任这句话。[①]

① 林岙，津子围：《好作家不会被落下——林岙与作家津子围的对话》，《渤海大学学报》，2014年第3期。

一九九二年
三十岁

本年津子围作品发表情况：

发表中篇小说1篇，短篇小说1篇，散文1篇。

二月，散文《儿子正在扯书》（《大连日报》二月二十日，《散文选刊》第五期转载）。

三月，中篇小说《老林子》（《五月》第三期）。

十一月，短篇小说《津子围的朋友杜磊》（《青年文学》第十一期）。

本年津子围获奖情况：

小小说《造访》获上海十报一刊征文三等奖。

自一九八六年之后，津子围每年的读书单都在加厚。

哲学方面：李泽厚的《美的历程》、亚里士多德的《形而上学》、笛卡尔的《第一哲学沉思集》、黑格尔的《精神现象学》、休谟的《人性论》、叔本华的《人生的智慧》、奥古斯丁的《论三位一体》、加缪的《西西弗神话》、海德格尔的《存在与时间》……

文学方面：莫言的《透明的红萝卜》、余华的《许三观卖血记》《在细雨中呼喊》，川端康成的《雪国》、茨威格的《一个陌生女人的来信》、海勒的《第二十二条军规》、福克纳的《喧哗与骚动》《我弥留之际》、凯鲁亚克的《在路上》、马尔克斯的《百年孤独》、塞林格的《麦田里的守望者》、菲茨杰拉德的《了不起的盖茨比》……

创作上，除了小说《津子围的朋友杜磊》以外，津子围的好多篇小说中都有小说人物"津子围"的出现，引起批评界和读者的关注。对于这一现象，他解释道：

> 作品中的"津子围"和作者津子围没有关系，和张连波更扯不到一块儿，他只是小说中的功能性人物，为了解决

> “三个人称”转换中的叙述障碍，试图使小说的叙述空间更大一些，叙述方式更灵活一些，因此，有的时候“津子围”是作品“共谋关系”的需要，有的时候则是对作品人物的补充和帮衬。我知道叙述是作家一生要追求的目标，也是一生要对抗的难题，这样的尝试也许仅仅是我讲故事的一种努力和尝试。①

有学者认为那个时期津子围的小说创作已经有“元小说”的特征。“元小说”是一种关于小说的小说。大连大学吴娅妮在其硕士学位论文中引用了加拿大学者高辛勇的具体阐释：

> 后现代文学作品的普遍特征之一，是它的“自我反观性”，或“自反性”（self-reflexivity）。文本中出现的“津子围”作为叙事主体，是身为“生活人的小说家”的“第二自我”，它一方面受“第一自我”的制约，另一方面也受到创作实践的影响，具有自己的特点。在不同的文本中反复出现，让人产生一种错觉，貌似是一个人却经历了不同的生活轨迹，前后矛盾中对文本的真实性产生怀疑。这里作者就有意暴露了自己的叙事策略，故意消解内容的真实性，让人名作为一个文学符号出现在不同的故事中，继而将个体的人抽象化为一类人，揭示出人类所面临的共性问题……津子围站在知识分子的立场，围绕现实问题进行身份反思，具有自省意识，同时也含有批判讽刺意味。②

---

① 林喦，津子围：《好作家不会被落下——林喦与作家津子围的对话》，《渤海大学学报》，2014年第3期。

② 吴娅妮：《对普通小人物精神的独特关照——论津子围小说的人物书写策略》，大连大学硕士论文，2019年5月。

一九九三年

三十一岁

是年五月，津子围随团去美国参加培训。那是他第一次出国，对一切都感到很新奇，看到美国发达的高速公路和沃尔玛大商场，心想中国什么时候可以达到这样的水平。不承想，中国飞速发展，几年内高速公路网就已建成，而沃尔玛等大型超市也进入到各个城市中。

在纽约和华盛顿，他参观了联合国总部、曼哈顿岛、好莱坞、白宫、美国国会大厦等地。在国会图书馆，他看到有那么多的中国图书，仅宋代一个书库就占了一个大厅，他想，就是穷极一生也读不完一个书库的书啊。

那个时候，中国的人均收入还很低，出国需要800元的制装费，是用来做一套西装的费用。在飞机上用餐，人们会把叉子都收集起来带回家。他想："经济基础多么重要啊，它关系到一个人的自信和从容。"他在那年发表的散文《回眸》中写道：

> 想起早年啃过的《海国图志》，虽有绊绊磕磕，却也被其维护儒学的思想所感。而徐继畬的《瀛环志略》却有夸张夷人之嫌，不易与文人的脉搏相切。现在细细品来，徐继畬还真有点实事求是的味道。[①]

这个时期，津子围的小说出现了转型。

轶戈认为：

> 津子围操练小说从来就不是传统的现实主义创作方法……也许由于个人审美趣味使然，他的创作属于"情节淡化"一类小说，《小灰楼》体现出"新写实"，《红码头》则体现出"新状态"……需要指出的是，作者津子围与作品

① 津子围：《回眸》，《大连日报》，1993年4月3日。

中的“津子围”并没有真实性的联系，作品中的“津子围”是作者特意营造的一个参与性人物，是作品中独立的艺术形象。作者不仅以第三者的视角叙述他的行为与状态，而且加以严肃的审视。作者大概试图寻找一种更纯粹的表达，在对当代都市生活大背景下的以青年知识分子为主的系列人物形象的生存状态与心理状态做“参照性”的剖析。这样，作者就不至于站在某一道德立场上去疾呼，而是把评判交给读者、交给历史，因而比起单一的审视和批判显得更加深刻更有力度。作者心灵与艺术的良知正在于此，从而表现出一种“尚不肯丢失的精神力量”，表现出作家对历史的责任。[1]

邓丽指出：

在津子围的小说中，很多时候喜欢用目光和内心的波动去抚摸事物。常常会被作品带着不断地探求到底隐藏着什么，因为被隐藏的总是更加令人着迷。这样会使阅读走向不可再接近的状态，因为后面有着一个神奇的空间，而且是一个没有疆界的空间，它可以无限扩大，也可以随时缩小。[2]

那年年底，津子围开始酝酿创作长篇小说《残局》。

① 轶戈：《社会转型期生存状态的体味与表现——评津子围的〈红码头〉及其短篇系列》，《海燕》，1996年第8期，第60—64页。
② 邓丽：《寻找都市温情——津子围小说的现代性探索》，《小说评论》，2013年第S1期。

一九九四年

三十二岁

津子围应《珠海青年报》主编宋词之邀，写了两首诗于1994年4月15日在该报上发表。

《敲门》

谁跟我说过他总感到有人敲门/门外是夜色没有风/他说有人真幽默开这样的/玩笑/让他警觉/他说他的意思是干脆把门打开/甚至取消所有的门/据说不久，他逃离了房子/去西藏或什么地方/后来他带着比头发还长的胡子回来/你觉得我可笑吗？/或许，我自己都不知道我的可笑是不是/可笑/他说：因为世上原本就没有门。

《邀请》

门铃响起时，楼道空空荡荡/送奶员说：/你是外省人/我不知我的祖籍所在/只为一份烫金的邀请/来此漂泊/那年过了许久/我才发现邀请的文字/郑重其事请我参加一个葬礼/我发现那死者的年龄比我还小/后来我严肃地走在街上/对陌生人微笑/在空空荡荡的楼道里/按响门铃/邀请人竟是我自己。

这两首诗反映出他当时的心境，也反映出他开始关注小说的语言问题。

> 语言是有生命的，它是人类对时间的恐惧和抗拒，当奥古斯丁对时间充满疑问的时候，语言便进入了新的时代。到了艾柯那里，叙述时间是独立的生态循环系统，叙述可以让时间放慢脚步，因为有“模范读者”在“河流的上游”。而认为时间可以摧毁一切的M.普鲁斯特，却暧昧地认为，回忆可以起到保存的作用，他告诉人们“某种回忆过去的方式”。[1]

① 津子围：《写作是抖落时间的羽毛》，《光明日报》，2012年7月17日。

近两年间，津子围不间断地阅读：《红楼梦》《三国演义》《山海经》《太平广记》，卡夫卡的《变形记》《城堡》、加西亚·马尔克斯的《霍乱时期的爱情》、贝克特的《等待戈多》、加缪的《鼠疫》《局外人》、莫里亚克的《爱的荒漠》、劳伦斯的《查泰莱夫人的情人》、弗洛伊德的《梦的解析》、米兰·昆德拉的《生命中不能承受之轻》《为了告别的聚会》《玩笑》《不朽》《生活在别处》、川端康成的《雪国》《古都》、大江健三郎的《性的人》《万延元年的足球队》等，浏览普鲁斯特的《追忆逝水年华》和乔伊斯的《尤利西斯》等书。

是年十一月，长篇小说《残局》初稿完成。

一九九五年

三十三岁

本年津子围作品出版情况：

一月，长篇小说《残局》（群众出版社）出版。

本年津子围作品发表情况：

发表中篇小说1篇，短篇小说3篇，散文2篇。

二月，短篇小说《津子围的朋友老胡》《津子围的朋友阮作华》（《小说林》第二期，《中华文学选刊》第四期转载）。

五月，散文《别小瞧俄罗斯人》（《青年报刊世界》第五—六期）。

六月，中篇小说《红码头》（《海燕》第六期），短篇小说《持绿卡的杜磊》（《小说林》第六期）。

九月，散文《难逃包装》（《中国青年报》九月十七日）。

本年津子围获奖情况：

是年，《红码头》和《宽容的境界》在纪念大连市解放50周年文学大赛中分别获得小说和散文奖。

是年，何镇邦先后发表评论文章《九十年代一场悲喜剧》（《新闻出版报》三月十日）、《评长篇小说〈残局〉》（《黑龙江日报》）三月二日）、《独特的观照视角，新鲜的艺术风貌》（《大连日报》三月二日）。

何镇邦认为：

> 青年作家津子围的长篇新作《残局》正是在长篇小说创作日趋多样化的背景下出现的一部值得注意的长篇新作，而它反映现实生活的敏锐和艺术上的鲜明特色，又为长篇小说创作多样化增添了新的色彩。《残局》不仅以其观照生活的独特角度和敏锐捕捉时代的情绪引起读者的共鸣，也以它新鲜的艺术表现手段和艺术风貌吸引读者。在结构上，这部小说以人物之间的逻辑关系来结构作品，而不用一个主要情节

贯穿全书的传统手法，这也透着一种艺术新鲜感。这种结构办法，可以归之于又一种板块结构，是值得肯定的。作品中相当多的人物心理描写是相当吸引人的，语言的流畅、生活化和调侃味也增强了作品的可读性，某些“黑色幽默”的运用也恰到好处。在长篇小说创作趋于多样化的背景下，《残局》仍不失为一部长篇小说新作中的佳构。[①]

《残局》在《大连日报》连载，相关评论有：王稀君、扬子的《关于〈残局〉的文学对话》（《大连晚报》五月十四日）、代一的《妙笔挥洒一片情》（《海燕》第十二期），还有山东师范大学李海燕的博士论文《世纪之交：现代性伦理与大陆长篇商界小说研究》。

七月下旬，中国作协创联部《作家通讯》组织了牡丹江小说笔会，津子围与中杰英、徐小斌、林白、高伟等参加了笔会，参观了地下森林、杨子荣墓和亚洲最大的东北虎饲养场。路上，津子围与徐小斌、林白就现代文学和后现代文学创作进行了深入讨论。

这一时期，同时被关注的还有“津子围的朋友”系列小说。

诗人朱凌波指出：

当有人主观地将津子围的长篇小说《残局》《残商》列入新写实范畴时，事实上的津子围已经进入一种新的构创之中，他新近创作的系列短篇小说《津子围的朋友阮作华》《津子围的朋友老胡》（《小说林》《中华文学选刊》）、《津子围的朋友杜磊》（《青年文学》）、《津子围的朋友老乔》（《亚洲周刊》）以及《持绿卡的杜磊》《飞热的一周》都客观地步入了“新生存状态”，在一定意义上讲他是生存状态创作的主要代表。而写法上也较新写实迥异有别，这不仅体现在语言所传达的内在精神气质，也同时体现在规模写作的突围意态，我固执地认为这是一种“后写实”手法。如：“关键是同艾军一起吃饭，一想到这个后腰就发

① 何镇邦：《评长篇小说〈残局〉》，《黑龙江日报》，1995年3月2日。

热，心直往上提。”使你感到作者的语言非常到位，你只感到生命的冲力，而语言了无痕迹，语言成了生命的皮肤和血液！如“仿佛这一想，我的灵性大开，发现了一条黄金铺成的小路”。再如：“使劲往里喝酒，使劲往外说话。”这些语感使津子围的小说达到了现代诗的阶段，在语言上无疑他的小说前卫化了。如“空气中没有风，不过看艾军就有风轻拂的感觉”。像这些禅味的语言读起来很闲、很美。如：进了酒店，“我把伞放在伞架里，拿着澡堂子柜子的钥匙一般，将锁伞的钥匙套在手脖子上”。这种随手牵来的细节，不动声色，惟妙惟肖，很生活化也很艺术化。[①]

叶立群认为：

《津子围的朋友老胡》中的男主人公在现实中本是一名普通狱警，狱警的正常生活一定充斥着压力、压抑和枯燥，这样的人物会有什么故事呢？让我们看看津子围超越现实的设计：一场突如其来的车祸让男主人丧失了记忆，当他发现身边的衣服上写着“胡春林中医”时，就认定自己是中医，于是就开始了“祖传名医”的“传奇”生活。造成了现实和可能之间巨大的张力，逼近了最真实、最隐秘、最复杂的人性。[②]

何向阳在二〇一三年“海蛎子组合”大连六零后作家展评会上说：

昨天夜里十点多风雨大作，晚上看津子围小说《津子围的朋友老胡》，打开的时候看到，感觉惊心动魄。小说《津子围的朋友老胡》中，神医老胡是一个冒名者，最后包

① 朱凌波：《从“新生存状态”到“后写实”》，《黑龙江日报》，1995年6月6日。
② 叶立群：《经验世界与超验世界的背离和共谋——津子围小说的文本价值管窥》，《小说评论》，2010年第2期。

装了，风风光光，故事非常曲折，最后露出了真相。中药同西医的药混合在一起，这是有原型的，其实是非常放大的，在这种文化中，为什么不断地重现，不断地重演，很有警示性。最后老胡恢复记忆之后，刚一开始提笔就是我当医生五年了，最后就是一个押解医生的押解员，这个写法确实太老到了。

贺颖分析小说《津子围的朋友老胡》的结尾：

“无论是真的老胡还是孙勇，怎么会糊涂到把日期提前了5年……”这是津子围1995年发表于《小说林》的短篇《津子围的朋友老胡》的结尾，坦率地说，正是这篇作品的结尾，将自己倏然托至魔幻现实主义的秘境之中，一切因时间与空间的神秘而展开的迷雾，自此一路飘过，并一度蔓延于另外的文本之间，或诡秘惊异，或暧昧奇幻，面貌迥异而却灵魂相通如斯。[①]

是年，津子围创办并主编大连市人事局主管的《大连人才报》。

① 贺颖：《以读者的名义——津子围小说之文本探索》，《山东文学》，2017年第6期。

一九九六年

三十四岁

本年津子围作品出版情况：

五月，长篇小说《残商》（群众出版社）出版。

本年津子围作品发表情况：

发表中篇小说2篇，短篇小说1篇，散文2篇。

五月，中篇小说《窗口》（《海燕》第五期），散文《午夜打电话给谁》（《文学报》5月30日），散文《捣碎故事然后结构》（《通俗文艺报》第五十期）。

六月，短篇小说《关于“大清”》（《小说林》第六期）。

十二月，中篇小说《槐下弥望》（《海燕》第十二期）。

关于长篇小说《残商》，王春荣在《文学园地里的杂色精灵——辽宁当代短篇小说选读》[1]一文中通过对津子围小说的分析，指出作者对自己小说里的人物持有一种客观的评价态度和尺度。河北大学冀东艳在其硕士学位论文《津子围小说论》中指出津子围的小说还有一种多线交叉的网状结构模式，这类小说几乎没有主要的情节和主要的人物，而常常是多条线索相互交叉相互联系，共同向前发展，增强小说的历史深度和形象感。《残商》围绕着主人公杨萦、津子围、曾思铭这三条线索展开故事情节，让这三条线索相互交叉、纵横交错地联系在一起，通过三条线索写出了商界的浮浮沉沉、斑斓人生。这种多条线索交叉的网状结构通过展现不同的生活、不同的人生，揭示出处在急剧变化的社会文化转型期的青年知识分子的生存状态和种种精神困境。

本年相关评论文章还有陆文采对中篇小说《红码头》撰写的评论（《海燕》第一期）。

是年，津子围开始长篇小说《残缘》的创作。

① 王春荣：《文学园地里的杂色精灵——辽宁当代短篇小说选读》，《渤海大学学报（哲学社会科学版）》，2012年第3期。

一九九七年

三十五岁

本年津子围作品出版情况：

六月，长篇小说《残缘》（群众出版社）出版。

本年津子围作品发表情况：

发表长篇小说1篇，短篇小说1篇。

五月，短篇小说《某年》（《小说林》第五期）。

下半年开始创作长篇小说《洋槐下的小楼》，发表并连载于《大连日报》。

是年，辽宁省作家协会改革专业作家体制，实行合同制作家聘任制，委托辽宁文学院具体管理。合同制作家在全省范围内由各市文联推荐，他抱着试一试的心理填报了申请表。经过评审，他成为辽宁省作家协会首届签约作家，同时签约的还有孙慧芬、刁斗、鲍尔吉·原野、皮皮等20人。合同制作家每届聘期两年。从那以后，他连续签约七届，做了14年的签约作家。

这年对于津子围来说有喜有忧，下半年似乎运气不好。有一次他给儿子洗澡，因家里的热水器漏气，就用大蒸锅烧水，水烧开了，他端着蒸锅去卫生间，不想，进门时绊倒，一大蒸锅开水都浇在他的脚面上。双脚烫伤很重，属于二三度烫伤，住院近两个月。那是自车祸之后相隔十二年的事情。他调侃说，灾祸总是跟我腿脚过不去，好在没影响到我的双手，没影响到写作。

王晓峰在《大连长篇小说述略》（《大连文艺界》第四期）重点讨论了长篇小说"三残"，津子围自己也写了创作谈《我与长篇小说"三残"》（《大连文艺界》第三期）。

辽宁师范大学刘红兵的硕士学位论文《失态的诗神——新意识形态笼罩下的1990年代小说嬗变》将津子围的《残局》《残商》《残缘》作为研究对象，在"叙事形象：消费时代的迷惘者与空心人"一章中写道：

津子围的《残商》等作品中的人物均不同程度地表现出价值转移和人格姿态的动摇，他们或自觉或无奈地汇入对物质利益追逐的洪流之中……津子围《残商》《残缘》及新近创作的一些机关生活的小说则从另一个角度深刻透视了在物质欲望极度膨胀的消费主义时代，坚持自身追求的知识界精英所面临的窘迫困顿的尴尬处境。《残局》中的主人公吴文翼的下海和上岸充满了悲喜剧色彩，小说传神地勾画了他复杂的心理世界。

辽宁大学王雨晴的硕士学位论文同样认为：

津子围在1995年、1996年、1997年接连出版的三部长篇小说《残局》《残商》《残缘》反映的正是90年代中国都市男女的个人欲望，以及一种新的都市生活状态。在政界和商界相互交错的大背景下，他们或沉浮于商海之间，或穿梭在爱情游戏里，生活像一盘象棋的残局无路可走，人人内心充满着一种玩世不恭的世纪末情绪。①

吉林社会科学院文学所主编的《19—20世纪东北文学的历史变迁》（吉林人民出版社，2004年4月）中重点评价了《残局》《残商》《残缘》这三部长篇小说。

津子围谈到三部长篇小说的创作时说：

诺斯洛·弗莱在《现代百年》中说的话我印象深刻，他说："进步并不是人类进步，而是人类把那些自己会进步的力量释放出来。最明确的标志就是科技。"释放什么和怎么释放就有现代性特征了，这里体现了作家对所生存的时代的忠诚和良心，当然，最外观的表现是判断和选择，如何判断，怎么选择？②

① 王雨晴：《津子围小说创作论》，辽宁大学硕士论文，2021年5月。
② 林喦，津子围：《好作家不会被落下——林喦与作家津子围的对话》，《渤海大学学报》，2014年第3期。

是年，津子围参加职称评定，被评为高级经济师；参加全国律师资格考试，获得律师资格。书法作品参加首届全国城市文联书画邀请展、中日韩书艺交流展。

一九九八年

三十六岁

本年津子围作品发表情况：

发表长篇小说1篇，短篇小说1篇。

二月，短篇小说《大雨》（《鸭绿江》第二期）。

十二月，长篇小说节选《静听天籁》（《海燕》第十二期）。

第四部长篇小说《洋槐下的小楼》连续几个月在《大连日报》连载，他又开始第五部长篇小说《平民侦探》的创作，并发表长篇小说节选《静听天籁》和短篇小说《大雨》。文字量之大令人感叹，刘恩波说：

> 津子围只是守望在他的小角落里，用一个公职人员下班后的业余时间，如同我们的前辈卡夫卡、卡瓦菲斯，或者佩索阿那样，让写作成为黄昏降临以后融入到暮色中的期盼、等待和慰藉，让时光、岁月、人情世故和命运的声音在寂静的头脑里穿行。①

与此同时，津子围开始注意到小说的内在品相了，开始注重“语言”及“精神性”。

大连大学吴娅妮在硕士学位论文《对普通小人物精神的独特关照——论津子围小说的人物书写策略》中写道：

> 津子围是一位具有浓厚的人文精神的作家。他对现实生活的关心，对小人物精神世界的关注，对人类命运的思索无不体现出他悲天悯人的人道主义情怀。同时知识分子的生活经历也给了他特殊的体验，加之对文学叙述方式持之以恒的

① 刘恩波：《进入到恒温层的写作——津子围作品印象点滴》，《当代作家评论》，2003年第6期。

探索热情，都令他的作品无论在内容还是艺术构思方面呈现出独特的魅力。[①]

同年，津子围的书法作品参加中日韩“’98百万人的书”国际书展。

① 吴娅妮：《对普通小人物精神的独特关照——论津子围小说的人物书写策略》，大连大学硕士论文，2019年5月。

一九九九年

三十七岁

本年津子围作品出版情况：

一月，中短篇小说集《相遇某年》（大连出版社），收入中短篇小说《津子围的朋友老胡》《老乔的爱情》《相遇某年》《老铁道》《搞点研究》《持绿卡的杜磊》《关于“大清”》《津子围的朋友阮作华》《三个故事和一把枪》《好梦依旧》《槐下弥望》《红码头》《大雨》等，共计15篇。

本年津子围作品发表情况：

发表长篇小说1篇，中篇小说2篇，短篇小说3篇，随笔7篇。

二月，中篇小说《三个故事和一把枪》（《青年文学》第二期，《小说选刊》第四期转载）。

七月，短篇小说《开元通宝》（《海燕》第七期），长篇小说《平民侦探》连载于《大连日报》（七月至九月）。

八月，随笔3篇《品味提升》《呼唤真诚》《用真诚叩门》（《黑龙江日报》）。

九月，短篇小说《老屯旧事》（《林业文坛》第九期），随笔《自我提升》（《东北之窗》第九期）。

十月，中篇小说《我家的保姆梦游》（《鸭绿江》第十期），短篇小说《复活的日子》（《长江文艺》第十期），随笔《影子爸爸》（《东北之窗》第十期），随笔《当皇帝不容易》（《东北之窗》第十期，《经理人》第十一期），随笔《倾听“法布尔”》（《威海日报》十月十四日，《黑龙江日报》十月十五日）。

十一月，长篇小说《平民侦探》连载于《牡丹江晚报》（十一月十日开始）。

发表第五部长篇小说《平民侦探》。

《平民侦探》是一部以平民的视角参与“侦探”案件的长篇叙事架构。退休老刑警冯才和业余侦探齐大海为两条叙事线索，两条起初看似平行无关的线索交替发展，终于在意料之外的地方相遇并互相影响，最终形成了审美和文学价值同构的过程。老刑警冯才退休后因为寂寞，来到一家酒吧负责看场子，凭直觉发现杀害刘玉英的凶手是陪酒女小华的男友黑子，为追捕黑子来到长珊岛。下岗职工齐大海是一个侦探迷，偶然间接到一个调查丈夫外遇的委托，为获取男人出轨的证据，同样来到了长珊岛，此时两条线索的主人公终于相见。而将两人联系在一起的，则是冯才的女儿小品。齐大海对小品一见钟情，而展开追求的方式是协助冯才抓捕黑子背后的主谋刘红军。经过一系列激烈紧张的动作场面和内心复杂矛盾的刻画，最终不仅完成了故事的“大团圆”，也完成了人物心理的“成长”。互为对照、交错进行的时空布局，是这部小说叙事上的特色，双线叙事让事件同时推进，“花开两朵，各表一枝”，为读者呈现平行时空下不同人物和事件的发展，使得叙事饱满而灵活。

是年，在杨匡汉、孟繁华主编的《共和国文学50年》（中国社会科学出版社）一书中，李洁非在第六章“城市时代和城市文学”中论及津子围的小说《三个故事和一把枪》，他认为：

> 第二个故事：《导演》的情节同毕飞宇的短篇小说《款款而行》颇有类似之处，所不同的是主人公的心理。对毕飞宇笔下的富豪来说，金钱让他生出了可以成为伟人的幻觉，而在津子围笔下，金钱同样使富豪生出超级幻觉，但却走向另一个极端——他感到自己足以恶贯满盈而不受任何惩罚，因为他已经处在“一天可以赴十次约会，一晚可以睡三个小姐”的现实中。[①]

秦岭同样分析了《三个故事和一把枪》中的《导演》，认为这篇小说：

> 完全是借助了戏剧的元素来反观生活的冲突与矛盾。他

① 杨匡汉，孟繁华：《共和国文学50年》，北京：中国社会科学出版社，1999年版，第276、277页。

的小说中充满了戏剧性，雨果曾说："小说不是别的，而是有时是由于思想，有时由于心灵而超出了舞台比例。"随着对小说审美特性认识的不断深化，"戏剧性"也是小说叙事文体的一个重要方面。正是有了戏剧般的张力，不但扩展了小说容量，而且增强了小说的艺术表现力。无论津子围是否喜欢戏剧是否研究过剧本，他在小说中对戏剧性的敏感和运用都超过了其他作家。①

有论文还注意到小说人物形象的身份意识，分析了市场经济下知识分子的精神焦虑：

《三个故事和一把枪》结尾中写到文人"津子围"最初阴差阳错分到公安局时，配过一把枪，因为怕枪走火、丢失，每天提心吊胆，换工作把枪上交后，还常做带枪的梦。他的紧张是和他的文人心理有关的。

以及社会转型期的企业家如何陷入虚无：

《三个故事和一把枪》里，朱荃头脑灵活但不踏实，好耍小聪明，到处捅窟窿。他富了后，创作了一部小说《体验罪恶》，写一名富翁化身白衣大侠去抢劫、盗窃、奸淫妇女……然后在朋友的帮助下成功逃脱，重新回到公司做自己的富翁。这尖锐地揭示了这一类人在身份改变后的精神现状。历经改革开放数十年，中国社会出现很多在经济上获得成功的人，但他们还未来得及去积淀、去构筑与此相配的精神境界。身份意识需要一个艰难的建构过程，商人取得社会身份，内心仍有精神危机。②

① 秦岭：《走出如戏人生的困境——评津子围小说珍藏版〈大戏〉及其他》，《渤海大学学报（哲学社会科学版）》，2014年第3期。
② 张祖立，吴娅妮：《论津子围小说人物的身份意识》，《大连大学学报》，2019年第2期。

五月二十三日，津子围被辽宁省作家协会续聘为第二届合同制作家。

七月十四日至七月二十日，参加辽宁文学院和《鸭绿江》在山东省烟台市组织的笔会。

九月，长篇小说《洋槐下的小楼》获得大连市庆祝新中国成立50年“建设银行杯”文艺作品征集活动优秀奖。

十月，开始创作长篇小说《爱的河流》。

十二月，《大连晚报》《半岛晨报》发《津子围创作丰收》消息一则。书法作品参加中国作家书画作品巡展。

是年，津子围应邀随黑龙江省交流团组去俄罗斯远东考察，先后去双城子（乌苏里斯克）、海参崴（符拉迪沃斯托克）等地，参观博物馆、画展等。津子围的小说《老铁道》等曾以俄罗斯远东海参崴（符拉迪沃斯托克）、双城子等为背景，实地考察，仍感慨万千。

二〇〇〇年

三十八岁

本年津子围作品出版情况：

一月，长篇小说《爱的河流》（北方文艺出版社）出版。

本年津子围作品发表情况：

发表长篇小说2篇，中篇小说1篇，短篇小说8篇，随笔5篇。

一月，短篇小说《搞点研究》（《小说林》第一期、八月收录于《2000年大众最新名家小说速递丛书》），短篇小说《遥远的父亲》（《海燕》第一期），随笔《新年有雪》（《大连日报》）。

四月至五月，长篇小说《爱的河流》连载于《大连日报》。

五月，长篇小说《平民侦探》（《啄木鸟》第五、六期）。

六月，中篇小说《狼毫毛笔》（《章回小说》第六期），短篇小说《寻找郭春海》（《小说林》第六期），随笔《倾听“法布尔”》（《新民晚报》六月一日、《半岛晨报》六月十三日转载），随笔《我为什么写作》（《满族文学》第六期）。

七月，短篇小说《老铁道》（《人民文学》第七期）。

八月，短篇小说《马凯的钥匙》（《鸭绿江》第八期，《小说选刊》第十期转载，《中华文学选刊》第十一期转载），短篇小说《寻找虹》（《海燕》第八期）。

十月，短篇小说《横道河子》（《芒种》第十期），随笔《都市里的百草园》（《大连日报》十月二十六日）。

十一月，短篇小说《裂纹虎牙》《在河面上行走》（《鸭绿江》第十一期），随笔《长大给父亲买酒喝》（《海燕》第十一期）。

本年津子围获奖情况：

获辽宁省作家协会第五届辽宁省“优秀青年作家”奖。

传记文学《灵魂的锚》获辽宁省首届传记文学奖。

中篇小说《三个故事和一把枪》获大连市优秀创作奖中篇小说奖。

津子围这一时期的小说创作出现了多种不同的方向，在城市题材小说中，出现了具有都市情感、先锋性叙事和机关小人物形象三种典型特征；东北旧事题材小说主要以抗日时期作为故事的背景。

出版第六部长篇小说《爱的河流》，小说于四月至五月连载于《大连日报》。

叶立群注意到小说的时间性：

在长篇小说《爱的河流》中，作者试图把想表现的主题放在时间的长河中随波逐流。在任意流淌的时空中，故事形成了丰富而柔韧的形态。正是这种放逐，让主人公对爱的理解也呈现出开放性和多样性，唐凌对爱的理解古典而隽永，夏乃红解读爱的方式现代而豁达。在同样的时代和生活背景下，这种多样性的呈现，不能不说是一种穿越历史的存在，谁是现世的，谁是遗存的，谁是转瞬即逝的，谁将是永恒的，所有这些，都会让读者深陷解码和追索的泥沼中，这也是幸福的泥沼。①

高晖将《爱的河流》与其他作品进行对比：

在过去大半年，贾平凹写出了《怀念狼》，铁凝写了《大浴女》，陈染写了《声声断断》等，还有津子围的《爱的河流》。在平面上，我们也许会产生这样的误解——作家们是不是开始迎合了一种大众化的阅读？或者说有媚俗的倾向。可在你读完全书之后你就会发现作家的严肃性，他们共同的那一部分东西就是：关怀、坚持、倾听、虔诚、希望、透析等与之相关的语汇很容易进入阅读后思考者的心灵。②

并分析了小说的叙述方式：

① 叶立群：《经验世界与超验世界的背离和共谋——津子围小说的文本价值管窥》，《小说评论》，2010年第S1期。

② 高晖：《爱的河流是怎样流淌的——评津子围长篇小说〈爱的河流〉》，《原始阅读》，香港：中国文学出版社，2003年版。

构造这条河流的基本工具是津子围的叙述方式。这一次，津子围讲起爱的故事和以往有很大的不同，唐凌的古典特征和夏乃红的现代感构成了一种“极地”方式同时也是“两极”关系。他努力追求一种平静而伤感的语言，就凭这样的语气他推动着唐凌和易丹的故事一点点行进，也推动着夏乃红和崔大伟（安浩）的故事跌宕起伏。这是一种河流般流动的状态，一种与故事本身气韵接近一致的语言：伤感、缠绵、明晰……《爱的河流》里有这样一段话：转瞬间，我们的故事就成了上一个世纪的往事与怀想了。上个世纪的天空弥漫着浓重的色彩，在时间的长河里，爱情成了倒影，成了我们个人生活历史中的经典财富。在此基础上理解这部小说，使我们较为清晰地在《爱的河流》中体会出津子围为提升伦理叙事品位所做的努力。①

刘红兵分析了小说的“交叉互文式”结构：

在《爱的河流》里读者很难找到一个传统小说里所谓的主要情节和主要人物，而往往是多条线索齐头并进，共同向纵深发展。然而这几条线索又并非毫无关联，而是处于犬牙交错的胶着状态，呈现出一定的互文性，从而增强了小说的立体感和历史深度。《爱的河流》里唐凌和夏乃红对爱情的两种理解方式也构成了两条泾渭分明的线索，在纷乱的世相中对真爱的执着和虔诚构成了他们的精神交汇点。②

小说《搞点研究》是一篇颇具先锋性的小说，文本的隐喻神秘而特别。“我”不明缘由地暴富，引来一个博士说服“我”资助她的一项特别的研究项目。特别之处在于，她的研究对象是有着奇特癖好的人，包括吃纸癖、放屁癖、窥视癖、咬舌头癖、挖耳朵和骂人癖、

① 高晖：《爱的河流是怎样流淌的——评津子围长篇小说〈爱的河流〉》，《原始阅读》，香港：中国文学出版社，2003年版。
② 刘红兵：《“生命是我们的最高权力”——论津子围小说创作》，《大连大学学报》，2002年第3期。

眨眼睛和自残癖等。事实上，他们并非精神病患者，他们都是日常现实生活中的普通人，是极其放松的实验环境暴露了他们的癖好。每个人的内心都有一块最隐秘的地方，在日常生活中，人们会将其隐藏起来，而特殊的实验环境是释放真实自我的最佳场所。小说的隐喻直接指向了人性中最真实、最隐秘、最复杂的一面，如果近距离观察，每个人都有表层真实与内心真实的矛盾冲突，人人都可以成为被研究的对象。

翟永明在文章《时空分裂的叙事与复杂人性的开掘》中分析小说《搞点研究》对于人性的思考：

在《搞点研究》中，惠博士利用重金将三幢别墅改装成戒备森严的研究所，收治了六位精神怪异的研究对象，他们分别有着诸如吃纸癖、放屁癖、窥视癖和咬舌头癖等不同的癖好，而这些怪癖之所以展现，是由于研究所根据每个人生物和心理方面的情况，为他们提供本性充分暴露的环境，正是在一个彻底放松没有任何约束的环境中，积压在这些研究对象内心深处的人性欲望能量被释放出来，产生了暴力、变态、自虐甚至邪恶的行为。然而研究的最终结果是这些精神行为异常的人“冲出疯人院”，回归社会，融入人海，重返普通人的正常生活。小说展现了特定的环境中，人的情感、心理及行为方式往往会陷入理性与非理性、正常与异常、真实与虚假混杂的旋涡之中，分裂出多重的人格状态，而这颠覆了人性善恶的简单判断，体现出复杂多变的人性特征。①

贺颖则发现了小说的神秘魔幻性：

《搞点研究》算得上与《拔掉的门牙》一脉相承，既是真实的同时也是非真实的，缥缈跳荡间充溢着形而上意义。莫名的疏离感与断裂感，及探索元素的力道，服务于小说的

① 文章未公开发表。

人物与命运之间，而其为之提供的种种可能，则明显有赖于语言的技术、形而上的哲思，以及无数难以言说的诡异之处。正是这样的命题，使得魔幻与神秘一以贯之，既救赎了孤独，也不啻为另一种源于孤独内部的重构。①

小说《寻找郭春海》也是一篇具有先锋性的小说。主人公在失去记忆的状态下登场，悬念在小说开始就已达到顶点。失忆的主人公凭借在衣物上找到的“证据”，自我指认为“郭春海”，度过了两个月的农民工生活。就在他适应了这种生活并不再焦急寻找记忆的时候，他又突然恢复了从前的记忆，原来，他就是工友口中为富不仁的镇长郭春海。荒诞的是，这次消失不见的是两个月的农民工记忆。不过，此时郭春海比起寻找消失的两个月，他更急于想方设法回到原来的镇长位置。小说最有意味的是因记忆缺失和身份错乱造成的两个荒诞的相遇场景。第一个是刚恢复镇长记忆、失去农民工记忆的郭春海与从前的下属大斌的相遇，农民工的衣着打扮使大斌改变了对待郭春海的态度。第二个是郭春海在新任劳动局长视察工作时，抓了非法用工的搬家公司戴老板，小说最值得深思的情节就是，戴老板即使认出了郭春海的面孔，也只能说认错人了，因为，戴老板认识的是有着农民工记忆的郭春海，而不是有着镇长记忆的郭春海。小说到这里戛然而止，因为它的中心思想已经显现，记忆是人的历史，当人的记忆被割断时，人的历史也就不复存在，甚至还会走向截然相反的方向。因此，记忆同时也决定了身份。随着记忆的变换，郭春海的身份也在不断摇摆，失去记忆就是失去身份，而身份是个人在社会中的位置。

刘恩波认为：

《寻找郭春海》是津子围写的一篇不太好容易归类的小说，主人公从一开头就得了健忘症，对自己的身份和存在产生了不确定的怀疑和质问，“除了叫郭春海我不知道我还是谁？”名实分离，一个人知晓自己的姓名但他却丧失了命

① 贺颖：《镜像：“存在与虚无”——津子围小说作品中的精神重构策略》，《当代作家评论》，2020年第4期。

名的能力，就是不能用一种肉身或者精神上的对象化力量找回自我的本原。后来在作者环环相扣一层一层条分缕析的辨认过程中，郭春海对自己的寻找才总算有了点眉目。这篇看上去有点怪诞的小说不知因为什么总让我想到索尔·贝娄的《赫索格》乃至纳波科夫的《黑暗中的笑声》。或许是它们的作者都有意处理了带有精神病神经质一类反常抑或非常特征的变态人物的变态性格。正像《赫索格》中的赫索格由于遭到妻子的遗弃精神处于崩溃的边缘，于是他对写信入了迷，亲戚朋友，报社杂志，知名人士，认识的，不认识的，活着的，死了的，甚至上帝和自己，都是他写信的对象，但他写了并不寄出。还有《黑暗中的笑声》里的欧比纳斯在一次突如其来的车祸中所遭遇的悲惨历程，他的双目失明从而纵容了情人和别人的偷情。《寻找郭春海》的郭春海的“不在场”则是由于一次婚外恋游戏中主人公被迫从楼上跳下而发生了从此不知我是谁的黑色幽默。索尔·贝娄和纳波科夫都是大师，津子围在他们身上发现了写作小说的别一种可能和别一点光亮，那就是在技术上是写实派，但在神韵和底气上，却尽量游走于现实和超现实的夹缝和边缘，于是也就有了《寻找郭春海》的“变形”写法。①

刘红兵则分析了小说的“离去—归来”模式：

这类小说的人物大都有过失去自己的特殊经历。命运对郭春海开了一个令他猝不及防的玩笑，他除了自己的名字外突然间对自己一无所知。为了肉体生命的延续，他成了一个搬运工，一切从零开始。一次偶然的机会，他从噩梦中醒来，回到了原来的自己。然而时过境迁，生活又把它抛入另一个旋流中。②

---

① 刘恩波：《进入到恒温层的写作——津子围作品印象点滴》，《当代作家评论》，2003年第6期。

② 刘红兵：《“生命是我们的最高权力”——论津子围小说创作》，《大连大学学报》，2002年第3期。

关于小说《寻找虹》，邓丽认为，津子围叙述里最为迷人之处就是在现实与神秘之间的来回走动：

在《寻找虹》这里想去旅游的“我”对感情有所依托，身在喧闹的大城市中，心却在喧闹的孤独中。勇敢地迈出第一步，身边的温情或激情满是金钱的味道，心里却时刻向往和期待着童年的鲜草香。被飞机上身旁的虹高雅的气质、名贵的香水味道、宁静妩媚的样子所吸引。接着两个人共同经历了飞机故障的危难时刻，静静地体会爱的冲击和死亡的压力，在这里写道：我努力筑起的堤坝行将崩溃，而几乎就在同时，我的胳膊被一只冰凉的手抓住。我一看，是我身边的女子。她的眼睛已经饱含泪水。我的精神堤坝终于溃决了，我也紧紧地攥住她的手，攥得我自己都有痛感。“我不想死。”她喃喃着，泪水簌簌落下。“我也不想死。”我坦白地说。不过，我说，我觉得上帝是公平的，在我死以前，把我要寻找的人送到了我的身边。也许现代人真的活得太累了，所以不愿意再给自己加上爱情的重量，而宁愿把两性关系保留为一个轻松娱乐的园地。也许现代人真是看得太透了，所以虹不愿意再徒劳地经受爱情的折磨，而宁愿不动感情地面对异性世界。在今天经济飞速发展的这个时代，很多作家关注更多的是主流社会的现实生活，津子围的兴趣在一些不幸的人群里，他所描写的，好似家里发生的事情，似在你身边的某一个朋友或你的同学身上发生过的事情。他把这些现实的生活写进我们能懂得的生活方式里面，让这些故事无所不在，真实、生动、实际、复杂；狭窄的街道、房屋、旅馆、嗜好、约会、歌曲以及一切人们所了解的东西。福斯特曾经说过，真实有两种，一种是感情上的，另一种是思想上的。津子围的作品是感情上的真实，加入的情节也真实，往往让我们下意识中要去寻找我们失去的情感。[1]

[1] 邓丽：《寻找都市温情——津子围小说的现代性探索》，《小说评论》，2013年第S1期。

小说《马凯的钥匙》是津子围机关小人物题材里较为具有代表性的一篇。

武汉大学李勇的博士学位论文《论1990年代以来的乡村小说叙事》论及津子围小说《老铁道》和《马凯的钥匙》，认为《马凯的钥匙》是一篇充满象征与终极命题指向的小说。

秦岭认为《马凯的钥匙》是津子围在文体探索上运用象征最成功的作品：

> 《马凯的钥匙》找到了一个很好的切入点，甚至可以说是象征小说的“钥匙”。钥匙是日常生活用品，每个人都有几把，与我们拴在一起，如影随形。钥匙在，我们的生活就在，平常就在，平静就在；而一旦钥匙不见了，原有的平衡被打碎，一切秩序被打乱，顿时世界充满了危险与动荡，马凯们便立时开始焦虑与纠结。从字面上讲，钥匙，能开锁；拿着钥匙，就意味着某种权力。马凯的钥匙，不但象征着他的生活和工作，而且还象征着他对这个世界的掌控，掌控虽然借助他握着不为外人所知的一组隐秘数字而完成，但毕竟，钥匙在，一切都在掌控之中，世界是宁静平和的。引申至更深的层面，钥匙象征着马凯；那么，钥匙丢了，马凯也丢了。这便成为《马凯的钥匙》最关键的意象。怎样找回钥匙？怎样找回自我？马凯开始了寻找。[①]

刘红兵指出小说提出了一个充满悖论性的命题：

> 与刘震云描写机关生活种种腐丑、肮脏、卑贱的意象不同，《马凯的钥匙》里塑造了钥匙这一特殊的意象。钥匙在这里是一个权力符号，如它旁落于不相关的人手里时，看似威严而高高在上的权力其实很普通、很平凡，钥匙对他们并没有什么价值。但对于马凯来说钥匙确实是至关重要，马凯

① 秦岭：《走出如戏人生的困境——评津子围小说珍藏版〈大戏〉及其他》，《渤海大学学报（哲学社会科学版）》，2014年第3期。

是个普通的办事员，虽然没资格行使权力，但代表权力的钥匙却保存在他的手里。行使权力的不掌管权力，掌管权力的不行使权力，这是这篇小说展示的第一重悖论。小说的二重悖论就在于钥匙失而复得的过程中所展示的众生相和马凯惊悸不安的复杂心态。

并指出小说“离去—归来”的叙事模式，

《马凯的钥匙》也是这样一个“离去—归来”、失而复得的悲喜剧。津子围无意于故弄玄虚，制造戏剧性，玩猫捉老鼠的游戏，他只是在“离去—归来”这样两极的紧张关系中寻找一种张力，昭示人物在瞬间的失重中无奈的叹息、深深的迷惘、尖锐的恐惧及外部世界投下的巨大的阴影。离去—归来之间出现的空白地带成为对整个故事解释的前提。①

张学昕发表的论文《钥匙作为权力的现实解码》②专门分析小说《马凯的钥匙》，同样将小说与刘震云的小说《单位》进行对比。

与《单位》一样，小说《马凯的钥匙》的叙述也聚焦在机关生活的日常流程和其中人的纷杂的存在形态。两位作家都是以一种“叙述的情感零度”黏着于生活的“原生态”，不露声色地让人物自己表演而尽量不“介入”其中。津子围虽然并不像刘震云那样刻意地运用“反讽”去解开人类本性与制度化的存在结合一体的秘密，把反讽的触角伸向整个生活的网络，但他通过“钥匙—公章”的关系折射出强大的权力关系和令人惊悚的世俗力量，提示人们对权力的自觉认同，权力对我们日常生活每时每刻的渗透以及由这种关系形成的现代社会的重要本质。小说让我们看到了社会生活中人

① 刘红兵：《“生命是我们的最高权力”——论津子围小说创作》，《大连大学学报》，2002年第3期。
② 张学昕：《钥匙作为权力的现实解码》，《中华合作时报》，2002年2月1日。

们在权力网络中的日益庸俗化倾向，以及由此带来的对人们生活的消极影响。《单位》对小林的性格和现实选择做了细腻的描述，《马凯的钥匙》并不展示马凯的性格演变，而是将其置于连锁性事件加剧马凯心理起伏，临摹出一幅动感极强的现实生活场景。

同时还看到了钥匙作为权力的象征，是如何影响马凯这个机关单位的小人物的：

马凯原本尚不具有强烈的权力欲和荣誉欲，也还没有彻底被同化为一个俗不可耐的庸人，正是钥匙的不经意丢失，引发的一系列烦恼，使马凯意识到了权力的重要，使他看到和深入地体验到了权力是如何支配人的全部生活。在权力的聚合点上，它是怎样渗透在各个环节并肆意摆布着人们的生活的。

文章最后提出了疑问：

津子围丝毫不回避现实自身呈现出的矛盾和可能发生的种种质变。他在小说的“题记”中说，“按照物质不灭定律，钥匙肯定是存在着的”，那么，人与人的现实关系、人与社会的关系也就永远现实地存在着，我们有没有可能摆脱某些起支配力量的欲望的诱惑呢？我们怎样才能消除权力或其他关系的庸俗、低俗化倾向呢？我们真该认真地去思索。

这也是小说的意义所在。

河北大学硕士研究生冀东艳则从职场小说题材的角度，分析了小说对机关单位隐性权力的表现。

对于机关人来说，在自己的系统里都有一定的职责，有了职责就会或多或少地拥有那么一点权力。正常的工作中也许他们看不到自己手中还掌握着一点权力，可是在作者巧妙的虚构中他们手中的权力就被凸显出来了，同时和权力相关的背后的隐性“福利”也会或多或少地展现出来。最明显的展现权力的一篇小说就是《马凯的钥匙》，公章在马凯的手里只不过是为了履行工作的职责，他一开始并没有意识到钥匙也是一种权力，但是当钥匙找不到的时候，当所有人一趟趟来盖章盖不了的时候，而且发动了周围的亲朋好友甚至用金钱来求他通融的时候，他才发现原来别人都认为他也掌管着权力。钥匙是单位里金柜以及装重要文件和公章的防盗文件柜的钥匙，那么钥匙就成了权力的象征，在它的背后就会上演和权力有关的金钱人情的故事。钥匙丢了，在捡到钥匙的人手中根本没有任何价值，只是一串废铁破铝；而钥匙只有在和它相关的人手里，才开通了权力的大门，发挥出它强大的作用。津子围的小说在情节设置上往往很巧妙，钥匙找不到了只有短短的两天时间，就在这短暂的空白中却上演了权力背后隐藏的故事，而在平时马凯是看不到的。这小小的一串钥匙，寄托着多少人的希望，又投射出多少人心底的黑暗，也正是这一串钥匙的存在和丢失，让我们看到了权力背后的社会的另一面。[①]

“马凯”这个人物形象也是津子围塑造的机关小人物的典型形象，日后将会不断丰富。

《老铁道》是津子围东北“旧事”题材小说中的代表作品之一。《老铁道》是由六个短篇小说组成的系列小说，故事都围绕老铁道，即中东铁路，是俄国为了掠夺和侵略中国、控制远东而在中国领土上修建的一条铁路。津子围将“老铁道”作为一个象征符号，将六个短篇小说串联起来。

津子围继承了萧红和骆宾基的东北民间写作，他的作品同样写出了在天寒地冻的茫茫雪原之中，平凡普通的东北人民为了生存和理想

① 冀东艳：《都市生存图景与精神突围——津子围职场小说简论》，《鸭绿江》，2021年第4期。

坚韧地活着。

在六个短篇小说之前，叙述者的一段自白道出了历史的遗忘习性：

> 我常想：我的关于老铁道的故事是进入不了历史的，连地方志也没有他们的记载，可如果没有这些鲜活的生命，老铁道也就剩下概念和冰冷的金属了。于是，我的生命里流淌出下面的文字……

叙述者仿佛是历史的修补者，用生命的回忆给予“老铁道”、给予东北以生命。

《大麦》的故事发生在中俄边境，主人公大麦是一个在俄境长大但祖籍不明的华裔，他所在的城市是各人种混居的海参崴，大麦从小就会汉语、俄语和朝鲜语，因此后来长大成为俄远东铁路公司的翻译。严格说来，大麦不是东北人，也不是俄国人，他是一个四处为家的无根之人，这也使得大麦的人生注定漂泊在路上，他与银铃子的爱情注定无法安定，最终，大麦留给银铃子的只有在边境日复一日的遥望。无根无源的大麦，仿佛东北文化原初的再现。

《长在黑发里的野花》中的凤子原本可以和相爱的二宝度过幸福的生活，而日本人摧毁了她的幻想。她不知道这些男人是谁，也不知道他们为什么要伤害她，却失去了一辈子的幸福。可笑的是，明明是被害者，最后却以“风化日本皇军”的罪名被拘押了二十天，回家后，父亲还对她破口大骂，从此凤子疯了。

《白蝴蝶》中的胡素茵是俄国铁路工程师度假村少见的中国人，漂亮的她被中国铁路劳工称为“白蝴蝶”。长期以来，男人们都在压抑着欲望和对俄国人的恨，终于有一天，六个男人通过强奸白蝴蝶的方式释放了这种欲望和恨，也令白蝴蝶的命运彻底改变——原本是记者的她，沦为下等妓院的妓女。

《绿玉石嘴的烟袋》中的黑子成为土匪是很偶然的事。黑子十七岁就会打枪，他恨日本人，因为他爹是被日本人杀害的，日本投降后，黑子专杀日本逃兵。原本黑子有机会加入八路军，却因为见他们“穿得破破烂烂，不像正规军”而选择加入李胖子口中“政府”委任的“正规军”。其实黑子的想法很简单，只要打日本人他就去，打完了还回山上打猎。他就这样稀里糊涂地成了土匪。没过几年，剿匪部队打垮了他们的“中央军”，原本与他青梅竹马的二兰子最终也选择向组织报告黑子的行踪，自此再无消息。黑子的命运是意外的悲剧，他无意成为土匪，甚至是在不知情下成了土匪，他的本意只是打日本人，同样的目的却因为不同的身份而对立，这是否是历史的作弄？

《最后的老叔》中的老叔是兄弟七人中唯一活下来的。大哥是猎人，染上了烟瘾，打猎的时候被一个子熊舔了；二哥喜欢演戏，在土改时因为害怕躲进菜窖而窒息身亡；三哥加入民主联军，牺牲于一场战役中；四哥牺牲于朝鲜战场；五哥在“文化大革命”时期死去；六哥因为扒火车，被抓时逃跑跳车摔死。对于见惯死亡的老叔，活着就是最大的幸运，这就是普通百姓最朴素的人生哲学。值得注意的是，在交代六兄弟的命运时，津子围没有渲染悲情也没有交代细节，只用了极其简短的概括，就将能成为六篇小说的情节浓缩在一篇小说中。这样极简的叙事，更加凸显人的命运与历史的勾连，这些普通人的生死，在漫长的历史中短暂且平常。

刘红兵认为：

> 《老铁道》里几个鲜活的生命所展示的东北人宽厚、坚忍的性格在平实的文字背后有着巨大的心灵冲击力。大麦、银玲子、仁甲、凤子、二兰子、黑子这些年轻的、强悍的生命在命运的百般摆弄下，旺盛的生命力渐渐被消磨殆尽。就像鲜嫩水灵的红萝卜一样，在长久的霜冻日晒下，终于被风干成历史的遗照。这是一种触目惊心的原始生命力的损耗过程。回忆使得作家获得一种新的姿态和观察点，这种带有浓重主观色彩的文字使我们深思这种痛苦不仅是个人的，也是我们这个民族的，所以作家在题记里说：“我成长为强壮的男人时，我第一次在梦中流出眼泪是关于童年老铁道。”[1]

① 刘红兵：《“生命是我们的最高权力”——论津子围小说创作》，《大连大学学报》，2002年第3期。

《裂纹虎牙》是一个从民间视角讲述抗日的故事。主人公狗剩儿为了报仇与日本人同归于尽。狗剩儿十四岁起被猎人常佩祥收养，天分和训练令他成为出神入化的猎手。一九三二年日本人占领了县城和细林河，毫无理由，常佩祥被日本人打死。此后，狗剩儿接连偷袭日本兵营、猎杀日本宪兵，威名远播，于是日本人派出五个狙击手“围剿”狗剩儿。小说从日本人的角度进行叙述，介绍了他们的战略部署，突出了他们内心的恐惧，然而对于直接的战斗场面，津子围简笔带过，直接给出结局：狗剩儿死了，五个日本人三死两伤。津子围没有描写任何狗剩儿的心理活动，而是以日本人的恐惧和滑稽衬托狗剩儿的威力，读者完全可以推测出狗剩儿内心燃烧着的复仇之火。一个人的战斗也值得被铭记，狗剩儿的虎牙流传在人们的心中。值得注意的是，津子围在二〇二一年出版的长篇小说《十月的土地》中，又将这段故事进行了拓展性书写。

是年，发表论文《人才服务产业及产业化有关问题的思考》（《山东人事》第五期）。

是年五月，津子围与大连化物所科研团队去曲阜孔府和泰山，他与年轻的在读博士生比赛登泰山，不间歇地爬了四个半小时，第一个爬到山顶。由于一路上睡眠少，过度疲劳，回大连后单位体检，发现他肝有问题，转氨酶高而且是乙肝“小三阳”。他说，那次自己的确过于逞强了，体检报告出来吓了他一跳，那之后他滴酒不沾。七年之后再体检，小三阳消失了。[①]

七月二十日至三十一日参加辽宁文学院组织的大兴安岭采风活动。

八月二十日至二十一日参加辽宁省作家协会第七届代表大会，增选为辽宁省作协理事，随后参加了辽宁省青年作家座谈会。

十月二十日至二十三日，参加辽宁省作家协会在北镇召开的辽宁省文学创作规划会议。

十二月，津子围被选为大连市第十届青联委员，任文学艺术、体育、新闻界别委员会主任。

① 津子围：《往事》，《文艺界》，2009年第7期。

二〇〇一年

三十九岁

本年津子围作品发表情况：

发表长篇小说1篇，中篇小说4篇，短篇小说7篇，随笔6篇。

一月，短篇小说《共同遭遇》（《芒种》第一期），短篇小说《夏季最后的洋槐》（《满族文学》第一期），短篇小说《“书法家”酷匪》（《海燕》第一期），随笔《我眼中的十大遗憾》（《东北之窗》一月四日），随笔《环境的人文关怀》（《东北之窗》一月十一日），随笔《敲门的学问》（《人力资源杂志》第一期）。

二月，短篇小说《宝石烟嘴》（《海燕》第二期），长篇小说《爱的河流》连载于《大连日报》。

四月，短篇小说《宁古塔逸事》（《延河》第四期），短篇小说《手机锁上了》（《鸭绿江》第四期，《短篇小说选刊》第六期转载），长篇小说《爱的河流》连载于《铁岭日报》。

五月，短篇小说《寻找》（又名《无尽意》，《长江文艺》第五期）。

六月，随笔《真诚与感动》［《鸭绿江（上半月）》第六期］，随笔《长大给父亲打酒喝》（《双休日》第六期）。

七月，中篇小说《黄金埋在河对岸》（《章回小说》第七期，《传奇传记文学选刊》第九期转载）。

八月，中篇小说《赌婚》（《章回小说》第八期），随笔《幸福生活的门》（《半岛晨报》八月二十八日）。

十月，中篇小说《战俘》（《青年文学》第十期）。

十一月，中篇小说《陪大师去讨债》（《鸭绿江》第十一期）。

本年津子围作品转载及收录情况：

是年，《小说月报》分别转载了小说《寻找郭春海》（第二期）、《共同遭遇》（第四期）、《宁古塔逸事》（第六期）。

《马凯的钥匙》被《北京文学》第五期转载，被收入《中国年度最佳小说2000年卷》。

本年津子围获奖情况：

《马凯的钥匙》获第二届辽宁文学奖。

小说《共同遭遇》也是津子围关注小人物形象的一部作品。张祖立和吴娅妮的论文论析了人物的身份意识，一是警察形象：

> 《共同遭遇》里的胡春林从军队转业到地方做了片警，妻子患尿毒症，儿子在上学，生活捉襟见肘。曾经的手下都升到了所长的位置，自己一把年纪却还只是个小警察。在处理重点中学教师贾红磷与下岗工人齐大海的案子时，胡春林产生利用权力帮儿子进重点中学的想法，但最后胡守住了底线，纠正了自己的行为。

二是教师形象：

> 《共同遭遇》里的中学教师贾红磷一直因收入低被妻子指责，发现妻子跟公司经理出轨后，自责自己没能力，一个人默默喝酒。[①]

刘红兵指出小说的感情基调：

> 《共同遭遇》由一起民事案件出人意料地转向对贾红磷、齐大海和胡警长在艰难生活中挣扎的同情，也表现出津子围一贯的感情基调：温情主义。发散的、多向度的意义指归不仅没有降低小说的艺术含量，反而贴近了生活的原生态。[②]

韩传喜认为小小说《手机锁上了》是一篇讽喻现实的作品：

---

① 张祖立，吴娅妮：《论津子围小说人物的身份意识》，《大连大学学报》，2019年第2期。

② 刘红兵：《“生命是我们的最高权力”——论津子围小说创作》，《大连大学学报》，2002年第3期。

> 明显带有现代主义“黑色幽默”的风格特征。这些艺术形式的自觉运用，一方面，表现出作家对于小小说文学性一如既往的重视及在创作实践中的主观努力，极大地丰富了小小说的文学技法，另一方面，也让小小说这一独特的文学样式，能更加鲜明地映射出对于生命与人生状态的深层观照与鲜活体验，从而全面提升了小小说的文学性。[①]

小说《无尽意》充满神秘主义色彩，贺颖指出：

> 《无尽意》极具魔幻现实主义的结尾，仍是一个神秘主义者对谜的执意奉行。老人到底是谁？也许是虹的刻意安排，但更像是时空的交叠，是虫洞的两端有了片刻的神秘交集。这令笔者想起一部电影《本杰明·巴顿奇事》，两个生命偶然相遇，之后向着年迈与婴儿的两端各自渐行渐远，美得惊心动魄，疼得丝丝缕缕。因而更愿意相信，“我”与虹就如电影中的女主与本杰明一样，奇幻、庄严、无奈而真实。也许与可观可感可言可说的一切所谓真实相比，无解的，谜，才是这世界永恒的真相。比如，谁来解释我们眼前的今天，是偶然还是必然，谁来说清所有的离别与相遇，是久别重逢，还是命运使然？[②]

小说的另一指向或许是信仰的力量。

是年，张学昕在《文艺报》发表《津子围中盘发力》（十一月十三日）和《评论“战俘”》（十二月四日）。《津子围中盘发力》注意到津子围近年来的创作越来越趋向于繁荣的情况，并认为津子围的创作是“中盘发力”，当然这是对其创作态势繁荣的肯定，但同时也是对其创作艺术更加圆熟的肯定。

---

① 韩传喜：《喧哗与庄严，津子围精心构建的小小说王国——评小小说集〈蓝莓谷〉》，《芒种》，2018年第8期。

② 贺颖：《一个神秘主义者的文学“创世”启迪——关于津子围小说集〈带着雪山旅行〉》，《鸭绿江（上半月）》，2020年第16期。

刘恩波就此认为：

有人说津子围的写作是“中盘发力”，当然那个说法是就作家整体的创作态势而言的，其实就津子围的每篇作品的气氛营造、结构布局、用笔轻重缓急来说，他的长处和短处均显于此。……津子围的铺陈和白描功底都很见长……所以读津子围的作品需要练就一股生命的沉潜之气，那是属于静夜的功课，稍不耐性着急，便失去了阅读的兴趣。津子围小说的优点和缺点都在“不着急”三个字上，所谓“中盘发力”，用的大概就是围棋的审时度势或者中国武术中最明了的那种太极拳的内敛的功夫，一招一式都要到位合辙。[①]

在学术研究方面，津子围任副主编的论文集《新世纪人才潮》（中国经济出版社，三月）出版，该书获辽宁省人事系统优秀成果一等奖。发表论文《加入世界贸易组织人才服务机构的机遇与挑战》（《干部人事月报》第四期、《人才开发》第四期）。论文《入世后人才产业发展》获辽宁省人才理论研究优秀成果奖。

文学和社会活动方面，被辽宁省作家协会续聘为第三届签约制作家。

九月，参加省作协在盘锦召开的“优秀青年作家奖”会议。

十月二十三日至十一月七日，津子围随辽宁省国际人才交流团组去欧洲考察，先后去了意大利、法国、德国、比利时、奥地利及荷兰等国家，雨果的巴黎圣母院、但丁之家、莫扎特故居等都留下了难忘印象，在巴黎莎士比亚书店流连忘返。

是年，津子围完成话剧《遥远的父亲》的创作，开始参与编写电视连续剧剧本《欢乐农家》。

① 刘恩波：《进入到恒温层的写作——津子围作品印象点滴》，《当代作家评论》，2003年第6期。

二〇〇二年

四十岁

本年津子围作品发表情况：

发表长篇小说1篇，中篇小说6篇，短篇小说13篇，随笔十余篇。

一月，短篇小说《方家族的消失》（《小说林》第一期）、短篇小说《躲避爱情》（《家庭医生》第一期）。

二月，中篇小说《案子》（《上海文学》第二期），短篇小说《关于扫描仪的六种说法》（又名《扫描仪坏了》，《野草》第二期）。

三月，中篇小说《一顿温柔》（《十月》第三期），短篇小说《搓色桃符》（又名《桃符》，《安徽文学》第三期），短篇小说《古怪的马凯》（《时代文学》第三期），随笔《灵魂的锚》（《统战月刊》第三期）。

四月，短篇小说《心灵的钥匙》（《春风》第四期），随笔《子安兄，晚安》（《辽宁日报》四月九日），随笔《遥远的父亲》（《统战月刊》第四期）。

五月，随笔《遭遇盗版》（《北方航空》第五期），中篇小说《黄金埋在河对岸》连载于《大连晚报》（五月二十一日—六月四日）。

六月，中篇小说《无处传说》（《清明》第六期）。

七月，短篇小说《天堂的钥匙》（《中华文学选刊》第七期）。

九月，长篇小说《死亡证明》连载于《新商报》（九月三十日）。

十月，中篇小说《情感病历》（《布老虎中篇小说》第十期），短篇小说《月光走过》《隔街爱情》（《春风》第十期）、短篇小说《上班》（《山东文学》第十期）。

十一月，中篇小说《说是讹诈》（《青年文学》第十一期），短篇小说《戴黄色安全帽的丈夫》《没什么大事儿》（《延河》第十一期）。

十二月，短篇小说《生命里生长的树》（《短篇小说选刊》第十二期），创作谈《生命中的树》（《短篇小说选刊》第十二期）。

本年津子围作品转载及收录情况：

是年，《小说月报》转载《搓色桃符》（第五期）、《月光走过》（第十二期）。

《中华文学选刊》转载《天堂的钥匙》（第七期）、《一顿温柔》（第七期）、《古怪的马凯》（第七期）。

《短篇小说选刊》转载《方家族的消失》（第三期）、《上班》（第十二期）、《隔街爱情》（第十二期）。

《小说精选》转载《上班》（第十二期）。

《作家文摘》转载《说是讹诈》（第十二期）。

《传奇传记文学选刊》转载《黄金埋在河对岸》（第九期）。

本年津子围获奖情况：

小说《马凯的钥匙》获大连市优秀创作短篇小说奖。

个人获得辽宁省“文艺新星”称号。

长篇小说《死亡证明》以“120”急救中心医生罗序刚和警察方广辉为两条叙事线索，围绕一系列谋杀案件同时展开，最终结尾指向同一个幕后主使。罗序刚是一个负责开具死亡证明的急救医生，在一个煤气中毒的死亡现场，他怀疑死者是被谋杀的而非意外死亡，因而没有开具死亡证明，由此引出案件的开端。小说的一条线索是罗序刚与程丽英共同调查非法药品，结果指向新纪元娱乐城的老板；另一条线索则是警察方广辉和张丽由煤气中毒案开始，顺藤摸瓜，最终也找到了新纪元娱乐城。津子围以平行发展的两条线索结构故事，双线并行，双管齐下，两条线索中互相关联的两个事件，以及身涉其中的人物和场景，成为联结并推动故事情节发展的纽带，它们同时向前发展，在过程中不断交织、碰撞，出现扑朔迷离的火花。

巧合的是，《死亡证明》完成之后，津子围的父亲于五月份毫无征兆地病倒了，诊断为蛛网膜下腔出血，手术后就住进ICU，从此再没有醒过来。之前几日，津子围从大连市人事局调任市政府办公厅工作，刚刚到任，大连就发生了“五七”空难，他被紧急召集到空难指挥部负责信息工作。没能日夜陪护父亲，成了他内心一直挥之不去的隐痛。那之后，父亲靠流食和呼吸机又维持了五个多月，没有任何意识地离开了这个世界。

这一年开始，津子围对于小人物形象的关注开始有迹可循，如

《一顿温柔》《古怪的马凯》《天堂的钥匙》关注机关小公务员形象，《说是讹诈》则聚焦于警察形象。

张祖立、吴娅妮则将此总结为灰色的小人物形象。

《一顿温柔》里的宋文凯在机关一直得不到提拔，每月将工资如数上交妻子；为节省车票费好报销，步行送材料，又怕小算盘被人发现，一路担惊受怕；偶然遭遇一次与老同学高丽英的放纵，事后满脑子想的是如何跟妻子交代花出去的钱，灰色的小人物形象跃然纸上。《灵魂的桥》里的主人公（宋文凯）因为“豁嘴儿”的生理缺陷，仕途晋升不顺利，无奈中选择到偏远的养殖场工作，寻找一种身份认同。他施展着一些机关常用的手段，逐步稳固手中的权力。《古怪的马凯》里马凯平素为人谨慎，但发现自己得绝症后，彻底懈怠，暴露其陌生的一面：开会睡觉，当面顶撞领导，与婚前好友调情。但得知误诊后，立即恢复到原来的生活状态。小人物的艰辛努力，浸透着些许的无奈。职业待遇的好坏的确能影响着人的心理，但人若能把自己的职业意识上升到与之匹配的身份意识，知晓个人身份意识的精神价值，人或许能够有足够的定力，否则，人会有更多的困惑。以往的当代作家习惯描写叱咤风云的改革人物或者是贪官人物、阻碍改革的落伍人物，津子围却细致观察到机关这一领域中大量普通人物的真实心理和行为，体现着别一样的人文精神。①

《一顿温柔》对于机关小公务员形象刻画得入木三分，津子围写出了他们的精神困境与焦虑。刘恩波指出小说荒谬的人生悖论意蕴：

《一顿温柔》呈现出的灰色的诗意从一开始是引而不发的，内敛的，完全是不动声色的。作者写主人公为送一个材料到设计院，途中放弃乘坐出租车的便利，不惜搭乘公共

① 张祖立，吴娅妮：《论津子围小说人物的身份意识》，《大连大学学报》，2019年第2期。

汽车绕弯走，这样他就可以随便找一个出租车的票根儿报销二十元钱，而在等车的过程中他思前想后的心理活动，比如总是赶不上准点的乘车经验乃至由此升华开来的仕途挫折感，“落了一班车就会落第二班车，一步赶不上，步步赶不上”的人生悖谬逻辑，便成了津子围刻画小人物那种无辜无聊无凭无靠存在境遇的动人笔触。小说的波澜骤起，摆脱稍显沉闷拘谨格局的转机是描绘马凯与女同学、如今是下岗女工的高丽英的一次奇特的邂逅。[①]

廖一将“马凯系列小说”归结为机关题材小说，认为是格式化的单位文化中人之异化的写照。

在人性的异化中，马凯系列中的作品，如《一顿温柔》《古怪的马凯》《天堂的钥匙》《马凯的钥匙》《匿名上告》《没什么大事儿》等作品在国内产生了很大反响。在当代西方发达国家和地区，单位文化已不再是人个体存在的主要方式，而个体的发展是因其特点以及个性得到最好的张扬为主题设计的。津子围笔下的马凯系列的主人公，大都是人到中年，被长期的机关生活磨砺得中规中矩，个性越来越萎缩的一群。《一顿温柔》中的马凯与青梅竹马的伙伴高丽英“温柔”、激情后的心理状态及马凯闻听高死后的作为，是在一种阴暗、猥琐的心理背景下发生的，它告诉人们，当人被异化得躲避阳光与健康时，将会荒唐与荒诞到何等地步。《古怪的马凯》中的马凯知道自己患了癌症所表现出真实的人性但又让人觉得怪异得不可思议；《天堂的钥匙》中的宋文凯在小心翼翼时总是找不到对象，而用了点欺骗的雕虫小技反而意外地获得了幸福；《马凯的钥匙》通过马凯丢了钥匙这一生活小节引发的一连串故事，对机关权力对人的异化现象做了不动声色的刻画。这些作品的构思与津子围其他作

① 刘恩波：《进入到恒温层的写作——津子围作品印象点滴》，《当代作家评论》，2003年第6期。

品的构思一样，精致、细腻、诡异，在看似不动声色的不经意中，生活的真实被刻画得淋漓尽致，这种写实风格是文坛上深刻的智性幽默。①

冀东艳从职场小说的角度论析机关小公务员人物形象的焦虑心理。《一顿温柔》体现了他们的提拔情结，《马凯的钥匙》展现了他们的隐性权力意识，《古怪的马凯》则外化了他们的精神的困境与焦虑。

津子围的机关小人物系列是他小说中写得比较精彩和出色的一部分，从中我们可以真切地感受到机关小人物的生存和生活现状，感受到机关权力背后的故事，感悟到他们的生活之苦以及身处机关环境中精神上所受的压抑和内心所受的煎熬。津子围始终是以一种温情的笔调来写这些机关小人物，处处体现了对机关小人物的同情与关怀，给予他们生命的尊重。②

叶立群则从荒诞进入津子围的小说世界。

将荒诞的存在作为生活原生态和生活的本源来探究，是津子围小说超越现实的另一关键所在。在津子围的笔下，现象与本质的反差，理想与现实的落差，常常在荒诞不经的情节设置和人物行为中得到强化。他好像一直在追问：人在社会上的生活到底处于何种状态？生活的本真究竟是什么？……在《古怪的马凯》中，作者以荒诞的手法表现了对本真自我回归的马凯及其在现实面前的溃败。……在《马凯的钥匙》中，钥匙不再是开启门锁的物质，而变成了权力的隐喻和象征。钥匙的丢失，绝不是丢失了一件物品那样简单

① 廖一：《新时期东北文学的流变》，长春：吉林摄影出版社，2004年版，第156—160页。
② 冀东艳：《都市生存图景与精神突围——津子围职场小说简论》，《鸭绿江》，2021年第4期。

> 的事，随着钥匙的丢失，马凯在单位和社会上的价值也随之丢失。钥匙既是权力的符号，又是权力的真正落实者。[①]

刘恩波从中意识到了津子围的平民化写作立场。

> 津子围的中篇《说是讹诈》体现了他本人一贯坚持的平民化写作立场，永远是名不见经传的小人物的人生较量，灰色的，喜剧的，反讽的，交织在一起，有时候像是变魔术，抖搂相声里的包袱一样，带给我们出人意外的神奇和意想不到的效果。当本篇小说里的人物罗序刚在作者精心营构的故事陷阱里险象环生欲罢不能终于又云开雾散重获自由时，作为读者，我们确实折服作家的讲故事才华。与此同时我们也被津子围魔术背后欲说还休有意遮掩的生活真谛和命运的荒诞感所打动，而发生一点探究的兴趣和乐趣。这样的小说好看更禁得起掂量。[②]

此外，还有一些小说描画了大学教师的精神世界。《搓色桃符》和《隔街爱情》都是描写婚外恋的故事。

在《隔街爱情》中，各自生活在一条街对面的两所大学里的老方和小苏，精心准备约会计划，却一次次被日常琐事和各自的工作、家庭所打乱，婚外恋产生的热情，逐渐被日常生活冷却，两人最终默契地渐行渐远。中年男女不会被一时的激情所吸引，在时间、世俗和命运面前，相隔一条街的男女只好收拾起遥遥无期的梦，继续清醒而规律地生活。

同样，《搓色桃符》里的津副教授和女大学生鸽子为了实现“实质”进展而精心策划的出行，同样屡次因外界干扰而错失机会，经历了一次次短暂而无奈的错过。在一个功利化的时代，都市男女面临着进退两难的精神困境，幻想和现实、目的和过程、手段和机遇、理智

① 叶立群：《经验世界与超验世界的背离和共谋——津子围小说的文本价值管窥》，《小说评论》，2010年第S1期。

② 刘恩波：《不断深化和成熟的写作立场及其呈现方式》，《辽宁日报》，2003年9月12日。

和情感之间似乎存在巨大的矛盾和空隙。爱情不再指向表层次的情感层面，它更是人类遭遇的一种精神困境的隐喻和表征。

刘恩波认为这两篇小说实则触及了人与人的沟通问题、心与心的碰撞问题，拓展了爱情题材小说的空间。

> 当一段时期以来，爱情或者婚外恋在某些作家的笔下越来越游戏化，越来越符号化，变成标榜"身体写作"的一种时髦点缀时，我以为重新审视爱欲的精神之谜，重返人类的心灵伊甸园之旅，确实是值得我们谛听的空谷足音。津子围的努力不在于写婚姻围城的虚实，不在于打量性解放的真伪，而是回到社会、历史和人性的共振点上挖掘和搜找心理或者心灵共鸣的契机及其失落的因由。……一个作家能够不拘泥于当代爱情书写中的模式化倾向，并且出具和展示了自己别开蹊径的语言方式和洞察力，这本身就应该值得我们关注、理解和认真研究。①

除了题材上的探索，叙事上的创新也是津子围的挑战方向。

小说《案子》的叙事结构与众不同。刘红兵认为《案子》采用了发散式结构，是对于俨然有序的文本世界的反叛。

> 这里因果必然律被抛弃，线性生活链被打破。《案子》里罗序刚和老马四处奔波，然而线索却接连着断了。就在一筹莫展时，案子却突然破了，凶手居然是个精神病患者。故事到此罗序刚和老马此前的诸般辛苦似乎也变得毫无意义，小说的指向也变得扑朔迷离。②

无独有偶，冀东艳的硕士论文《津子围小说论》也就《案子》的开放式结构展开了分析。

① 刘恩波：《进入到恒温层的写作——津子围作品印象点滴》，《当代作家评论》，2003年第6期。

② 刘红兵：《"生命是我们的最高权力"——论津子围小说创作》，《大连大学学报》，2002年第3期。

《案子》里，罗序刚和老马面对上级紧迫的办案期限，四处奔波，然而，每次好不容易得来的线索总是接连断掉，罗序刚和老马真是一筹莫展，天天处在压力中，然而就在规定结案期限的最后一天，警察局突然接到一个报警，案子突然就破了，凶手居然是一个行医十几年的患有精神病的大夫。故事发展到最后，案子破了，罗序刚和老马却高兴不起来，他们之前的各种辛苦奔波好像都变得毫无意义了，小说的意义指向也变得扑朔迷离，留下的只能由读者自己去思考。

开放式结构打破了因果律，打破了现行生活的链条，没有去建立一个完整有序的故事结构，也没有在这个严整的文本世界里展示人生的荒诞和无奈，而是留下开放式的结尾，留待读者去思考。

相关评论文章还有王干的《看好的作家》（《中华文学选刊》第七期）、张学昕的《超越世俗的智性叙述》（《春风》第十期）和《钥匙作为权力的现实解码》（《中华合作时报》二月一日）、刘红兵的《权利的解码》（《短篇小说选刊》第十二期）和《“生命是我们的最高权力”——论津子围小说创作》（《大连大学学报》第三期）。

文学社会活动方面，一月二十三日，津子围参加大连市第四届作家协会会员代表大会，当选副主席。

六月，去鞍山参加辽宁作协合同制作家年度总结大会。

十二月，参加全市社科联会议，当选委员。

是年，开始长篇小说《我短暂的贵族生活》的创作。

二〇〇三年

四十一岁

本年津子围作品出版情况：

一月，长篇小说《我短暂的贵族生活》（布老虎系列·春风文艺出版社）出版，长篇小说《平民侦探》（群众出版社）出版。

八月，长篇小说《死亡证明》（群众出版社）出版，长篇小说《蛋糕情人》（光明日报出版社）出版。

本年津子围作品发表情况：

发表中篇小说1篇，短篇小说6篇，话剧剧本1部，随笔2篇。

一月，短篇小说《复活的日子》（《镜泊风》第一期），短篇小说《小象转笔刀》（《文学少年》第一期），创作谈《悄悄地写作》（《小说精选》第一期）

二月，《我短暂的贵族生活》连载于《新商报》，《死亡证明》发表于《啄木鸟》第二期并分别连载于《新商报》和《新闻午报》，《蛋糕情人》发表于《时代文学》第二期并连载于《都市晚报》。

三月，短篇小说《大头爸爸和大头儿子》［《文学少年（中学版）》第三期］，话剧《遥远的父亲》（《剧作家》第三期）。

五月，短篇小说《民工大宝的约会》［《鸭绿江（上半月）》第五期］。

九月，中篇小说《匿名上告》（《岁月》第九期），短篇小说《拔掉的门牙》（《青年文学》第九期）。

十月，短篇小说《黑客兄弟》（《延河》第十期）。

十一月，随笔《写你最想写的东西》（《小作家选刊》第十一期）。

本年津子围作品转载及收录情况：

是年，《没什么大事儿》被《小说月报》《小说精选》转载。

《说是讹诈》被《小说选刊》第二期转载，并被收入《当代中国社会写实小说大系》（中国文联出版社，一月）。

《搓色桃符》被收入《中国短篇小说精选》（人民文学出版社，一月）和《中国年度小说经典》（山东文艺出版社，八月）。

《一顿温柔》被收入《城市·女性2002小说精选》（文化艺术出版社，一月）。

《匿名上告》被《小说月报》第十一期转载。

《拔掉的门牙》被《小说精选》第十一期和《短篇小说选刊》第十一期转载。

本年津子围获奖情况：

中篇小说《说是讹诈》获第三届辽宁文学奖。

《我短暂的贵族生活》的故事内涵指向现代人的“精神”缺失问题，小说出版时被纳入“布老虎长篇小说”，黄发有评价这本小说“表现了新新人类从丢失爱情到寻找爱情的过程，其关键的症结并非一份情爱的遗失，而是爱的能力的丧失”[①]。

《我短暂的贵族生活》面世多年，至今还有人在评论，至少说明他的作品是有生命力的。这部作品是中国图书第一品牌“布老虎”系列中的一部长篇小说，曾被称为“都市白领的情感羊皮书”。

对此评论，津子围认为读者阅读一向是“各取所需”的，理解也各有千秋，有些年轻人很喜欢，但也有人“误读”。

> 比如，有人认为这部书很“小资”，也有人干脆写了论文，引用大量的学者的观点和外文，来说明中国还没有真正的贵族。有人认为我在写中国的贵族，说明他没读或者没认真读，其实，我批评的正是目前出现的“伪贵族”现象，现在有很多“有钱人”，但他们不是贵族。而单就批判而言，显然是单薄的，我所关注的是：现代人的“精神性丢失”问题。

何谓“精神性丢失”问题，津子围给出了具体的解释：

> 现代社会是一个快速发展的社会，有的时候我们对具体的事物根本来不及思考，或者这样说，你还没有搞清事实

① 黄发有：《不变的慰藉——“布老虎”十年》，《当代作家评论》，2004年第4期。

真相的时候，这件事已经成了“往事”，同时，这还是一个移植和复制的时代，有一天回家，你突然找不到家了，你家的门口突然移植来很多高大的树木，你看不到树木生长的过程，会让很多人产生失重感，从而在情感生活中产生错位。这个经济快速发展的时代，精神如何赶上来才重要。

杨东城认为：

这位坚韧的精神“秉烛者”，将知识分子写作风格转换为平民化写作的视角，才得以让自己的作品受到读者的追捧。他曾引用艾柯的话：“读者在上游。”他认为，只有用真诚充分地尊重读者，读者才认可你。所以读者一直能看到他的作品中充满了对人性和人文的关怀。①

叶立群认为：

在《我短暂的贵族生活》中，通篇的描述都在荒诞与现实间徘徊、游离，他讲述的是一群人，他们为了爱，为了尊严而拼搏，最后因为有钱了而成了别人眼中的贵族了，但这个“贵族阶层”的人们，“他们的感情没有一个是顺利的”。津子围在用这个看似荒诞的故事告诉人们：当你苦苦追求的东西到手越来越多时，生活中本真的东西也渐行渐远，包括亲情、友情和爱情。②

张学昕论析了津子围通过《我短暂的贵族生活》所传达的哲学内涵。

中国的城市化、市场化以及全球化是小说写作的现实

① 杨东城：《津子围——文学精神的秉烛者》，《辽宁作家巡礼》，2008年第16期。
② 叶立群：《经验世界与超验世界的背离和共谋——津子围小说的文本价值管窥》，《小说评论》，2010年第S1期。

背景，而特别值得关注的是，在现代生活中获得了相对自由存在空间的一类“个人”如何在欲望化的中心地带获得精神的再生与复活。津子围在生活中努力地发掘扭曲人物生活情境的错位环节，并使这种“新另类”生活在富有喜剧感的存在状态中衍生悲剧的探寻。人性和恶劣、乖戾的心态、欲望的满足，精神的虚无与困境，以及各种情感的冒险和幻想，生活刺激与时尚生活，漂泊不定与随遇而安等叙事都聚焦于人的弱点与生存困境、精神委顿的冲突上，这些“成熟的男人和女人们”以他们的弱点抵抗内心的困境，在没有任何诗意的当代生活场景、生活方式中寻找浪漫与理想。无疑，小说的叙事也就由此产生出悲剧的荒诞诗意。可以说，在罗序刚、云舒们最初的“短暂的贵族生活”中，他们的生活和情感世界是没有内在性、没有深度的。正像作者在“题记”中表述的：“这是一个复制的时代，一个移花接木的社会，在快速成长的过程中，我们的根须必须抓住新的、哪怕细小移动的生长点，更为艰难的是，我们还要安放漂浮在城市上空流浪的情感和灵魂。”在小说中，罗序刚的情感是漂浮的，尽管他有财富，有魅力，也不乏智慧，但他却一度陷入精神的委顿状态，在“有了钱”之后，仿佛是获得了更大的自由空间，进入那种由财富带来的自信甚至自大状态中，他被自己制造的城市贵族“生活”给局限了。也可以说，现代社会造就了一个又一个新的“族类”，有别于大众群落，物质上富有同时呈现精神的游移或悬浮。实体的世界通过各种心理的渠道，渗透着物质同化的压力，迫人就范，人在面对广漠无垠的情感和精神时，就会产生深刻的孤独感。因此，罗序刚的困境在于他摆脱了物质贫乏的同时，不可避免地走进精神的“黑洞”，以致险些丧失再次选择生活的能力。在我们的时代，提前贵族是一种假象，很可能是伪贵族。罗序刚们的突然“中产”，不仅缺少精神和情感的储备，而且缺少深邃广大的人文背景。他们在没有铺垫好的状态下就进入新的生存平台，势必会产生一种眩晕感、失重感。而只有他回归真实的情感生活，内在的焦虑才能得以缓解，才能从“烦恼”走向解脱……历史的变迁是如此的触目惊心又让人猝不及防。新生活、新情感既可能仅只是一段神话，又可能是正打开的“所罗门的瓶子”。小说让我们每个人内省，思悟作为一个个人自身的价值，寻找精神的家园。从这个意义上说，津子围的小说不仅是对现实的呈现，更是对理想的追索，这也使这部小说具有很强的社会意义。①

廖一认为：

2002年，津子围的长篇小说《我短暂的贵族生活》给读者展示了经典爱情在现代生活中的遭遇。该书讲述了一个“没有勇气表达爱情的有钱男人和一个觉得感情没有对手而放弃生命的女人的故事，他们都是具有优秀品质的人，但是他们却在快速流动的时代里不知所措，精神的流浪让他们走过家门而不敢进入，不知道怎样安放他们的灵魂”，氛围是致命的，伤感中又充满悲凉。世俗的大俗、庸俗甚至俗不可耐与所谓现世“贵族”的凄凉清冷寂寥苍白的转换与变换使作品充斥着无法排解的哀伤与无奈，还有撼人心魄的灵魂撕裂后的创痛。漫篇洒落下的经典与传统的爱与现代俗世生活碰撞后的残简碎片，懒洋洋的行文中满溢着温吞吞的情调和诡异而且细致的构思。这是传统文学的经典爱情故事在现代的嬗变：在传统与现代的嬗变中，“真”“善”“美”的内核未变，怀旧、执着追求往昔美好的经典的爱的情怀未变。无论场景和道具如何更换，我们总在重复一个相同的主题，因为爱在我们每个人心里，谁也没有办法把它扔在身外。但在传统与现实的变换中，人类应如何去面对呢？②

---

① 张学昕：《时代生活的显微镜——评津子围的长篇小说〈我短暂的贵族生活〉》，《文艺报》，2003年1月25日。

② 廖一：《新时期东北文学的流变》，长春：吉林摄影出版社，2004年版，第156—160页。

西南大学杨立的硕士学位论文《出版策划与新时期文学生产——以春风文艺出版社“布老虎”丛书为例》中提出：津子围等青年作家充满力量味道的作品，区别于以往单一追求爱情小说的路线，在当代小说的影响力上，渐渐由边缘地带向核心地带倾斜。如津子围《我短暂的贵族生活》、叶兆言《我们的心多么顽固》、阎连科《受活》、范小青《女同志》等。其中津子围《我短暂的贵族生活》描写了从丢失爱情到寻找爱情的过程。

此外，论及津子围《我短暂的贵族生活》的还有吉林大学李庆勇的博士学位论文《穿行在艺术女神与经济巨人之间》。

《匿名上告》延续小公务员系列的故事，小说写出了小公务员的“提拔情结”。宋凯一直期待温局长的关照和重用，无果后写了匿名信上告。随着事态的发展，宋凯对匿名信的态度不断变化，不被重用时希望匿名信发挥作用，一旦有晋升希望，他又希望匿名信被撕掉。领导是否有问题不再重要，领导对宋凯的利益牵扯才是他关心的一切，“提拔情结”左右着这些机关小人物长期敏感的神经。

《拔掉的门牙》是津子围的一篇极具先锋性的代表作。小说以第一人称的视角讲述“我”自首二十年前的杀人案件，却陷入时空和记忆的混乱。在“我”的记忆里，二十年前“我”在宁城做知青，烧锅炉，同时和“我”烧锅炉的有张衫、李寺和王码字。一天，“我”与张衫的妹妹单独相处，其间“我”对她产生冲动，张衫的妹妹威胁要告发“我”，于是“我”错杀了她，并将尸体投入锅炉。然而吊诡的是，警察调查后发现，张衫的妹妹其人根本不存在，于是“我”被判定为精神病。更加荒诞的是，“我”为了证明自己是杀人真凶，回到宁城查证所有能够证明“我”有罪的证据。时空的不确定性从这里开始，在王码字的记忆中，“我”没有烧过锅炉，张衫没有妹妹，张衫的对象五丫得病死了；在张衫母亲的记忆中，张衫确有一个妹妹，却在三岁时去世；在五丫亲戚的记忆中，五丫死于分娩难产。时空的裂痕与记忆的错位无限缠绕着，终于通过报纸上的一篇题为《二十年前的一起积案——“凶手”寻找被害人亲属》的文章达到顶点，在文章作者的叙述中，“我”不是凶手，反而是被害者。“我”再也无法解释这诡秘的一切，于是作家含蓄地给出了一个存在平行时空的答案。最后，小说在结尾没头没脑地附加了一个同样以常识无法解释的故事——男人死去的娃娃亲出现在与恋人的合照中，以及再回到开头那个充满隐喻性质的与小说题目相关的笑话——一个姓杨的人门牙很长，外号杨大牙，偶然被电影导演选中，在邻居的建议下他拔掉了门牙，结果导演看中的就是他的门牙。似乎是津子围想要暗示，时间与空间在人的记忆中往往存在不确定性，也许世界上根本并不存在所谓的事实和真相。

贺颖将《拔掉的门牙》归为“一种无法为之定义的结构，倒错离奇的故事情节，含混的人物情感，现实与幻境的交互”。

> 张衫，李寺，王码字，人物的姓名安置，作者同样是驾轻就熟地带有隐喻，也因此使得后现代的符号性文学元素充满了文本内外。这样的巧妙，不由得令人想起爱尔兰戏剧大师约翰·密林顿·辛格在他的长篇纪行散文《阿伦岛》中的惊呼：“是这样从未有人描述过的生活！”而且这样的结尾更加配得上“从未有人描述过”的说法，仍然是结尾，作者行云流水般地将一段惊悚的元素插入其间，小说的内在力道倏然切入主题，以至有了十八世纪哥特小说的暗黑与神秘。[①]

论及津子围《拔掉的门牙》的还有吉林大学韩文淑于二〇〇九年六月完成的博士学位论文《新世纪中国乡村叙事研究》。

是年，刘红兵的硕士学位论文《失态的诗神——新意识形态笼罩下的1990年代小说嬗变》将津子围的《残局》《残商》《残缘》作为研究对象，在“叙事形象：消费时代的迷惘者与空心人”中写道：

> 津子围的《残商》等作品中的人物均不同程度地表现出价值转移和人格姿态的动摇，他们或自觉或无奈地汇入到对物质利益追逐的洪流之中……津子围《残商》《残缘》及新近创作的一些机关生活的小说则从另一个角度深刻透视了在

① 贺颖：《镜像：“存在与虚无”——津子围小说作品中的精神重构策略》，《当代作家评论》，2020年第4期。

物质欲望极度膨胀的消费主义时代，坚持自身追求的知识界精英所面临的窘迫困顿的尴尬处境。《残局》中的主人公吴文翼的下海和上岸充满了悲喜剧色彩，小说传神地勾画了他复杂的心理世界。[①]

相关的评论文章有刘恩波的《不断深化和成熟的写作立场及其呈现方式》（《辽宁日报》九月十二日）和《进入到恒温层的写作——津子围作品印象点滴》（《当代作家评论》第六期），张学昕的《时代生活的显微镜——评津子围的长篇小说〈我短暂的贵族生活〉》（《文艺报》）和《津子围阅读笔记》（收入春风文艺出版社出版的《真实的分析》一书）。

是年，津子围续聘第四届辽宁省作家协会合同制作家。

① 刘红兵：《失态的诗神——新意识形态笼罩下的1990年代小说嬗变》，辽宁师范大学硕士论文，2003年5月。

二〇〇四年

四十二岁

本年津子围作品发表情况：

发表中篇小说3篇、短篇小说9篇、随笔4篇。

一月，中篇小说《谁最厉害》（《当代》第一期），短篇小说《自己是自己的镜子》（《芙蓉》第一期），短篇小说《持伪币者》（《岁月》第一期），短篇小说《女友逃亡50天》（《章回小说》第一期）。

三月，中篇小说《求你揍我一顿吧》（《十月》第三期），短篇小说《情报》（《当代小说》第三期），短篇小说《审判》（《十月》第三期），随笔《官道与棋道》（《领导科学》第三期）。

五月，中篇小说《小温的雨天》（《中国作家》第五期，五月十八日开始连载于《作家文摘》）。

六月，短篇小说《共同遭遇》（《天津日报》六月十日），创作谈《后窗》（《小说选刊》第六期）。

七月，随笔《每个人的雨天》（《中篇小说选刊》第七期），随笔《关门》（《北京文学·中篇小说月报》第七期）。

九月，短篇小说《阿雪的房租》（《人民文学》第九期），短篇小说《偷窥》（《当代》第九期）。

十一月，短篇小说《老白家》（《春风》第十一期）。

本年津子围作品转载及收录情况：

是年，《拔掉的门牙》被《21世纪中国年度小说精选》（人民文学出版社，一月）收入。

《匿名上告》《一顿温柔》被《中国新写实系列小说》（湖南文艺出版社，一月）收入。

《自己是自己的镜子》被《短篇小说选刊》（第二期）、《小说精选》（第三期）、《中华文学选刊》（第四期）转载。

《谁最厉害》被《作家文摘报》和《辽沈晚报》转载。

《求你揍我一顿吧》被《小说选刊（下）》（第六期）、《北京文学·中篇小说月报》（第七期）转载。

《小温的雨天》被《中篇小说选刊》（第四期）、《小说选刊》（第七期）、《小说月报》（第八期）、《作家文摘》（五月十八日）转载和连载。

《阿雪的房租》被《小说选刊》（第十期）转载。

这一年召开了津子围的作品研讨会，这是他的第一次作品研讨会。

八月二十七日，中国作家协会《小说选刊》杂志、辽宁省作家协会在大连市联合主办了"津子围作品研讨会"。评论家贺绍俊，《小说选刊》杂志副主编秦万里，沈阳师范大学中国文学研究所所长、评论家孟繁华，《人民文学》副总编、评论家李敬泽，辽宁省作协副主席、作家孙春平，《文艺报》记者胡殷红，《小说选刊》编辑冯敏、周志新，《当代作家评论》主编林建法等参加了这次研讨会。

评论家们认为津子围的创作力图构筑知识分子平民化写作的桥梁，对当下生活的关注倾注了大量的心血，集中地表现出了焦虑和忧虑，他会讲故事但并不满足讲故事，而是不断提升作品的精神含量。同时，评论家、作家们结合当下文坛的现状，就精英化和大众化写作，以及一批优秀青年作家如何增加精神含量和走出"高原区"进行了探讨。

贺绍俊认为津子围是一个爱讲故事，同时也是一个会讲故事的作家，但他并不满足于讲故事。他认为《老铁道》不像通常的文化寻根小说精选最为典型的片段加以渲染，强调出相应的文化隐喻，而是在极短的篇幅里讲述一个完整的故事；《马凯的钥匙》和《持伪币者》则显示出津子围善于设置悬念、编织故事的路径。津子围九十年代中后期的小说明显能看出对于人物精神世界的关注和探寻，如《搓色桃符》《小温的雨天》《求你揍我一顿吧》，这些对人的精神复杂性的剖析都可圈可点。

秦万里读出小说从表层的焦虑到内心的焦虑，如《马凯的钥匙》一开始就把你带入了一种寻找的焦虑；《说是讹诈》更注重内心的描绘；《求你揍我一顿吧》的焦虑则是来自生活无形的挤压，表现出一种失衡的心态，也表现普通人面对社会、面对生活的忧虑，这是一种无法排解的忧虑；《小温的雨天》则转为平静，向生活的深处、向人心的深处走去。

孟繁华将马凯系列和罗序刚系列归纳为精英与大众写作的类型化，并主要分析了小说《一顿温柔》《老铁道》《搓色桃符》，认为类型化的小说探索构成了津子围丰富的小说世界。

李敬泽评价津子围是一块玉，认为津子围对生活有一种特别的敏感和准确的把握，确实切中了现实生存的状态，让人们感到共鸣，但却处于创作的“高原区”，要想再突破，应该有力量把人物推到极限。辽宁省作家协会党组书记、作家刘兆林认为津子围近期的代表作《小温的雨天》和《马凯的钥匙》《一顿温柔》，显示出一个作家理想和信念的光环。

孙春平认为津子围具有作家学者化的特点，并赞扬了其坚持精英化和大众化写作之路的探索。此外，胡殷红、冯敏、周志新、林建法等也做了精彩发言。

《谁最厉害》《求你揍我一顿吧》《持伪币者》延续警察故事系列。

在《谁最厉害》中，罗序刚的老婆小秋出轨童大林，向罗序刚提出离婚。从找人教训童大林，到为了升职而千方百计地保护童大林，罗序刚内心对老婆出轨的介怀、对年轻漂亮的女同事的想入非非和对晋升的渴望等一系列心理活动缠绕交织在一起，时时刻刻考验着这个普通小人物。《求你揍我一顿吧》的故事则始于无聊。出租车司机解宝辉心情烦躁，酒后对一个陌生人说“你揍我一顿吧”，于是保安许强就真的打了他一拳，没想到两人就打进了派出所。矛盾开始于两个警察对此事不同的处理方式，其背后则是警察和普通人两种身份并存形成的价值判断。罗序刚坚持结果论，谁受伤严重就可怜谁，且他曾被保安打过，因而对许强的职业心存偏见，所以决定拘留许强；老马则秉持原因论，认为谁先动手谁有错，所以决定拘留解宝辉。此时故事突然出现了两条岔路，一条是拘留指标还差一个，所以可大可小的案件却必须拘留一个人，另一条是受解宝辉的朋友小春风所托，领导打了一个电话关照他。于是想要晋升的副所长决定拘留许强。制度和人情透露警察职业的困窘和风险，当司法公正与个人前途之间产生矛盾时，作为普通人该如何选择？故事的结尾，罗序刚和老马戏剧性地重演了解宝辉和许强的闹剧，一丝喜感点出了生活的真相。

大连大学硕士研究生文景认为：

> 《求你揍我一顿吧》用戏谑的笔触讽刺了“现代人”空虚的同时也在帮助“现代人”寻找改变现状的机会。……《谁最厉害》中小警察罗序刚不为人知的秘密，津子围都以平淡冷静的叙述方式向我们讲述中国底层社会人平淡一生中对于情感、金钱、权力的向往和追逐。……津子围近年来的小说不断深入底层社会，通过洞悉底层社会中现代人精神血液的流动方向来梳理“现代性”与这个时代的关系。①

无独有偶，岳凯认为《求你揍我一顿吧》揭示了生活的荒诞和现代人的生存压力。②

张祖立和吴娅妮就警察形象的身份意识进行分析：

> 《求你揍我一顿吧》中，人们看到，警察一年到头几乎没有节假日，没有休息时间，加班费又少得可怜，他们难免感到一丝迷惘，身份意识有过模糊。《谁最厉害》中的警察罗序刚得知妻子跟富商童大林在一起，怒火中烧，利用职权之便，让吊眼去教训童大林，然而冷静下来后，又反过来保护童大林。吊眼因为嫖娼、假冒公职人员被抓，罗序刚认真履职，将其绳之于法。他反思了其间自己的错误，主动请辞。《持伪币者》里“我”对出卖肉体为生的李清有好感，却又碍于警察的身份无法行动。同事跟李清有外遇并有了孩子，为保住家庭和名声将李清杀害。“我”大义灭亲，将同事抓捕归案。③

---

① 文景：《冷静的中国底层社会叙述者——津子围中短篇小说浅析》，《北方文学》，2014年第5期。

② 岳凯：《走过现代，走过先锋——对津子围近年小说的思考》，《渤海大学学报（哲学社会科学版）》，2014年第3期。

③ 张祖立，吴娅妮：《论津子围小说人物的身份意识》，《大连大学学报》，2019年第2期。

陈晓明肯定了津子围对于警察形象的塑造：

警察是很难写的，警察在我们中国的当代文学中是被固定化的，被本质化的。在某些作品中，警察充当两种功能：一方面他们是作为一个代表着抽象的符号化的证明，我们在作品中要把他们表达为一个无限的证明，在这种情况下，经常形成系列的讴歌警察的作品；另一方面在反压抑的叙述中，经常承当了功能化的符号，最典型的是警察在电影中让我们惊讶，如果没有警察形象带来的正义，我们社会的秩序就无法健康。不管对他们的叙述多么理想化、空洞，都有其存在的合理性，因为我们的人类是一个共同体，要维持这个共同体，但另一方面又有对他的反思性，把他看成是一个反压抑符号的代表国家及其压迫性的力量，如果没有这样的反思性，把法看成一种无限的正义，把法看成一种正义的等号的话，那会出现很多的问题。津子围写作的独特性，就是在法律和日常生活的通道中的中间地带，写这些警察和罪犯的故事。他塑造了一个像罗旭刚这样的警察，他是正直、善良的，是人民的好警察，但有许许多多的缺点，有许多普通人所具有的七情六欲，把警察的这种多样性、复杂性还原于他的日常生活中，我觉得罗旭刚这个形象是当代警察的缩影，是津子围的一种贡献。

陈晓明同时指出津子围小说的荒诞性：

津子围小说的另一个独特性，就是把一种悲剧性的东西荒诞化。津子围的小说起因总是荒诞的，《说是讹诈》《谁最厉害》《求你揍我一顿吧》，起因都是非常奇怪，他在还原警察的生活日常行为上，写出了生活交叉地带的丰富性和复杂性。①

①《海的奉献——大连60后作家“海蛎子组合”北京展评会节录》，《鸭绿江（上半月版）》，2013年第10期。

叶立群同样指出小说的荒诞性：

《求你揍我一顿吧》讲述的是对一起很普通的民事纠纷的审理。事件的起因显得荒诞而怪异：大宝竟然请许强揍自己一顿。这个不平常的案件到最后，竟然让两位当事的民警也产生了想要被人揍一顿的欲望。透过这样一个荒诞的故事，作者极力向读者传达出的，是人们在当下生活中的一种无奈与无聊。正是这种无聊和一成不变的生活，让人们甚至不惜让人揍一顿给生活带来激动。

叶立群也关注到小说的隐喻性：

《持伪币者》，虽是一个古老的故事模式，但是通过伪币这一隐喻的设置，向人们阐释了一种固有的社会生态，在社会现实中，可能有很多体现价值的东西，本身就是伪造的，就是毫无价值的。①

除了警察形象，津子围也塑造了一系列教师形象。
张祖立和吴娅妮分析了教师小温的职业身份意识：

《小温的雨天》里，中学教师小温同情父母双亡、跟姐夫一起生活的学生姚丽，当她发现在公交车上侵扰自己的色狼很可能就是姚丽的姐夫时，很是愤怒郁闷，但仍坚持为姚丽补课；得悉丈夫和别个女人有暧昧关系，心中郁闷不已，但顾及自身身份，尽力克制自己。

还分析了小说里男性人物的身份意识：

《小温的雨天》里的陈小甫挣的是微薄的“死工资”，

① 叶立群：《经验世界与超验世界的背离和共谋——津子围小说的文本价值管窥》，《小说评论》，2010年第S1期。

失去了在家里原有地位，他的一次不是实质性的外遇，实际是一种对现状不满的潜在抗争或挣脱。……《小温的雨天》里，中学班主任小温的社会地位提升和作为图书馆馆员的丈夫地位的下降是同时发生的，她的价值得到很大体现，每天都很繁忙。但丈夫有了外遇，她在公交车上遭遇过色狼的侵扰，内心进入身份错位的痛苦。最终，她克服了困难，女性的自立、善良、宽容的心理占了上风，个人身份意识得以构建。[①]

秦岭认为，《小温的雨天》故事完整、技巧圆融，体现出津子围的现实主义写作功力，并分析了七次雨的描写：

小说共有七次雨的描写，每次都不同，都与主人公小温的心情直接关联，也直接揭示人物情绪的波动及内心微妙的变化。小说以多头并进式的影像结构、精巧的开头和结尾、细腻的心理描绘完成了一部“无调性”的现代交响乐。

第一次“外面果然下雨了，是不紧不慢的细雨，细雨常常更持久更有韧性，小温知道，恐怕一天都会是这种淫雨缠绵的状态了”。小温并不喜欢雨天，而雨天的泥泞与公交车上腥丝丝的味道正是小温心情开始变坏的发酵剂，要持久下去的细雨拉开了一部大戏的序幕。两个影响小温生活的人物同时登场，只是此时都在暗处。细究小温的苦恼，麦女士与曲大明是一体两面，一起来也一起走。

第二次下雨，“可在小温眼里，那天的雨根本算不上中雨，小雨细软，还断断续续的。小温最不喜欢这样的雨天，让人心里难受，在她看来，要么就下大，要么就不下，吞吞吐吐的，不把人窝囊死才怪呢”。生活哪里有那么简单分明的道理，曲大明竟然是学生姚丽的姐夫，从暗处走到了明处，无疑在小温裸露的伤口上又撒了一把盐。此前两次一一对应，而第三节正处于小温稀碎胶黏的心理酸楚期，作者悄

① 张祖立，吴娅妮：《论津子围小说人物的身份意识》，《大连大学学报》，2019年第2期。

悄延长了这个阶段，让人物在缓冲期默默流泪。

第三次雨下在小说的第四节。“这天早晨，突然下了一场暴雨，雨来得很急，不过很快就结束了。”“小温喜欢这样的雨天，该下的时候下，下完就放晴了。”可是，小温还是觉得郁闷，她身体里的雨季并没有结束。小温开始有了实质上的行动，虽然还很愤怒，但她还是把老公从派出所接出来；保护姚丽的办法就是细心地给她补课。

在第四节快结束时，下了第四次雨，梦中惊醒的小温看到了窗外的雨，“雨轻轻敲打着窗棂，犹如古诗中的芭蕉夜雨，从未有过的孤独感将她笼罩了”，这是最有诗意的雨，诗化了小温一直以来的孤独。

第五次下雨，没有直接描写，只是说小温等姚丽出考场，后来把曲大明介绍给了同事齐卉卉。

第六次，没有明写下雨，写了麦女士预谋已久的与小温相见，只是两把伞忽高忽低，双方都看不到表情。但是，被淋湿之后的小温却觉得镜子里的自己十分妩媚动人。

第七次雨，是秋天的雨，透明、利落，“小温觉得，她有属于自己的雨天”，一切尘埃落定，小温以她的温暖、宽容拯救了他人，也完成了自我救赎。

七节七次雨的安排，完美地体现了作者圆熟的写作功力。①

二〇〇五年，《小温的雨天》获得了第四届辽宁文学奖，在述评中易明的评价如下：

津子围的中篇小说《小温的雨天》通过一个中学老师小温与失去父母、被姐夫抚养的女学生姚丽的彼此发现、彼此温暖、彼此拯救，从道德的角度提供新的理解视角。作为社会题材小说，作者选择了初中女教师为主人公，通过她在爱情、家庭、事业上的焦虑与感悟，展现了广阔的社会空间和

① 秦岭：《走出如戏人生的困境——评津子围小说珍藏版〈大戏〉及其他》，《渤海大学学报（哲学社会科学版）》，2014年第3期。

独特的艺术思考，对女性的前途与命运给予友善的关注，对于婚姻家庭的各种困境与出路进行有建设性的探讨，在人性的深处揭示出美丽的一角。[①]

此外，论及津子围《小温的雨天》的还有暨南大学罗执廷的博士学位论文《文学选刊与当代小说的发展——兼论一种当代文选运作机制》。

关于津子围的现代性叙事也有论者予以关注。

邓丽着重分析了小说《偷窥》颇具荒诞性的叙事风格：

当作者津子围在选择“偷窥”这个词语的时候，也选择了耐心。百叶窗为注视中的眼睛提供了焦距，对目光的限制就像在花盆里施肥，让其无法流失，于是故事里徐小珊内心的犹豫在可以计算的等待里茁壮成长。光线、墙壁、走廊、门窗、椅子、庞丽华和她的邻居轮回地出现和消失，然后继续出现和消失。场景和人物在叙述里的不断重复，如同写在了复写纸上，不仅仅是词序的类似，似乎文字字迹都几乎是一致的，其细致的差异只在浓淡间隐约可见。长时间的注视几乎令人窒息，“眼睛”似乎被永久地固定住了。如同那一件被遗忘的衬衣挂在百叶窗的后面。这一双因为寻到偷窥已经布满了灰尘的“眼睛”，在叙述里找到最好的藏身之处，获得了偷窥和百叶窗的双重掩护。津子围在小说里庞丽华、老赵、老郑这类第三者的暗示里，才让自己的叙述做出披露的姿态，一个较为清晰的姿态。即便如此，阅读者仍然很难觉察这位深不可测的偷窥者，或者说是百叶窗造出来的窥视者。就像徐小珊一样很难察觉到他的存在。偷窥者的内心是如此难以把握，他似乎处于切身利益和旁观者的焦距之外，同时他又没有泄露一丝的倾向。津子围让自己的叙述变成了纯粹的物体般的凝固，他让眼睛的注视淹没了徐小珊的情感。在这里庞丽华和老赵的出现显然不是津子围的无奈，他

① 易明：《对大时代城乡小人物的深切关怀》，《文艺报》，2006年2月9日。

们虽然带来了新情节和新的细节，但是他们不是推动、而是改变了叙述的方向。这样一来，就注定了作品在叙述上的多层选择，也就是说它不是一部结构很严密的作品。整个叙述无声无息，被精确的距离和时间中生长的光线笼罩了，一切描述都显示了徐小珊对眼睛的忠诚，让她关闭了内心和情感之门，仅仅是看到而已，此外什么都没有。在他的笔下，一切鲜明、生动、玄妙得近乎怪诞。①

天津师范大学齐新垚的硕士学位论文《〈十月〉的现实主义品格》关注到小说《审判》：

津子围的作品则通过一场场游戏来看待发生在现实社会中的事件，探究出人性深处的隐秘。《审判》（《十月》二〇〇四年第三期）是一群孩子对偶然发现鸭子"耍流氓"而展开的一场审判。懵懂的孩子凭借着不健全的经验来否定这对鸭子的交配并且企图抓住证据定罪。虽然结果未能如愿，但透过这场"闹剧"可以领会到作者对人类正常的好奇本能与性爱本能的挖掘。

四月，吉林人民出版社出版的《19—20世纪东北文学的历史变迁》（吉林社科院文学所李春燕主编）重点评价了津子围小说。其中，第7编第2章将津子围的创作特点总结为"荒诞的超验与智性的黑色幽默"：

其小说追求超越一般世俗的悲欢离合，而是在智性观察中表现出对众生尤其是机关小人物及个体情感中异化了的人性观照。有些黑色幽默的风格，又努力追求变化。津子围的小说带有现代派的色彩，也表现出冷峻的理性，是东北九十年代作家中的前卫。同时，他在努力营造一种超验的荒诞氛

① 邓丽：《寻找都市温情——津子围小说的现代性探索》，《小说评论》，2013年第S1期。

围烘托其小说的意境。这种与中国传统文化审美风格完全相异的智性使津子围的小说有很强的张力，同时有很强的后现代色彩。①

并将津子围小说分为三个部分，即“机关题材小说，关注人性，在格式化机关生活中人性异化变形过程；情感题材小说，变异人性中个体清醒过程与心路过程；东北地域小说，充满东北地域文化特色。

十二月，廖一的专著《新时期东北文学的流变》重点评价了津子围及其文学创作。

东北新时期文学20年，一方面作家的反思伤痕、追忆英烈、寻根溯源是生活变化使然，另一方面一些先锋作家也在生活中思考审视生活，寻求新的形式表现现实生活。马原、洪峰、津子围、刁斗、皮皮等作家用创新的写法给东北文坛增添了新鲜血液，是东北文学新时期的丰硕成果。②

同时津子围、刁斗、皮皮的小说，骨子里透着对当代现实生活中人生、社会的迷茫、困惑。③

传统文学在嬗变中走向更成熟、厚重的理性观照，如津子围的系列小说。因此，当代东北文学在九十年代的变化是十分显著的，成果也是厚重而沉实的。④

九十年代的东北文坛，又在短期内走出津子围、皮皮、刁斗等一批中青年作家。津子围孤身走我路，在对现实中国社会生活解剖、幽默的描述中上下求索。⑤

第三章“流变的形式”：

在当代东北文坛上，津子围是九十年代开始受人关注的

① 李春燕主编：《19—20世纪东北文学的历史变迁》，长春：吉林人民出版社，2004年版，第323页。
② 廖一：《新时期东北文学的流变》，长春：吉林摄影出版社，2004年版，第13页。
③ 廖一：《新时期东北文学的流变》，长春：吉林摄影出版社，2004年版，第31页。
④ 廖一：《新时期东北文学的流变》，长春：吉林摄影出版社，2004年版，第32页。
⑤ 廖一：《新时期东北文学的流变》，长春：吉林摄影出版社，2004年版，第152页。

作家，是在当代东北作家中较为独特的一个。其小说追求超越一般世俗的悲欢离合，在智性观察中表现出对芸芸众生尤其是机关小人物及个体情感中异化了的人性的观照，呈现出黑色幽默的风格，又努力追求变化。津子围的小说带有现代派的色彩，同时表现出冷峻的理性，堪称东北九十年代作家中的前卫。同时，津子围努力营造一种超越的荒诞氛围，烘托其小说的意境。这种与中国传统文化审美风格完全相异的智性使津子围的小说有很强的张力，同时带有显著的后现代色彩。有评论认为，中国社会的工业化进程仅完成了30%，而后工业已经完成了40%。在这样的历史环境变更中，人性的变异定是剧烈的过程。品味津子围的小说，作者是在展现生活对人性的打压扭曲中，描述出人性异化的轨迹的。在这里，没有空洞的、夸张的、矫情的编造，而是经过精心布局而设计的故事。①

与马原和余华不同，九十年代活跃于东北文坛的另一位先锋作家津子围的小说，则在精心布局的构思中表现市井机关小人物在当代社会中人性异化的过程。其叙事方式、写作态度既不同于马原的渲染形式，也不同于余华的零度冰点，而是在黑色幽默的氛围中以超验的体验展开慢吞吞的甚至懒洋洋的描述，使人感受现实的苦涩、变形与破碎，津子围小说的智性与超验一直在表达传统与现代碰撞时人的伦理、爱情、人性的碎片、不适应和变异。津子围小说对传统的颠覆也表现在其作品不断变化的出人意料的结局，像抖包袱的小品，其结局按传统文学情节和结局模式看来不可思议，如马凯系列等小说的情节发展及结局。而以现代理性思索剖析当代东北社会生活中后现代元素对人性的异化，则充满机警的智性。②

这一年，津子围的创作开始进入更多评论家的视野范围内。

① 廖一：《新时期东北文学的流变》，长春：吉林摄影出版社，2004年版，第156-160页。
② 廖一：《新时期东北文学的流变》，长春：吉林摄影出版社，2004年版，第219页。

二〇〇五年

四十三岁

本年津子围作品出版情况：

一月，长篇小说《收获季》（太白文艺出版社）。

本年津子围作品发表情况：

发表中篇小说3篇、短篇小说3篇、小小说2篇、随笔1篇。

三月，中篇小说《寄生者》（《时代文学》第三期）。

六月，中篇小说《谁爱大米》（《人民文学》第六期）。

七月，长篇小说《收获季》连载于《新商报》（至八月）。

八月，短篇小说《国际哥》（《鸭绿江》第八期），随笔《时间是最大的"敌人"》[《鸭绿江（上半月）》第八期]。

九月，短篇小说《茄子》（《岁月》第九期）。

十月，小小说《小站》（《中外读点》第十期）。

十一月，中篇小说《梅加的夏天》（《布老虎中篇小说》第十一期），短篇小说《有过青梅》（《上海文学》第十一期）。

十二月，小小说《辉煌》（《中外读点》第十二期）。

本年津子围作品转载及收录情况：

是年，《国际哥》被《小说选刊》第十期和《小说月报》第十期转载。

《小站》被《小小说选刊》第十一期转载。

《辉煌》被《小小说选刊》第十二期转载。

《大连市优秀文学艺术作品选》（文化艺术出版社，五月）收入三篇小说《一顿温柔》《马凯的钥匙》《我短暂的贵族生活》和散文《倾听"法布尔"》。

《小温的雨天》被收入《2004中国年度中篇小说》（漓江出版社，一月）、《步步高升》（湖南文艺出版社，八月）。

《求你揍我一顿吧》被收入《步步高升》（湖南文艺出版社，八月）。

《小站》被收入《2005年度中国最佳小小说》（漓江出版社，

十二月）。

《宁古塔逸事》被收入《被遗忘的经典》（太白文艺出版社，一月）。

《阿雪的房租》被收入《跳蚤女孩》（华艺出版社，三月）。

《说是讹诈》被收入《国家利益》（湖南文艺出版社，五月）。

《谁最厉害》被收入《小说月报2004精品》（百花文艺出版社，七月）、《公安局长》（湖南文艺出版社，五月）。

本年津子围获奖情况：

中篇小说《说是讹诈》入选2004年度大连市最受欢迎的十大作品。

《小温的雨天》获《中国作家》“大红鹰”文学奖并获第四届辽宁文学奖中篇小说奖。

小小说《小站》入选2005年度中国小说排行榜。

电视剧《欢乐农家》获第25届中国电视“飞天奖”。

《谁爱大米》和《国际哥》是两篇以女性人物为主人公的小说。

张祖立和吴娅妮从女性的身份意识出发，认为津子围对普通人的精神关怀进入一个较深的层面。

> 《谁爱大米》表现了女初中生宁兹成长中的一段特殊的心理：面对眼前的社会，她其实处于懵懂之中或无知状态，但成长的意识促使她欲证明自己的成熟和自身价值。在这种心理下，她为了买一个MP3（其实这都恐怕不是真正的理由）轻易地出卖了自己的身体。小说中另一个女孩、宁兹的读大学的表姐实际也未确立起女性意识，把自己的属于情感范畴的生活随意切割，人生中游离了许多价值性判断。在此，津子围试图对女性性别意识的确立进行延伸性观察和思考，旨在说明女性建立身份意识的艰巨性。《国际哥》中的吴虞擅长斡旋于男性之中，似乎收获了不少的效益，实际上，由于女性意识的偏离造成了身份意识的焦虑，自身价值打了不少折扣，漂泊成了她的一种生存状态。性别意识是女性现代与传统身份错位变迁的表征。津子围将笔触聚焦到这

一点，说明他对现实中普通人精神状态的关怀进入到一个较深的层面。[①]

此外，《国际哥》还体现了中西方身份焦虑认同的问题。

《国际哥》中吴虞带着对西方文化的浪漫憧憬来到欧洲，认识了加里，与之发生一夜情后就被抛弃，失去了联系。回到国内后她生下了混血儿子，与不同人开始谈情说爱。最终发现要寻找的情感归宿都只是一场梦。表面上吴虞是一个具有海外关系的女人，实际上她并没有接近西方文化，也没有被西方文化所接纳，陷入一种情感无所依托的身份焦虑中。[②]

邓丽从《谁爱大米》中看出津子围对当代社会儿童教育的忧心。

在作品《谁爱大米》里津子围并没有像怨妇一样指责社会什么，而是通过描写方式简单地总结了他的“忧心”。正处在人生观和价值观形成期的孩子们，需要社会的“忧心”。宁兹是一个很有代表性的女孩，她身上的很多东西都是这个时代孩子们的特征。在这里津子围所展示给我们的是社会背后的教育，整体的语境正是界定了如此之多的当代生活。作品正像有些家长担忧或有些孩子想的那样游离于主流之外，而且回归了故事王国。他在无声地探索处于社会边际地位的情感，他想告诉孩子的父母，孩子们需要思考、述说与倾听。希望他们的父母能够了解孩子，并且理解孩子们追逐音乐和时尚时，我们就是将“我们是谁”“我们珍视什么”这些重要的东西同他们切断了。[③]

---

① 张祖立，吴娅妮：《论津子围小说人物的身份意识》，《大连大学学报》，2019年第2期。

② 张祖立，吴娅妮：《论津子围小说人物的身份意识》，《大连大学学报》，2019年第2期。

③ 邓丽：《寻找都市温情——津子围小说的现代性探索》，《小说评论》，2013年第S1期。

贺颖则发现了《国际哥》中的神秘经验。

当吴虞在遥远的异国，体会“灵魂上与某个特定地域的相互脉冲”，这种普世的经验令人心动不已，每个有灵魂的人几乎都会有着相同的神秘的经验，在一个全然陌生的地方，那种不可名状的熟悉、感念、亲近，甚至是奇异的彼此灵魂的聆听，这本该是一次文艺到极致的唯美之旅，却不曾想到，竟是一次神秘无解的命运的陷阱。《国际哥》中，谜一样出现并消失的加里，结尾谜一样不知所终的吴虞，谜一样命运的查尔斯，此间支离破碎的每个人，都成了一则莫名其妙的寻人启事，成了当下时代前行中，人对生命、婚姻、生育等认知的无力辩白，尴尬、荒凉而茫然。[①]

这一年，有两篇学位论文从语言学的角度分析津子围的小说。

华东师范大学胡培安于二〇〇五年四月完成的博士学位论文《时间词语的内部组构与表达功能研究》中，从语言学的角度分析了小说《匿名上告》。

小说中呈现性时间的定义，如：“宋凯做出决定是一个普通的下午。”

介连标有表示时间起点的介词“从、自、自从、自打、打从、打”等和表示时间终点的介词和连词“等、等到、到”等，如：“宋凯一直把这样的心情持续到家里，一直持续到老婆入睡，他才紧闭房门，拉好窗帘，郑重其事地坐在电脑前。”

言说动词、意向动词和言说域和意向域。如：“晚上吃饭时，我家老王说，你昨天折腾什么，深更半夜的。”

叙述和评注，如：在那之前，温局长对宋凯的印象似乎不错，处理个票据什么的还找过宋凯签字，“这说明什么？

① 贺颖：《一个神秘主义者的文学“创世”启迪——关于津子围小说集〈带着雪山旅行〉》，《鸭绿江（上半月）》，2020年第16期。

说明他信任宋凯，看宋凯老实巴交的放心。"

概括与扩展，如："有的时候是这样，两个人之间并没有什么矛盾，只是性格不合，也容易造成对立。"

实现测度功能的两种方式——直接计量和间接计量，如："宋凯几乎不相信这瞬间发生的事情，十年来，四平八稳、按部就班的机关生活让他适应了相应的节奏。"

时量结构充当状语的限制。如："其实姥姥过生日之后，我就担心这样的事情发生。"

华中科技大学丰爱静于二〇〇五年五月完成的硕士学位论文《现代汉语主谓结构作主语考察》中分析了津子围《求你揍我一顿吧》。

首先指出了小说中的形容词性结构，如：老马处理／也名正言顺。

能愿结构，如：大宝喝酒并不能解决心情不好的问题。

存现结构是由"有"及其他词语形成的结构，"有"表示存在关系，否定形式是"没，没有"，如：罗序刚选择许强为处罚对象，还有其他原因。

非动作动词结构，如：孙光峻能否当局长主要取决于分局。

动作动词结构，如：大宝这样判断不免从一个极端走向了另一个极端。

是年，相关评论文章还有孟繁华的《津子围的小说》（《鸭绿江（上半月版）》第八期），孟繁华认为：

津子围的小说，在当下的小说创作格局中，显示了他别具一格的创作实力和风范。他的勤奋和对小说形式类型的积极探索，给人留下了深刻的印象。他的笔下小职员、普通警察的形象，其生动和当下生活的特征，都有别于域外或现当代作家的同类形象。①

此外还有胡殷红的《作家的“高原现象”——津子围作品研讨会补记》[《鸭绿江（上半月版）》第八期]，是对二〇〇四年“津子围作品研讨会”的总结。

是年，津子围续聘辽宁省作家协会第五届合同制作家。

担任《大连解放六十周年作品》（小说卷）主编。

长篇小说《北方》（暂定名）被中国作协确定为重点支持项目。

九月参加大连市与澳大利亚墨尔本直航活动，赴墨尔本、悉尼、黄金海岸、堪培拉等地考察学习。

① 孟繁华：《津子围的小说》，《鸭绿江（上半月版）》，2005年第8期。

二〇〇六年

四十四岁

本年津子围作品发表情况：

发表中篇小说2篇、短篇小说2篇、小小说5篇、随笔1篇。

一月，中篇小说《成长》（《芒种》第一期），短篇小说《扑克·暑期战争》（《现代小说》第一期），小小说《商店关门了》（《中外读点》第一期），随笔《寻找自己的声音》（《文艺报》一月）。

二月，中篇小说《存枪者》（《山花》第二期），小小说《经历》（《中外读点》第三期）。

四月，短篇小说《遗产》（《大连文艺》第四期、《鸭绿江》第五期），《一园鲜花》（《中外读点》第四期）。

五月，小小说《负翁们》（《中外读点》第五期）。

七月，小小说《依赖》（《中外读点》第七期）。

十二月，小小说《做客的父亲》（《辽宁日报》十二月二十五日）。

本年津子围作品转载及收录情况：

《存枪者》被《小说选刊》（第三期）、《中篇小说选刊》（第四期）转载。

《成长》被《小说精选》（第三期）、《小说月报》（第三期）转载。

《有过青梅》被收入《2005年短篇小说新选/专家年选》（文化艺术出版社，一月）。

《国际哥》被收入《2005年短篇小说精选》（漓江文艺出版社，一月）、《2005年短篇小说选》（长江文艺出版社，一月）、《2005最受关注的小说》（上海科学技术文献出版社，三月）。

《公章》被收入《预备干部》（湖南文艺出版社，四月）。

《豁嘴公务员》被收入《市长的父亲》（湖南文艺出版社，四月）。

本年津子围获奖情况：

津子围被评为2005年度大连市文艺界最受欢迎的十大人物。

短篇小说《国际哥》分别获得《鸭绿江》文学奖和大连市“金苹

果”优秀文艺作品奖。

中篇小说《小温的雨天》获中国作家《小说选刊》中篇小说奖（2003—2006年度）。

韩春燕在她于二〇〇六年十月完成的博士学位论文《当代东北地域文化小说论》中评价了津子围的创作。

津子围（本名张连波），1962年生于黑龙江省牡丹江。80年代从事文学创作，在国内外公开发表作品三百余万字。多年来创作出版长篇小说《残局》《残商》《残缘》《洋槐下的小楼》《平民侦探》《爱的河流》《我短暂的贵族生活》等多部，出版中短篇小说集《一袋黄烟》《相遇某年》等三部，其中小说《蝴蝶》《黑玫瑰》等被翻译到海外。有许多小说获得过国内各种奖项、被收入到各种选本中。津子围的小说以其观照生活的独特角度和敏锐捕捉时代的情绪引起读者的共鸣，也以它新鲜的艺术表现手段和艺术风貌吸引读者。津子围的小说具有很强的都市情结，被认为是“都市的独语者”。其小说多为展示心历的生活，叙述流畅随和，结构大胆新奇，语言泼俏老到，空蒙灵动，虽然有的时候显得干涩生冷，却具有时空凿穿力及准确的自我批判和社会道德批判意识。总之，津子围小说体现出了良好的学术品质，形成了独特的文化景观……津子围、陈昌平等作家都曾从各个不同的角度对这座城市进行过书写。津子围是一个城市凡俗生活的书写者，他的长篇小说《我短暂的贵族生活》被称作“城市白领人士的情感羊皮书”，也就是说，他书写了大连这座城市的一个层面——中产阶层，一个群体——银领或白领，以及这个层面和这个群体的感情生活。津子围从有钱人，即“贵族”这个层面展开城市的生活和故事。当然，津子围也从其他层面描写过这座城市的生活和故事，比如，《共同遭遇》里中学教师、派出所警长、下岗职工几个小人物的烦恼人生，《马凯的钥匙》《没什么大事》《月光走过》《匿名上告》《阿雪的房租》等篇什中机关办公室中的仕途风波、情感故事和打工阶层的苦辣酸甜。津子围从几个层面铺开了城市景观。

《存枪者》是一篇内涵丰富且充满隐喻和象征的小说。林喦在与津子围的对话中发现了这篇小说与其他几篇小说的共同点：

> 您的中短篇小说《马凯的钥匙》《搞点研究》《存枪者》《求你揍我一顿吧》《大戏》《小温的雨天》等，也非常有特色，荒诞、幽默与反讽意味比较浓烈，但同时也表现了一种时代焦虑问题。[①]

关于这种时代焦虑问题，冀东艳认为这是现代人的精神焦虑：

> 《存枪者》中作者设计了一个私存枪支而后又不断地想要丢弃枪支的故事。存枪者汪永学本来只是出于保护自己、震慑他人的目的而私藏枪支，然而当他真的拿着枪的时候就总有一种精神担忧，害怕别人会发现，于是枪成了一种无形的力量左右着他的精神世界，如何处理枪成了他最大的难题。这个故事揭示了生活中的种种悖论，枪本来是用来自卫的，结果却给自己带来了无穷的麻烦；千辛万苦地藏枪后，下定决心扔枪的时候却又扔不掉；本想成为一个真正的男人变得强大，结果却弄得狼狈不堪，依然懦弱无能。这种种悖论说出了现代人的精神焦虑，从表层的焦虑到内心的深深的焦虑，从生活的深处挖掘到人心的深处。[②]

冀东艳还着重分析了“枪”的意象，她在硕士学位论文《津子围小说论》中提道：

① 林喦，津子围：《好作家不会被落下——与作家津子围的对话》，《渤海大学学报（哲学社会科学版）》，2014年3月。
② 冀东艳：《都市生存图景与精神突围——津子围职场小说简论》，《鸭绿江》，2021年第4期。

> 《存枪者》中枪也具有明显的象征意义。枪最基本的意思是一种武器，提到枪我们想到的是暴力、征服、保护、防卫。枪代表了一种力量，有了枪就好像穿上了一层保护壳。存枪者汪永学是个懦弱胆小的男人，枪对于汪永学来说是生命中一个神秘的象征，某种意义上的护身符。……枪在战争时代是拥有者证明自己身份地位的象征，然而到了和平时代，百姓私藏枪支就是违法的，枪反而就成了危险品的象征。私藏枪支的汪永学为他的枪担惊受怕，枪成了他最大的难题，如何存枪把他搞得神经错乱，弄得声名狼藉。

张祖立和吴娅妮则从男性的身份意识出发，认为小说体现了“性别身份错位的现象”。

> 《存枪者》中的汪永学也学会了这种挣扎。在知青点的时候，他忌惮强壮凶狠的曹宏伟的威胁，使自己女友范丽珍受到伤害。后来，汪永学有了枪，找回了男人自信，关键时刻帮助许美琪摆脱骚扰，最终抱得美人归。当他遇到拿着军刺的歹徒时，紧张得拔不出枪来。妻子生意风生水起，汪永学退居家庭，扮演起“家庭妇男”的角色。①

辽宁大学王雨晴二〇二一年六月完成的硕士学位论文《津子围小说创作论》中提到小说内涵指向知识分子的身份意识和身份焦虑问题：

> 《存枪者》将知识分子关于身份意识产生的复杂矛盾的心理刻画得淋漓尽致，整篇小说围绕“枪”展开叙述。性格软弱的汪永学的人生始终被一把来路不明的手枪掌控着，枪的存在给了他勇气和胆量，但这种内心支撑更多是一种自我安慰，天生软弱的性格却还是令他在面对“色魔”和妻子出轨时落荒而逃。从费尽心机藏枪，到去派出所坦白销毁手枪

① 张祖立，吴娅妮：《论津子围小说人物的身份意识》，《大连大学学报》，2019年第2期。

的细节，汪永学的人生因一把枪变得荒诞而无常，可这一切都只发生在他的内心。原因是汪永学的内心有着强烈的知识分子的身份意识和自我认同感。

并分析了“枪”这一意象的内涵：

《存枪者》表面上的象征物是“枪”，“枪”给了汪永学勇气和胆量，使软弱的他在内心有了坚强的依靠，然而汪永学关于枪的存在问题的坚持，则隐含着知识分子的价值判断标准问题。他坚持“存枪”与“藏枪”的本质区别，从费尽心机地藏匿到想尽办法证明自己有枪，以他的观念，这是一个涉及人生原则的问题。真与假、是与非、善与恶的泾渭分明是汪永学作为知识分子的坚持，这种坚持却也成为他身份焦虑的根源。①

华中科技大学周同燕在二〇〇六年五月完成的硕士学位论文《现代汉语体谓结构考察》中引用了津子围的小说作为例证。

传统语法把句子分为叙事句、描写句、判断句，分别指动词谓语句、形容词谓语句、名词谓语句。但是，动词谓语句并不只用于叙述，形容词谓语句并不只用于描写，名词谓语句也并不只用于判断。典型的例证是：名词谓语句也有大量用于叙述和描写的。如：罗序刚他们回到派出所已经凌晨一点半了。

是年，相关评论文章有兰州大学李明德的硕士学位论文《当代中国文化语境中的文学期刊研究》论及津子围的《小站》，华中师范大学彭晓玲硕士学位论文《男性作家和女性作家短篇小说中的性别差》论及津子围的小说《国际哥》。易明的《对大时代城乡小人物的深切

① 王雨晴：《津子围小说创作论》，辽宁大学硕士论文，2021年6月。

关怀》（《文艺报》二月九日），该文是对第四届辽宁文学奖获奖中短篇小说的述评，文章评论了津子围的《小温的雨天》。

是年，完成电视连续剧《喜庆农家》剧本创作。

是年，十一月七日至十五日，津子围出席了第七届全国作家代表大会。

中篇小说《小温的雨天》获2003—2006年度的中国作家《小说选刊》中篇小说奖。《小说选刊》的授奖词为："津子围一向以他的善意和温情看待这个世界，并以他成熟的叙事技艺和艺术感染力展示生活的质地和纹理，本奖同时表彰他对都市生活诗意化表现所做的艺术探索。"

二〇〇七年

四十五岁

本年津子围作品发表情况：

发表中篇小说2篇、短篇小说1篇、小小说3篇、随笔1篇。

一月，小小说《低语》（《辽宁日报》一月八日），《民间哲学家》（《辽宁日报》一月十五日），《宠物》（《辽宁日报》一月二十九日）。

五月，中篇小说《稻草》（《芒种》第五期）。

六月，中篇小说《隐姓埋名》（《啄木鸟》第六期），短篇小说《闯绿灯》（《人民文学》第六期），随笔《东瀛淘宝》（《大连日报》六月十一日）。

本年津子围作品转载情况：

一月，《存枪者》被收入《2006年中篇小说新选》（文化艺术出版社）。

五月，《稻草》被《小说选刊》（第五期）转载。

七月，《隐姓埋名》被《中篇小说》（第七期）转载。

本年津子围获奖情况：

津子围参与编剧的电视剧《喜庆农家》获得第26届中国电视剧“飞天奖”。

短篇小说《国际哥》获第五届辽宁文学奖。

《稻草》是一篇展现底层女性如何对抗城乡差距的小说。张祖立和吴娅妮从女性的性别意识出发，分析了初月的精神力量。

> 《稻草》中的初月，是一位纯朴本分的农村姑娘。在身边同龄女性把身体作为筹码去换取城里人身份或改变经济条件时，她选择了坚持维护个人尊严的立场，拒绝各种诱惑，一直在靠劳动持家。在为救未婚夫同恶势力抗争的过程中，显示了女性强大的精神力量。但女性在建构自己的职业身份

中，也会陷入内外交困的身份危机中。[①]

叶立群则在“寻夫”的故事背后看到小说展现的城乡隐喻。

津子围的《稻草》是在寻夫主题下展开的，清明为使初月活得幸福而谋财害命，初月却以为他只是过失杀人，在道德良心与情感的冲突下，初月坚持要弄懂清明的犯罪动机，以此为爱情寻找一个强大的理由，于是才有了类似“千里寻夫”的故事。在这样的主题下，作者同时设置了一个颇具现实意义的隐喻：在城市化的进程中，当稻草比稻米还贵时，农村已脱离了它的传统意义，传统的生产方式、生活方式、价值取向面临着瓦解。[②]

吉林大学博士研究生何青志于二〇一一年十二月完成的博士学位论文《隐含作者的多维阐释》中评论中篇小说《存枪者》：

作品讲述了主人公私藏枪支的故事。主人公汪永学在“红卫兵时代”偶然间与同学用以物易物的方式得到了一把手枪，从此，枪对他来说就成了“生命中一个神秘的象征，某种意义上的护身符”。的确，枪曾成就了他的爱情，但在不许私藏枪支的大环境下，存枪带给他的烦恼远多于乐趣。小说在主人公无数次地瞒过妻子和女儿巧妙藏枪又无数次地拆枪又装枪的过程中，生动地揭示了主人公“枪可以补充他某些缺钙的心理”。然而，他的手枪时常在与他开个不大不小的玩笑，想用它时它不响，没想让它响时却神出鬼没地射了出去。为此他不得不在有枪与没枪的矛盾旋涡中周旋。汪永学爱枪，并为枪所累。在他爷爷的年代，“是枪和荣誉相联系的时代”，他也曾一度用枪壮英雄胆，来证明自己的价

① 张祖立，吴娅妮：《论津子围小说人物的身份意识》，《大连大学学报》，2019年第2期。

② 叶立群：《经验世界与超验世界的背离和共谋——津子围小说的文本价值管窥》，《小说评论》，2010年第S1期。

值，事实上也每每起了“补钙的作用”。但若干年后，时过境迁，连他的妻子和女儿也从不知道他存枪的秘密，他存在的价值并不在于他有没有枪。甚至在他愤怒时因为枪因生锈不响反而使他免于妻离子散家破人亡的厄运。从而让他对枪有了一种新的认识：“枪不是粉笔，用了之后还可以擦掉。杀了人自己就逃脱了吗？你剥夺了别人生命的同时，也就意味着剥夺了自己的生命。”最后，他终于把枪拆解丢弃在江桥下，他似乎要解脱自己了。可是更大的麻烦却来了。一直想证明自己无枪的主人公，最后，在向警方坦言自己有枪的时候，却被周围的人证明无枪，他使用的枪是发令枪、他是枪模爱好者。他说自己有枪被视为“精神有问题”，汪永学为了证明自己“精神没问题”，他就必须证明自己有枪。小说的精妙处在于作者让主人公陷入一个悖论中……刁斗的《身份》与津子围的《存枪者》两部作品的“同工”之处在于主人公作为人的主体价值的存在都需要“他者”的证实，否则就失去了存在的意义。这两部小说都运用了现代主义的艺术手法透视了现代人的荒诞与异化，将现代人内心的迷茫困惑与失落展示得淋漓尽致。进而，对现代社会“主体失位，形骸孑立”之异化现象给予了深刻批判。

贺绍俊在二〇一三年“海蛎子组合”大连六零后作家展评会上评价《存枪者》，将其称为“智慧的小说”：

津子围有一篇小说叫作《存枪者》，我更愿意称之为智慧的小说，在这个小说中讲述的是一个私藏枪支而后又要将枪支丢弃的故事，探讨的却是一个很玄思的问题：关于人的智慧的问题。所以津子围不满足于讲故事的成功，而是不断在精神领域执着地开拓。他的作品数量并不是很大，这可能与他担负繁重和烦琐的公务工作有关，但是他的叙述空间很大，无论是写都市白领还是普通市民，抑或是直面现实，关注的都是现代中的精神性的问题，更重要的是把小说当成安放自己灵魂的地方。

此外，论及《欢乐农家》《喜庆农家》电视剧的学术论文有：四川省社会科学院研究生学院雷丹于二〇〇九年四月完成的硕士学位论文《新时期乡村影视的文化透视》；华中师范大学杨宛璐于二〇一一年五月完成的硕士学校论文《新时期农村轻喜剧与农村文化建设》；东北师范大学袁彦文于二〇一三年五月完成的硕士学位论文《对新时期以来东北农村电视剧中民俗文化的研究》；扬州大学胡乐浩于二〇一八年五月完成的硕士学位论文《新农村建设题材电视剧话语分析研究》。

文学社会活动方面，四月，津子围参加市第五届作家代表大会，再次当选副主席。参加中国市长协会在珠海召开的会议。

五月，参加大连与日本岩手县直航活动，在东京参观考察东京皇宫广场、东京市政厅、丰田汽车总部、银座、浅草寺、东京古玩市场、东京八宝番市场及岩手县花卷市、盛冈市旅游设施等。

参加文学采风活动，去井冈山黄洋界、五指峰、大井，景德镇、婺源、清华古镇、汪口俞氏宗祠、李坑，去庐山、潘口、美庐，去共青城。

是年，津子围续聘为辽宁省作家协会第六届合同制作家。

二〇〇八年

四十六岁

本年津子围作品出版情况：

五月，长篇小说《童年书》（英文版）*Childhood Book*（贝尔克国际出版公司）。

本年津子围作品发表情况：

发表中篇小说2篇、短篇小说1篇、随笔1篇。

四月，中篇小说《歌唱的篝火》（《芒种》第四期），短篇小说《河里飘梅》（《光明日报》四月二十六日）。

八月，随笔《世界在惊叹中认识中国》（《光明日报》八月二十日）。

十月，中篇小说《博弈》（又名《昨日之雨》，《人民文学》第十期）。

小说《博弈》（又名《昨日之雨》）的故事是这样的：

> 一个教授在等公共汽车时碰到一个女人，说了几句话，却被警察莫名其妙地抓到派出所，原来是因为那个女人丢了五百块钱，警察怀疑是他偷的，正好他身上也有五百块钱，结果产生了一系列的故事。[①]
>
> 《昨日之雨》中朱聆教授本来是要与女研究生约会，可是在等公交车的时候却莫名其妙地被警车带走了，在回答警察询问的时候，本来自己没有犯什么错，根本无须害怕，可是当警察问到他等车准备去干什么的时候，朱聆却撒了谎，因为他不能说自己要去和女学生一起去温泉中心，如果警察盘查起来，自己岂不是很没面子。接下来，警察提示与钱有关，可朱聆根本没有偷五百元钱，不能承认啊。当警察提出

① 阎晶明：《创作于传统与现代之间》，参见：http://www.chinawriter.com.cn/bk/2013-07-31/71391.html。

要去他的单位、家里调查时，朱聆却担心万一查出自己其他的事情怎么办，别人会怎么看自己，无奈之下，朱聆只好编故事撒谎说自己偷了钱。即使之后“绿花叶”找到了自己忘记在家的钱，证明了朱聆的清白，可是此时的朱聆也没有豁然开心，反而悄悄返回卧室，拽过被子蒙上了头。[①]

贺颖认为《博弈》具有形而上的色彩。

整篇作品从名字《博弈》到全文的谋篇布局，到文词句段之间，处处弥漫形而上的散淡与玄机，数段不动声色的人物心理描画，令文章整体气蕴华彩隐隐，张力无尽，情节上极具后现代解构主义的铺展，文章经验界限上的模糊，于传统起承转合的颠覆，几乎更接近一种意义上的形而上，浅入深出的开篇和结局，及情节对语言本身的充满互逆的依赖与交代，更令文章从始至终被一种似有若无的酸涩浸润得冷静柔韧，剔透可口，读过仿佛被一种期待中的味道出其不意地呛了一下，有似曾相识，有久别而意外重逢的诧异与惊喜，竟还混合着朴素的神秘与淡淡的委屈，平静着鼻子发酸，一瞬觉得已足够，以至语言、情节或其他似都不那么重要了。[②]

此外，贺颖还认为《博弈》是诠释孤独的理想范本，具有魔幻与神秘的色彩。

误会的发生，源于教授在去赴一个女生宴请的路上，情节的过于简单反而令人无措，因为的确除此再无任何能用语言来描述的情节，小说以作品中最为隐匿的不可转述性，因此而抵达极致之境，堪称夺人的孤独之美由此诞生。而于此绝世孤独的映衬之下，隐暗幽深的异样光线，种种于

① 冀东艳：《都市生存图景与精神突围——津子围职场小说简论》，《鸭绿江》，2021年第4期。

② 贺颖：《阅读，或作为孤独者的旅行——津子围中篇小说〈博弈〉读后》，《青年文学》，2009年第22期。

《博弈》文本内核散射的光线，携着小说的全部命运，时隐时现，动静相宜，与读者的灵魂渐渐相融。……在《博弈》中，津子围对孤独诠释的隐喻诉求，抵达了阶段性的峰巅，就像飞。当然，这样的时刻，唯有魔幻与神秘，堪当双翼。[①]

无独有偶，叶立群同样认为小说具有形而上的意味。

在津子围的小说《博弈》中，在情节、语言、叙述上，及至文词句段之间，无不弥漫着形而上的玄机和韵味。教授去赴女生宴请的路上发生的误会，使他被带到了派出所。身份和所处环境的迅即转变，让时间顿时凝滞。随之，便是来自灵魂深处的诸多碰撞和纠葛：坚守、妥协、犹疑、果决、豁达、纠结、悲悯、追索……这一切仿佛在瞬间发生，其魂魄却又似穿越时空，不断地向人性深处、向历史的来路突进。在这里，超时间的东西与有时间的东西浑然一体，令人无比震撼。[②]

李振远于二〇〇八年十二月在大连出版社出版的《大连文化解读》中提及津子围：

新时期大连文化发展的另一个重要标志是文化生产力获得了极大的解放，文学艺术创作十分旺盛，在创作的数量上和质量上都有了历史性的突破，涌现了一大批在国内外有影响的作家和优秀作品，如青年作家津子围、陈昌平、侯德云等人的都市小说。

华中科技大学王小穹于二〇〇八年六月完成的硕士学位论文《论主谓主语句的构句特点》中对小说《求你揍我一顿吧》的构句特点进

① 贺颖：《镜像："存在与虚无"——津子围小说作品中的精神重构策略》，《当代作家评论》，2020年第4期。
② 叶立群：《经验世界与超验世界的背离和共谋——津子围小说的文本价值管窥》，《小说评论》，2010年第S1期。

行了分析：

> 大谓语的构成及句法分析，如：罗序刚他们去派出所／已经是凌晨一点半了。
>
> 形容词性结构，如：老马处理／也名正言顺。
>
> 能愿结构，如：大宝喝酒并不能解决心情不好的问题。
>
> “有”字结构，如：罗序刚选择许强为处罚对象，还有其他原因。

是年五月，津子围参加东北财经大学硕士毕业论文答辩。

七月，参与创作话剧《种子与大地》，并于同年十月在沈阳师范大学上演。

十月，大连理工大学人文学院设立“津子围人文奖学金”。

是年，津子围还参加了几次讲座和发言，为全省人事系统政务信息工作授课，在辽宁文学院作“人文精神与小说创作”专题讲座。参加在旅顺举办的辽宁文学评论家年会并作大会发言，与到访的韩国中北作家代表团就文学创作交流对话。

是年，观看朝鲜“阿里郎”大型表演。参加学习考察活动，去延安枣园、杨家岭，去黄帝陵、壶口瀑布等。

是年，论文《地方政府应急管理——以大连为例》获全优，转年获评辽宁省优秀论文奖。

是年，创作并修改长篇小说《童年书》。

二〇〇九年

四十七岁

本年津子围作品发表情况：

发表中篇小说1篇、随笔1篇。

二月，中篇小说《大戏》（《山花》第二期）。

九月，随笔《大连，山海间大广场》（《中国国家地理》第九期）。

本年津子围作品转载及收录情况：

中篇小说《大戏》被《小说选刊》第三期和《北京文学中篇小说选刊》第三期转载，收入《二〇〇九中国年度短篇小说》（漓江出版社，二〇一〇年一月）、《名家中短篇小说二〇〇九》（湖南人民出版社，二〇一〇年一月）。

本年津子围获奖情况：

参与编剧的电视剧《喜庆农家》获得第11届全国“五个一工程”奖。

《大戏》是一部十分具有荒诞性特征的小说。《大戏》讲述了一个“活人变死人”的荒诞故事，主人公丁红军是一个城市的转业军人，他为了结婚，到派出所开身份证明时，发现自己已经被注销了户口，“死了”四年多。他在居委会和派出所之间奔忙，始终无法得到身份证明。“丁红军”是主人公当兵后起的名字，他之前的名字叫“丁大戏”。

《北京文学中篇小说选刊》主编章德宁评价小说《大戏》：

> 融现实于荒诞，寓批判于诙谐，表象演义不堪的生死闹剧，实则机杼已经独出，事义浅深，尽在解构时弊，其无隙不往的幽默力可谓出筋入骨……

张祖立和吴娅妮分析了户口与身份的关系。

> 在这里，他的名字就代表了他的身份甚至地位，名字的

丢失必然引发了他身份意识的迷失。丁红军以前是军人，转业后是什么？这里有个身份建构问题。丢失身份的荒谬境遇是很偶然的，但这种偶然和荒谬实际是对人在现实中种种生活状态的隐喻。丁红军疲于证明自己身份的遭遇，使他完全有理由大闹一场，但因为在军队受过教育，因为是城里的老居民，因为他的相对有保障的生活条件，这些与文化有关的因素使得他在这场荒谬中表现出了极大的耐性。他的这种相对文明的不断重复的奔波行为恰恰增强了人生的种种荒谬。①

岳凯从这个荒诞的故事中看到津子围对“小人物”的感情。

《大戏》中更是把这荒诞放大，丁红军莫名其妙地发现自己的户口错误地因为死亡被注销了，想要恢复似乎又难上加难，最后竟然想出了要主动犯个罪这样的歪点子。虽然在作品中仍然弥散着现代性的气氛，弥散着荒诞和无奈的基调，但津子围对作品中的“小人物”倾注了更深的感情。②

叶立群则从故事反映的社会问题中看到小说的批判性。

《大戏》中的故事将荒诞性与现实性结合得相得益彰，于诙谐幽默中见批判精神。尽管所出场的人物不多，所讲述的事件也不错综复杂，但是其所反映的社会问题却很耐人寻味。当他将“大戏”从姓名中划去之后，这一幕由当下“户口”制度中的缺陷所引起的闹剧上演了——一个大活人竟然在户籍部门的档案中“死”去四年多了，当他想尽办法、多方奔走想重新找回死去的自己时，又被官僚作风“踢皮球”，奔波无果之后，他将会采取怎样的方式向世人证明自己尚且在世呢……这真是一出令人啼笑皆非、无比荒诞的大

① 张祖立，吴娅妮：《论津子围小说人物的身份意识》，《大连大学学报》，2019年第2期。
② 岳凯：《走过现代，走过先锋——对津子围近年小说的思考》，《渤海大学学报（哲学社会科学版）》，2014年第3期。

戏，“大戏”既是主人公曾经用过的名字，也与整个故事的主题相暗合。[①]

秦岭由小说的荒诞性联想到《等待戈多》。

这个名字叫作“大戏”的主人公，给我们演出的正是一出令人啼笑皆非的人生荒诞剧——一个活生生的人，用自己的活人之躯，活生生的肉身证明自己没有死去，遭遇的是“有何证据”的反问——你活着不重要，重要的是能够证明你还活着的那些文件。这出人生闹剧不由让人想起荒诞戏剧《等待戈多》，等待的是压根不会来的人。[②]

由《大戏》对荒诞与人生之追问联想到《等待戈多》的，还有贺颖。

一次生活中的疏错，拉开了一场《大戏》的帷幕。简约的主线，鲜明的人物个性与内心，重要的是穿越叙述局限，而不留任何划痕的难以察觉的语言的幽微之境。……《等待戈多》，半个世纪前爱尔兰剧作家塞缪尔·贝克特的惊世之作，以其无可比拟的深邃追问，将荒诞与现实，荒诞与人生，荒诞与艺术，以及生命的终极虚无，推向极致的巅峰。……如今的丁红军们，尾随其后的我们和他们，无不因而感受着内心的绝望与焦虑，人的存在再一次被放在舞台的聚光灯下追问：生命于世间而言，灵魂于生命而言，到底是真实的抑或幻觉？是存在抑或反之？似乎既是一切，又似乎全然否定。[③]

① 叶立群：《经验世界与超验世界的背离和共谋——津子围小说的文本价值管窥》，《小说评论》，2010年第S1期。
② 秦岭：《走出如戏人生的困境——评津子围小说珍藏版〈大戏〉及其他》，《渤海大学学报（哲学社会科学版）》，2014年第3期。
③ 贺颖：《以读者的名义——津子围小说〈大戏〉之文本探索》，《山东文学》，2017年第6期。

相关评论文章还有贺颖的《阅读，或作为孤独者的旅行——津子围中篇小说〈博弈〉读后》（《青年文学》第十一期）、刘文善的《抖落时间的羽毛》（《欧洲时报》六月二十日—二十六日）、谭晓明的《混沌而阴郁的天空——读津子围〈小站〉后的心情》（《青年文学》第十一期）。

谭晓明认为小小说《小站》的内涵涉及的社会现实“如冬日的天空一样混沌而抑郁”：

> 小站是社会的一个缩影，老秦就是我们生活中千百普通角色中的代表。也是因为如此，形形色色的我们才会在不同的角度不同的立场感到类似的凝重与阴沉。

小说的叙事采用了“两条线索的交叉递换互相引进”的艺术手法，起到了主题的显现和内涵的摊展的作用。

是年，何青志主编的《东北文学六十年》中评价津子围的创作：

> 在繁花似锦的创作文本中除了拥有上述提及的“后现实主义”特点的同时，也交融着“先锋文学”的艺术探索精神，这即是一些作家在叙写现实的过程中，更注重文本艺术上的超越与拓新。因此，笔者更愿用“多棱折射的叙事”来描述当下的创作态势，像阿成、刁斗、津子围、林和平、刘庆、杨廷玉、王曦昌、高君、朱日亮、常新港、薛涛、葛钧义、张抗抗、王立纯、韩乃寅、高满堂、刘兆林、马秋芬等作家分别在作品的切入视角和透视的深度上以及文本智性的表达上给予读者新的阅读体验……①

此外，津子围的创作情况入编由曲彦斌主编的《辽宁文化通史（共9册）（精）》（大连理工大学出版社，十二月）。

在学术研究方面，津子围任《大连市科学发展实例选编》（大连

① 何青志主编：《东北文学六十年》，长春：吉林人民出版社，2009年版。

出版社，八月）一书的主编，出版理论专著《地方政府的应急管理》（大连理工大学出版社，十月）。六月，在东北财经大学为美国新泽西州访问学者作“中国传统文化与行政管理”专题讲座。

四月，津子围任大连市政府办公厅副主任。八月，任大连市政府新闻发言人。

是年，津子围参加东北四城市市长峰会。去贵阳、遵义、南宁、桂林、北海等地调研。

是年，津子围续聘辽宁省作家协会第七届合同制作家。

参加市文联成立60周年大会、在步云山举办的《鸭绿江》笔会、在丹东凤城大梨树举办的省作协创作基地活动。

完成长篇小说《口袋里的美国》初稿。

二〇一〇年

四十八岁

本年津子围作品出版情况：

出版长篇小说2部、中短篇小说集1部。

一月，中短篇小说集《大戏》，收录津子围此前发表的小说19篇，分别是：《三个故事和一把枪》《老铁道》《“神医”老胡》《马凯的钥匙》《搞点研究》《一顿温柔》《天堂的桥》《上班》《拔掉的门牙》《持伪币者》《自己是自己的镜子》《存枪者》《搓色桃符》《月光走过》《小温的雨天》《谁最厉害》《求你揍我一顿吧》《昨日之雨》《大戏》。《大戏》获2009—2010年辽宁省优秀图书奖。

九月，长篇小说《口袋里的美国》（中国社会出版社）。

十一月，长篇小说《同名者》（春风文艺出版社）。

本年津子围作品发表情况：

发表中篇小说1篇。

一月，中篇小说《大碱馒头》（《芒种》第一期）。

本年津子围作品转载及收录情况：

《隐姓埋名》被收入《政法委书记》（湖南文艺出版社，一月）。

《大戏》被收入《2009中国年度短篇小说》（漓江出版社，一月）、《名家中短篇小说精品2009》（湖南人民出版社）、何锐主编的《感觉城市·城市小说十年》（江苏文艺出版社，九月）。

《口袋里的美国》被《小说选刊》（第八期）全文转载，同时连载于《大连日报》《渤海早报》，《同名者》同时连载于上海《城市晚报》。

《口袋里的美国》由津子围与美籍华人作家张仁译合著，出版后引起广泛关注，这是津子围第一部具有广泛影响力的作品。这部小说由《小说选刊》特刊刊发、中国社会出版社出版发行，讲述了在改革开放的时代潮流中，中国知识分子赵大卫为实现人生理想而背井离乡，来到美国奋斗寻梦的故事。在美国，赵大卫一边打工一边求学，终于在美国海产界拥有一席之地，可是随后却被莫名其妙地被解雇了。赵大卫冒着倾家荡产、身败名裂的风险，毅然将世界级大企业告上法庭。最终，历经波折，他打赢了美国司法史上这场带有种族歧视的官司，捍卫了中国人的尊严，创造了美国新的司法判例。小说使海外华文文学创作重新引起人们的关注。

八月十二日，《小说选刊》在北京举办《口袋里的美国》作品研讨会，这是津子围的第二次研讨会，与会专家认为《口袋里的美国》是对《北京人在纽约》《曼哈顿的中国女人》《上海人在东京》的重大突破，是从"悲情记忆"到政治批判的成功跨越，是目前海外华文写作的新高度和新标志。

八月《新商报》评论专版刊发"《口袋里的美国》引起专家热议"，文章有雷达的《人的尊严问题是世界性的》、石一宁的《新世纪"美国叙事"的新面向》、叶梅的《多元文化空间的碰撞》。

九月七日《人民日报》刊发孟繁华的评论文章《〈口袋里的美国〉：从"悲情"到"批判"的转身》。孟繁华认为，《口袋里的美国》在政治范畴内为我们提供了新的阐释空间，同时也改写或者终结了以往对西方书写的"悲情"历史，充满批判精神，并提供了一个与此前同题材不同的移民形象。

> 赵大卫没有查建英《丛林下的冰河》中主人公在中、西两种文化之间的犹疑、徘徊或不知所措的矛盾，也蜕去了《北京人在纽约》《曼哈顿的中国女人》等夸大商业成功从而凯旋的肤浅炫耀。《口袋里的美国》最大的不同在于，赵大卫的成功或胜利，不仅是商业性的，更重要的是一种价值观、文化精神的胜利。

二〇一一年七月二十七日，《文艺报》第7版《口袋里的美国》评论专辑刊登的文章有轩文的《一次诚实写作的实践》、雷达的《写出了人的尊严感》、刘复生的《文学想象中的重要转折》、何吉贤的《关于"美国乡愁"的告白》、文义的《在美国创造司法奇迹的中国“50后”》、鲁太光的《中国崛起的美国镜像》和13位评论家的短评。

轩文认为，诚实是《口袋里的美国》引起广泛关注最重要的品格。

> 《口袋里的美国》之诚实，首先表现在它真诚而明确的价值指向和坚守，创作者相信任何形式的写作必须有助于维护公平、正义，有助于惩恶扬善，作品以奔跑的节奏、粗粝的语言，弘扬了我们这个时代最需要的那些价值取向，热情讴歌和赞扬了劳动、奋斗、自强不息的现实价值。……《口袋里的美国》之诚实也在于其创作是从作者自己的生命体验出发的，作家大声疾呼捍卫人的尊严、捍卫华人的利益，令人感动。

雷达指出，《口袋里的美国》是一部独特、有趣、提气的小说，是一部颇有精神内涵的小说，写出了人的尊严感。

> 在这里，我特别想强调一下读这部作品时的重心所在，也就是说，不要将注意力过度集中在到底是美国的司法制度好还是中国的司法制度好，或者追问，是社会主义优越还是资本主义优越上。不能说，打赢了这个官司就是对美国司法的歌颂，打输了才是对美国的批判。我们不能局限于这种狭隘输与赢的想法上，不能固守这样的旧思维，不能这样简单地观察、思考问题，而是要看到，维护人的尊严是全世界每个人都会面临的课题。所以，维护人的尊严，一切从人出发，以人为本，是这部作品可贵的核心点。

刘复生评价，在“移民”文学的谱系里，从《曼哈顿的中国女人》《北京人在纽约》到《口袋里的美国》，中国人对美国的文学想象完成了一个重要转折。

> 赵大卫的故事，无情地终止了1980年代以来对“西方”

世界的天真梦想，作为一个深刻的反讽，它显示着历史的智慧。……在这部纪实性的小说中，在赵大卫的经历中，我们开始看到一种撤除了意识形态光环笼罩的美国。美国不再是理想的完美体现，更不代表所谓普世标准。

何吉贤提出，《口袋里的美国》是走在背离中国式的“美国乡愁”之路上的美国叙述。

赵大卫的“美国故事”有两点值得注意：其一，它深入了美国社会的肌理，已基本祛除了“乡愁”的悲情和“乡愿”的一厢情愿。其二，主人公赵大卫穷追不舍，一直讨要“说法”的背后，首先是他一贯的个性使然，但个性背后，还是对尊严的维护和追求。

美国亚裔事务基金会志愿者文义表示小说在海外受到高度关注：

很多读者打电话或发邮件给美国亚裔基金会，倾诉自己被开除的不幸遭遇，感慨自己没有像赵大卫那样奋起抗争。

此外，有13位评论家也对《口袋里的美国》发表了自己的评价，是为《“口袋”里的丰富内涵》。

崔道怡指出，小说的鲜明特色就在其不容置疑的纪实素质，真实性和艺术塑造使其可称为“一部20世纪末的中国移民史记”。

何启治提出，小说的思想深度令其具有“在反映新的现实和探索人类精神方面的不可替代的贡献”。

何镇邦认为小说“算是创作上进行海内外结合的尝试，是海外华文创作的一种新模式、新成果”。

孟繁华评价小说：“它为我们提供了新的阐释空间，也改写或终结了以往对西方书写的‘悲情’历史。”同时肯定了小说的批判精神。

李建军认为小说的独特在于表现了两种文化或两种生存方式的对照。叶梅肯定了小说最重要的收获在于揭示了多种文化之间的交流、碰撞、吞噬和诞生。

张水舟分析赵大卫是个具有双重身份的“他者”，在富有命运特征的情境下寻求身份认同。

吴义勤评价道：“这部小说确实是当代长篇小说的一个重要收获——不仅仅是海外华文的收获，在中国当代文学史上也提供了值得重视的审美经验。”

冯敏认为作者是忠于人物进行塑造的，作品写出了赵大卫一半中国人、一半美国人的尴尬角色。

王干指出小说从侧面说明中国在发展。

李云雷强调小说体现了中国人自我意识的一种确认。

石一宁认为这部小说标示了新世纪中国作家和华人作家“美国叙事”的新面向和新收获。

周展安认为小说揭示了“美国梦”的破灭与再生，值得深思。

长篇小说《同名者》在某种程度上可以视为津子围对以往作品的回顾和串联。故事主人公们都拥有同一个姓名M，却有着学者、公务员、小学教师、警察等不同的社会角色，有着悲欢离合的多样人生。

贺颖认为：

> 此书情节繁复精彩、迷离闪烁，读来令人唏嘘。叩问灵魂，分析深入，直指人心，具有较高的艺术水准和强烈的现代意识。叙述者一反传统小说的“因果”联系，故事中的人物之间既不是亲属关系也不是工作关系，而仅仅是因为名字相同。同名者，在同一个城市，每天享受着同样的阳光和空气，却各自走着截然不同的人生之路。小说塑造了现实中小人物繁复冗杂的生存状态，揭示出当代城市生活的艰辛、孤独、冷漠、无奈与困惑，以及人们灵魂深处对命运的希望与生存的意义，探索了当代中国现代性进程中的生存镜像。在无序的命运中追索有序，在与时代性的抗争中透出锋利的反时代性，是一部质感悠长，令人掩卷良久而无以释怀的心灵画卷。[①]

① 贺颖：《徘徊于命运中的有序与无序》，《文汇读书周报》，2011年5月9日。

相关评论文章有山东大学硕士研究生赵倩于二〇一〇年四月完成的硕士学位论文《当代中国公安题材小说中的警察形象研究》，论文提出：

随着中国社会的不断发展和物质水平的极大丰富，人们在享受现代化所带来的种种便利的同时，也面临着越来越多的压力和挑战。教育、住房、工作……像一座座大山压得人们喘不过气来。加上物质生活的窘迫和各种欲望的得不到满足，凡此种种让生活于现代社会中的人们感到前所未有的焦躁和烦闷。津子围的《求你揍我一顿吧》讲述的就是当代警察所面临的巨大工作、生活压力，以及与之相应的性格和心理状态。对于警察来说，这是一个再简单不过的案子——打架斗殴。但是奇就奇在案件的起因，竟然是打架一方主动要求挨揍。出租汽车司机解宝辉，因为心情烦躁在喝酒的时候，主动要求保安许强揍他一顿，结果因为许强下手太重而激恼了解宝辉，才引发了两个人的战争。这个案子处理起来原本非常简单，但是因为牵扯到公安局内部的种种人际关系和利益纠葛而变得复杂了起来。从对这个小小案件的处理过程中，我们看到公安局不再是一方纯洁无瑕的圣地，内部也有人心的隔阂、猜疑，有利益的冲突和个人的想法。法律也不再那么不可动摇，它可以根据人情、利益等因素而酌情摇摆。警察也有了诸多苦闷，工作量大、工资少，不被家人理解，同事关系难处。小说结尾处警察罗序刚竟然说出了跟大宝同样的话“求你揍我一顿吧”，可见在这个喧嚣、浮躁的社会中任何人都无法逃脱它的折磨，烦恼将成为一代人的通病。

辽宁大学硕士研究生鲁国军于二〇一〇年五月完成的硕士学位论文《新世纪“女性主题”中篇小说研究》认为：

处于婚姻家庭危机中的中年女性。这一类型的中年女性形象的共同特征是在婚姻生活随着年龄的增长而开始出现了危机，而造成这一危机的原因是由于男性对婚姻的叛离。如津子围《小温的雨天》中的小温。①

是年，辽宁社会科学院二〇一〇年度立项课题“津子围小说创作研究”。主持人叶立群、程义伟，完成时间二〇一〇年十二月。本课题主要围绕津子围小说的五个特点展开深入研究：一是用简洁独特的叙事结构营造复杂的文学世界；二是在用想象超越现实中逼近隐秘的人性；三是用荒诞的存在探寻生活的本源；四是隐喻与反讽——强化符号与本体关系的重要通道；五是在时空交错中向人的灵魂深处和历史的来路突进。

是年四月，津子围被东北财经大学聘为兼职教授、硕士生导师。

五月，入选辽宁省委宣传部“四个一批”人才。

参加多次文学采风活动，去太原晋祠、五台山，去大同参观云冈石窟，去平遥参观乔家大院，去张家界天子山、白龙电梯，袁家界风景区、黄龙洞、十里画廊、金鞭溪、黄石寨、土司寨，去绍兴沈园、咸亨酒店、鲁迅故居，去舟山、普陀山，参加上海世博会。

在东北财经大学为公共管理研究生作《中国传统文化与公共行政管理》讲座。

参加中国现代文学研究会举办的“新世纪十年文学研讨会”并作大会发言。

书法作品参加中国作家手札展。

参加第九届辽宁作家代表大会，当选主席团成员。

① 叶立群：《经验世界与超验世界的背离和共谋——津子围小说的文本价值管窥》，《小说评论》，2010年第S1期。

二〇一一年

四十九岁

本年津子围作品出版及发表情况：

出版长篇小说1部。

一月，长篇小说《童年书》（《芒种》第一期选发部分章节）。

三月，长篇小说《童年书》（《小说月报》第三期增刊头题转载）。

五月，出版长篇小说《童年书》（中国青年出版社）。

本年津子围获奖情况：

《大戏》获得第24届全国城市出版社优秀图书奖。

出版第14部长篇小说《童年书》（中国青年出版社，五月），《童年书》首先在《芒种》第一期选发部分章节，随后《小说月报》第三期增刊头题转载。长篇小说《童年书》出版后，《长篇小说选刊》全文转载并配发评论和创作谈，五月一日《大连日报》开始连载。七月，中国青年出版社和中国现代文学研究所为《童年书》举办了研讨会。

在津子围东北往事题材的小说中，《童年书》是一个特殊的存在，因为它不是对于东北复杂历史旧事的虚构性叙事，而是带有个体自传性质的童年回忆。

《童年书》记载的是津子围九岁到十二岁的童年回忆，这段发生在东北的个人记忆，也是一代人的文化记忆，更隐含着中国在特殊时期的社会密码。故事发生在一个叫八面通的小镇上的“窖街”，它处在黑龙江的东南部，离中苏边境不足一百公里，所处的时代中苏关系正紧张，物质和精神生活都极度贫乏。《童年书》是津子围的“回忆录”，更是20世纪60年代东北人的“备忘录”，同样也是中国特殊时期的“历史补丁”，个人的记忆也是东北的记忆，更是国家的记忆。

许多评论者对《童年书》予以关注。

是年九月十四日《文艺报》刊发了孟繁华的《社会密码与文化记

忆——评津子围的长篇小说〈童年书〉》。孟繁华认为《童年书》与津子围以往的创作比较变化非常大，体现出从“浓墨重彩大开大合”到“超拔脱俗婉约静穆”的变化，进而从两方面进行评价。一方面，《童年书》隐含着丰富的社会信息和密码。

> 津子围《童年书》中的故事，记载和隐含的社会密码与文化记忆是我感兴趣的。……这是一个极其简单和苍白的时代，那个时代留给我们的记忆几乎是相同的。物质生活极度贫困，精神生活极度贫乏。

另一方面是《童年书》中记载的文化记忆。

> 对津子围而言，《童年书》中最重要的记忆是“战争文化记忆”。一方面，这与叙述者讲述话语的年代有关。那个时代中苏关系紧张，战争叙事不断强化。这种战争文化一旦进入童年记忆，会激化成一种幻觉。……战争文化是二十世纪最重要的文化，它深刻地影响了二十世纪中国的思想和社会发展历程。我们经常使用的“战线”“堡垒”“摧毁”等话语都是来自于战争文化，甚至至今没有终结。这种文化使人的思想板结僵化，作为一种硬性文化，它成为一种进入、理解人的情感的障碍或屏障。这一点在《童年书》中有极为生动的表达。①

并指出小说具有散文化特质和温婉从容的风格。

九月二十九日《文学报》刊发了张学昕的《活在历史与生命记忆中的童年——读津子围的长篇小说〈童年书〉》。张学昕从历史文化的角度进入小说，认为津子围将个人童年的记忆，呈现为20世纪60年代出生的一代人成长方式和生命形态的“备忘录”，以及人物、故事、情节和细节自由生长的叙事手法与小说话语情境的契合。

① 孟繁华：《社会密码与文化记忆》，《文艺报》，2011年9月14日。

可以说，《童年书》是整整一代人童年的“备忘录”，津子围在十余万言的叙述中，深情追忆童年的初始状态、“原生”状态，努力使叙事接近包括情感之内的实感经验。那也许是一种混沌初开的状态，也可能是比较杂乱的，充满疑惑的，但是它蕴含着昂然的、未经任何概念调整、修葺或硬性规约的生命力。更重要的是，津子围同时还向我们描述了一个属于自己的个性化的童年，一个关于中国东北的、独语的童年，也是一个向我们无限敞开的逼真的童年。……小说在文本格局方面追求简朴、简约、花瓣式的开放性结构，像是一部长篇自传体叙事散文。整个叙事自由而有度，没有按线性因果模式，而是让人物、故事、情节和细节无拘无束地伸展、生长。①

在《2011：长篇小说的青春书写》一文中，吴丽艳和孟繁华将《童年书》纳入到“60后”青春书写的范畴，认为《童年书》与同为60后作家孙涌智的《卡瓦》相比，孙涌智记述的是一代人的精神履历，《童年书》讲述的是个人的精神传记。

二〇一二年，《小说评论》第六期发表了高海涛的《津子围〈童年书〉英文版的意义》。高海涛关注到《童年书》英文版的文学接受问题，他认为小说具有“中国经验”的“文革”叙事，在基于西方文化背景下的英语世界读者来看，会解读为童话或成长小说，中英两版小说会为其带来游戏与政治、时代与历史、写实与童话、童话与成长的众多双重性。

在我看来，《童年书》也在某种意义上重估了特殊年代童年往事的精神价值，那些北方孩子的形象之所以让人感动，不在于他们的顽劣，他们的蒙昧，而是因为那些孩子斗争过，梦想过，真实地生活过。但是西方读者，英语世界的读者，他们却未必会这样看，未必会这样理解。他们可能

① 张学昕：《活在历史与生命记忆中的童年》，《文学报》，2011年9月26日。

认为，我这样的解读有些小题大做。他们从欧美的文化语境出发，可能更关心这本小说所展现的荒诞情境。……我觉得，一本书既有中文版也有英文版，这种双重性可能会带来更多的双重性。比如这本小说，可以说它既是游戏的又是政治的，既是时代的又是历史的，既是写实的又是童话的，既是童话的又是成长的——如果这本书在英语世界确能拥有一些读者的话，我相信，他们会把书中的故事部分地解读为童话，部分地解读为成长小说，因为不难设想，那些“不再长大”的孩子们毕竟会长大，而且，他们可能就是在“不再长大”中长大的。这是中国北方孩子的童话或寓言，是在中国“文革”年代出生的那一代人的成长小说。这样的意义，如果说在汉语文本的《童年书》中还不够凸显的话，那么英文版的*Childhood Book*会使之变得更加清晰而明澈。①

同年，十二月二十七日《中国青年报》刊发了吴丽艳和孟繁华的《60后、70后、80后的青春书写》，《文艺界》第12期刊发评论家贺绍俊的《苦涩童年的自由飞翔》、李云雷的《回到童年更能重新开始》和李师东的《童年书写的超越》。

二〇一三年，王玉春发表《时空回眸中的陌生、混沌与内敛——评津子围长篇小说〈童年书〉》（《海燕》第一期），认为小说贡献了富有个性的陌生化童年叙事，展现出混沌与明晰交织的双重美学风格，其文化诉求与内在意蕴具有深沉的反思品格。

津子围的长篇小说《童年书》于特定时空的历史回眸中，聚焦“反修”“防修”特殊历史背景下东北小镇窄街中的“这一个”童年，混沌与明晰交织的双重美学风格，以及文化诉求与内在意蕴的内敛书写，不仅为当代文学贡献了富有个性的陌生化童年叙事，而且在含蓄蕴藉的文字书写中引发读者的感悟与思考，呈现出深沉的反思品格。

① 高海涛：《论津子围〈童年书〉英文版的意义》，《小说评论》，2012年第6期。

与其他书写童年的作品相比，《童年书》有其独特价值。

> 作者在特定时空下的历史回眸，使《童年书》既区别于林海音笔下二三十年代北京城南惠安会馆中的“城南旧事”，伊沙笔下同样聚焦七十年代的“中国往事”，也迥异于苏童、王朔、韩东小说中的“文革”童年。敏感的时间坐标与独特的地理坐标共同造就了一段独特的带有浓郁政治色彩和地域色彩的童年叙事，……为当代文学史贡献了一个富有独特个性、带有“陌生化”阅读体验的“童年书”。①

二〇一四年，秦朝晖和张姣的《为了捕捉那“召唤性的力量”——关于津子围小说近作的散点透视》（《渤海大学学报（哲学社会科学版）》第三期）指出《童年书》之于津子围作品中的位置。

> 津子围的写作历程中，其特殊性在于它的“承前与启后”。说它承前，是因为这部长篇小说是一部溯源之作，在对童年生活的回望中，津子围不仅捕捉到了曾经的“根性”，而且在他散文化的书写中，道出了他积压在心中多年的块垒，在一种不吐不快的恣肆宣泄中，他收获了一名优秀作家所必备的自信与不可替代性。

并认为小说具有“召唤性的力量”：

> 《童年书》的写作，是津子围发现生命个体的过程，在作家童年生活的追忆与建构中，津子围不仅道出了“既然地球是圆的，那么地球上每个角落都是中心”的洞见，而且他也获得了一个作家对于能否感知“整体性”的能力的检验。因为有了“边缘也是中心”的写作激情的驱动，《童年书》给人一种一气呵成的冲击力。这种一气呵成的游刃自如，使

① 王玉春：《时空回眸中的陌生、混沌与内敛——评津子围长篇小说〈童年书〉》，《海燕》，2013年第1期。

得《童年书》不仅是一部“具有人文和文本双重价值的大气之作”，而且也是津子围小说创作中具有“召唤性的力量”的代表作。[①]

二○一七年十二月二十三日，在“《长大一相逢》与津子围小说创作研讨会”上，贺绍俊和孟繁华提及《童年书》。

贺绍俊说：

我读他的长篇小说《童年书》，看出来他开始怎么样很认真地去挖掘他个人记忆的资源，假如说以前那种非常客观的压抑本我的写作更多的是借用其他的资源文化、他个人的经验巧妙融合在他对世界的认识之中的话，到了《童年书》，他是直接采用他个人记忆的资源，《童年书》给我的感觉非常好，因为他写的是一个特殊年代的童年生活，就是“文革”时期的童年生活，今天看来是苦涩的味道，但是他这种苦涩的味道写得非常充沛。然而，他又没有受这种特殊年代的特殊形态的约束，他是纯粹地从童年的记忆去书写人性的角度去书写生活的，所以他写了那样一个特殊的年代味道是苦涩的，但是对处在童年的孩子来说他们的童年是一种童心的焕发，从《童年书》开始，津子围的写作越来越进入精神世界。

孟繁华说：

我和津子围很熟悉，2004年我参加《小说选刊》为津子围举办的研讨会，很多小说至今记忆犹新，比如《小温的雨天》，后来又参加过他的长篇小说《口袋里的美国》和《童年书》的研讨会，这两个长篇特别能代表津子围的小说创作水平，我想津子围这两个长篇可能是被中国当代文学忽视了

① 秦朝晖，张姣：《为了捕捉那“召唤性的力量”——关于津子围小说近作的散点透视》，《渤海大学学报（哲学社会科学版）》，2014年第3期。

的重要作品。……我认为津子围这两个长篇是两个优秀作品。《童年书》写的虽然是“文革”背景下的童年，却开辟出了一个新的角度，看完这部小说我觉得很有意思的是，生活的逻辑永远大于思想的观念，即使是那个年代，童年的生活有苦涩但仍有快乐，我觉得他是遵照生活来写的，而不是随大流去对时代控诉。①

其他评论还有冯静的《温情的生命歌者——论津子围新世纪小说中的机关小人物》（《小说评论》第二期）、叶立群的《经验世界与超验世界的背离和共谋——津子围小说的文本价值管窥》（《小说评论》第二期）、贺颖的《徘徊于命运中的有序与无序》（《文汇读书周报》五月九日），以及《文艺报》七月二十七日刊发的《口袋里的美国》评论专辑。

华东师范大学王月于二〇一一年三月完成的博士学位论文《新世纪媒介场中的文学生产》中提出：

“小说新干线”栏目自成立以来扶植了很多文学新人，如刘建东、叶舟、程青、妹娟、鲁敏、李浩、玄武、陆离、陈全伦、荆永鸣、刘春、马炜、津子围、杨怡芬、盛琼、周永梅、何大草、乔叶、瘦谷、余泽民、石舒清、何矩学、袁远、王棵、陈集益等。其中一些作者已成为文坛的中坚力量。

沈阳师范大学江丹于二〇一一年五月完成的硕士学位论文《新世纪辽宁青年作家小说创作研究》中提出：

进入90年代以来，辽宁文坛上出现了一大批比较活跃的文学创作者，出现了一批文学创作的中坚力量，如孙惠芬、孙春平、刁斗、马秋芬、皮皮、庞天舒、津子围等人。他们的作品曾多次被《新华文摘》《作家文摘》《小说选刊》

① 《〈长大一相逢〉与津子围小说创作研讨会纪要》，《芒种》，2018年第7期。

《小说月报》等杂志转载。小说的题材上也比较多样化，包括了城市题材、乡村题材、公安题材、军事题材、历史题材等，思想内涵也相对比较丰富，重视精神支点和价值意识，同时人物形象也很丰富，很具有个性化的特点。触摸人物的灵魂，同小说中的主人公一起感受世界，感受人生。小说的故事性也很强，在整体上营造出紧张的艺术氛围。

论及津子围文学创作的还有东北大学周晓楠于二〇一一年五月完成的硕士学位论文《辽宁省作家协会服务职能研究》。

是年三月，大连理工大学出版社出版了《津子围与大家对话录》，书中收录津子围与联合国友好理事会主席诺尔·布朗博士、法国科学家路易院士、德国汉堡国家歌剧院团长Josef Wendelin Chaefer、法国著名画家方索、美国哈莱姆天使合唱团团长Anna Bailey、丹麦XONG乐队夏洛特·哈尔伯格、韩国天后级歌唱家周炫美、日本著名琵琶演奏家エンキ阎杰女士、日本尺八演奏大师神崎宪、美国百老汇著名演员丹尼科斯特洛、韩国忠北市作家代表团等19位文学、科学、宗教、艺术大家关于中西方社会与文化的讨论。编辑推荐语为：此书为对话体，可以拉近与读者距离，增加亲切感，对话即是一个思辨的过程，通过思想的交流与碰撞，可以给读者以灵感与启发。对话风格多样，有的不乏风趣、幽默，有的酣畅淋漓，有的具有一定深度和高度。

文学社会活动方面，参加在哈尔滨举办的东北四城市市长峰会，参加东北财经大学六十年校庆并作专家专题讲座。参加多次文学采风活动，去拉萨大昭寺，过米拉山口、巴松措、雅鲁藏布江大峡谷、南伊沟、秀吧古堡，去成都乐山、成都武侯祠，去哈尔滨伏尔加庄园、松江湿地，参观东北虎园、于志学美术馆、冰雕馆等，参加在河南郑州举办的全国编剧论坛，参观龙亭公园、黄河花园口景区。

是年，津子围被辽宁省委、省政府评为“世博先进个人”。参加职称评定，评为文学创作一级。出席第八届全国作家代表大会。

二〇一二年

五十岁

本年津子围作品发表情况：

发表短篇小说1篇，创作谈1篇。

七月，创作谈《写作是抖落时间的羽毛》（《光明日报》七月十七日）。

十二月，短篇小说《老霍丢了》（《山花》第十二期）。

本年津子围作品转载情况：

《谁最厉害》被收入张颐武主编的《21世纪主潮文库·文学馆：全球华语小说大系》（新世界出版社，十月）。

本年津子围获奖情况：

《童年书》获第十二届辽宁曹雪芹长篇小说奖提名奖。

是年二月，长篇小说《童年书》英文版*Childhood Book*参加新加坡国际书展。

《新商报》发表新闻《津子围的〈海正蓝〉正在创作中》（五月三十日）。

发表创作谈《写作是抖落时间的羽毛》（《光明日报》七月十七日第14版），提出了创作的“时间性”问题：

> 我一直觉得自己漂浮在时间的河流里，同时也一直被“时间”问题困惑着。从奥古斯丁对时间的怀疑开始，在艾柯的时间河流里寻找和确定坐标，到暧昧而坚决的M.普鲁斯特，他觉得时间可以摧毁一切，但也认为回忆具备保存的作用。

并表明对“小人物”形象的关注：

> 进入2000年以后，我将注意力转到了“传统的文化背景”和“现实的中国”上，不吝惜笔墨地叙述“知识分子”

> 和城市“普通市民”这两个群体，我的小说世界里有一群“小人物”：小公务员、小警察、医生、教师、学生、夜班司机、看门人等普通劳动者，他们既生活在现实社会里，也“活”在我虚构的精神空间里。坦率地说，我对那个世界的“小人物”充满了感情，《天堂的桥》《上班》《一顿温柔》《共同遭遇》《月光走过》《求你揍我一顿吧》等，都倾注了我的情感。同时，我也特别感谢小说中的人物，在他们不断被塑造的过程中，是他们让我对一些概念，诸如“温暖、悲悯、感动”清晰起来。并且，叙述也越来越靠近传统文化的中国元素：宁静、平和、自由和开放。[①]

是年，相关评论文章有吴丽艳和孟繁华的《2011：长篇小说的青春书写》（《小说评论》第一期）、高海涛的《论津子围〈童年书〉英文版的意义》（《小说评论》第六期）。

西南大学罗兰于二〇一二年四月完成的硕士学位论文《90年代以来女性农民工文学形象建构与解析——以〈当代〉说起》谈到小说《谁最厉害》：

> 津子围的作品将来自外省农村的水红塑造得有血有肉。已经进入这个城市四年，为了生存和城市户口，水红不惜选择从事用肉体作为商品的工作，因为在她看来，自己这辈子的人生意义就是拿到城市户口，成为地道城里人。她做梦都想成为这个城市中的一员，在她看来，在这个城市里生活并不等于是这个城市里的一员了……也许对有户口的人来说，几乎感觉不到户口的重要性，可对一个外乡人来说，户口是一个可以直接触痛神经的东西啊……对于水红来说，成为这个城市的一员几乎是她的最高理想。转型期的中国社会，被城乡分割的二元户籍制度所制约，在中国城市化发展、现代化进程中形成阻碍，使农村人口无法完全融入城市，他们中

① 津子围：《写作是抖落时间的羽毛》，《光明日报》，2012年7月17日。

的许多人都像水红一样，深刻体会过户口是一个可以直接触痛神经的东西。水红是明白的，在这个城市里生活并不等于是这个城市里的一员了，与其说她们是在生活，不如说她们只是在这个不容他者的城市挣扎、漂泊和流浪。

近几年，津子围的读书书单为：莫言的《丰乳肥臀》《檀香刑》《四十一炮》《生死疲劳》、余华的《兄弟》、伏尔泰的《哲理小说集》、弥尔顿的《失乐园》、奥斯丁的《傲慢与偏见》、乔治·奥威尔的《1984》、考琳·麦卡洛的《荆棘鸟》、勒德·胡塞尼的《追风筝的人》、村上春树的《挪威的森林》、尤金·奥尼尔的《天边外》、亨利·大卫·梭罗的《瓦尔登湖》、《欧·亨利短篇小说选》、布尔加科夫的《大师和玛格利特》、芥川龙之介的《罗生门》、《莫里亚克小说选》、《博尔赫斯短篇小说集》、乔伊斯的《都柏林人》、《蒲宁短篇小说集》、《荒诞派戏剧集》、帕斯捷尔纳克的《日瓦戈医生》、《加西亚·马尔克斯中短篇小说集》、大宰治的《斜阳》、《劳伦斯短篇小说集》、约瑟夫·海勒的《第二十二条军规》、弗里德里希·迪伦马特的《老妇还乡》《迪伦马特小说集》、蒲宁的《米佳的爱》、赛珍珠的《大地》、安德烈·纪德的《田园交响曲》《窄门》、托马斯·艾略特的《四个四重奏》、索尔·贝娄的《赫索格》《洪堡的礼物》《我的表兄弟们》、格拉斯的《铁皮鼓》等。

四月二十四日，参加市委党校会议，被聘为授课教师。四月二十六日，津子围任大连市政府研究室主任。参加大连市行政管理学会成立大会，当选副会长。参加大连市作家协会代表大会，再次当选副主席。参加大连市第八届文代会，当选副主席。

参加大连理工大学“作家进校园”活动。参加辽宁省作协纪念毛泽东《在延安文艺座谈会上的讲话》发表70周年大会并作了发言。在大连民族学院进行了题为“文学精神的现代性”的讲座。在东北财经大学进行了题为“岗位与角色”的讲座。参加五次全国质量管理标准修订专家会议。

参加多次文学采风活动，去广州中山纪念堂、越秀山，厦门鼓浪屿与南普陀，宁波天一阁，苏州博物馆、拙政园、狮子林、寒山寺、虎丘，杭州灵隐寺、飞来峰，银川，西宁，甘肃兰州天水、敦煌，昆明世博园，内蒙古热水、克什克腾、乌兰察布，新疆天山、喀什等地。

二〇一三年

五十一岁

本年津子围作品发表情况：

发表中篇小说3篇。

二月，中篇小说《合同儿子》（《中国作家》第二期）。

四月，中篇小说《明天的太阳》（《芒种》第四期）。

六月，中篇小说《大反话》（又名《鸣桥》，《北京文学》第六期）。

本年津子围作品发表及收录情况：

《老霍丢了》被《小说选刊》（第一期）、《小说月报》（第二期）转载。

《合同儿子》被《小说月报》（第四期）转载。

《明天的太阳》被《中篇小说选刊》（第三期）转载。

《大反话》被《小说月报》（第八期）转载。

《谁最厉害》被收入《最好的侦探小说》（新世界出版社，十月）。

《新华文摘中短篇小说》（人民文学出版社，十二月）收入中短篇小说5篇：《大戏》《昨日之雨》《小温的雨天》《老铁道》《三个故事和一把枪》。

是年，创作电视剧剧本《大连往事》。

本年津子围获奖情况：

《童年书》获第十二届大连市"金苹果"优秀作品奖。

这年七月七日，活跃在大连的作家集体在北京的中国现代文学馆亮相，参加会议的评论家有李敬泽、陈晓明、贺绍俊、孟繁华、孙郁、顾建平、艾克拜尔·米吉提等。会上将津子围、陈昌平、侯德云、张鲁镭、刘东、于立极、紫金几位大连60后作家概括为"海蛎子组合"，并展开了讨论。①

① 《海的奉献——大连60后作家"海蛎子组合"北京展评会节录》，《鸭绿江》，2013年第10期。

此次会议上，评论家对津子围的创作定位有了端倪，如李敬泽延续二〇〇四年研讨会提出的“高原现象”，陈晓明概括为“灰色幽默”，何向阳概括为“冷幽默”，阎晶明认为“小说处在一个传统小说和现代小说过渡的一种创作”等，可惜这个定位没有研究者的后续跟进和开掘。

研讨会上李敬泽谈道：

> 我记得九年前我们开过津子围的研讨会，在大连，我记得那个时候我说过，我说津子围的小说的特点是长期在高原上，但是好像长期也没有攀登到珠穆朗玛峰上，确实这是一个问题，始终在高原上，但是长期在高原上行走，没有走到高峰上去，这里面可能有令人遗憾的事，也可能确实有一些问题需要探讨。

陈晓明提出：

> 津子围的小说始终保持了一种风格，这个风格我称之为灰色幽默，不是黑色幽默，后来出现了蓝色幽默，后来又黄色幽默，我觉得他是灰色幽默，到了一定程度，不往黑处，到了灰色就停止了。从细中出走，走着走着很多矛盾化解了……戏剧风格与灰色幽默构成了津子围小说的一个非常显著的特点，从小说一开始就是细部，细部一定要出走，一开始握住细部，每一个过程环节中都在追求和创造灰色幽默的一种效果，确实是一个非常精彩、非常智慧的一种对生活的把握。

阎晶明提出：

> 我觉得津子围是一个非常值得我们解剖，而且也是在当代中国中短篇小说创作里很有特点的一个小说家，值得研究，也值得很多小说家去借鉴的。

何向阳提出：

津子围小说的迷人之处是这种荒诞、这种诡秘，前面晓明谈到了“灰色幽默”，我写的是“冷幽默”。一般都说长篇小说写命运，但是在中短篇小说里写出命运感，津子围是非常可贵的。人永远在社会里非常被动地挣扎，《大戏》中的丁红军为了证明活着跑到派出所、到街道，等于是无法证明自己活着，最后只能通过犯罪的形式证明自己活着，把派出所的玻璃敲碎，犯一点小罪，证明自己有行为能力，写出了底层小人物的挣扎。

贺绍俊提出：

津子围的叙述也具有先锋的特征，他的小说并没跟随着每一次文学潮流的兴起而红火，但是他的小说并不会因为潮流的退却而沉寂，他的小说经得起岁月的考验。

秦朝晖和张姣评论津子围是一位勤奋的作家。

如果把勤奋作为一个优秀作家的素质要求之一，津子围应该是当仁不让的一位。因为仅2012年的秋冬时节，津子围就完成了《明天的太阳》《合同儿子》《大反话》三个中篇小说的写作。难能可贵的是，在“勤奋码字”的同时，津子围这三部中篇不仅很快在《芒种》《中国作家》《北京文艺》上发表，并相继被《中篇小说选刊》《小说月报》所转载，这种“数量与质量”齐头并进的态势，也是津子围创作实力的一种体现。

并认为《明天的太阳》和《合同儿子》是作家直面惨淡人生的小说，《明天的太阳》以吸毒为背景，《合同儿子》则以车祸为背景。

《明天的太阳》可以说是一部“新伤痕小说”。说它是“新伤痕”，是因为在时代的车轮滚滚前行中，本以为生活会越来越美好的人们，却不知被什么力量驱使，走向了美好生活的反面。《明天的太阳》的主人公贾春，因为是职业编剧——有编故事的能力，因为有才，才娶了天生尤物的演员小白月为妻，这一对被人们羡慕的郎才女貌的恩爱夫妻，在一段如胶似漆的日子过后，在贾春浑然不觉的情况下，因小白月成为瘾君子而发生了改变。……《明天的太阳》不是站在道德的制高点上“指点江山”，而是设身处地触摸其笔下人物命运的脉搏。津子围的小说行文是小心翼翼的，准确的场景描摹与人物心理的刻画，不仅让《明天的太阳》增加了可读性，而且它所隐藏在文字背后的弦外之音也让人隐约可感。

《合同儿子》可以看作是津子围沿着《明天的太阳》一路追问的“姊妹篇”。这两部中篇小说都是津子围直面人的“不幸与挣扎”的“暗面写作”。……在《合同儿子》中，出租车司机小董因醉酒后驾车，撞死了前途无量的博士后彭大威，逃逸后三天的小董，经过——为逃脱罪责应对各种询问可能的——精心准备后，在经过——我要是喝了8瓶啤酒，我出门让车撞死，天打五雷轰的——起誓发愿后，在经过雨中跪地求受害者父母原谅，并以儿子的责任为两位老人尽孝心的承诺后，当小董在受害者家人不再追诉，并投案自首后，小董用自己的“努力”换来了“奇迹”——小董被判有期徒刑6个月，监外执行。在小董自鸣得意的“算计”中，让人更感震惊和意外的是，彭大威的父亲彭家树，之所以放过小董、宽容小董，其实是一种“欲擒故纵”的报复，他要让自以为“阴谋”得逞的小董付出更大的代价，因为小董“没有在大威这件事上吸取教训”，因为小董身上有着人性中的致命弱点：自私、狡诈、怯懦、没原则的底线。然而，在《合同儿子》中，津子围并不满足于揭穿一个底层小人物的“丑恶嘴脸”，他要借“小董”真实可感的一言一行、一举一动，折射并映照这个世界的斑驳与复杂，虚伪中的真实，真实中的荒谬，荒谬中“人心的隐隐不安”。

《大反话》是一篇“移民文学”作品。

一名三岁日本遗孤浅田，他因日本战败被中国北方农民收养，并在中国长大成人，娶了中国妻子，生中日混血儿一男二女。1980年，38岁的浅田携妻带子回日本定居，浅田的中国妻子改名为浅田枝子。……在《大反话》中，在津子围的笔下，枝子不但没有完成入乡随俗的融合，其中随处可听可见的中国元素，中国东北的方言、土语、饮食等，像中国北方的大豆、高粱一样，可谓“漫山遍野”。被枝子念念不忘的“大反话”，不仅让枝子与母语紧密相连，其间所蕴含的有如禅宗公案的偈语，也给了枝子有如叶落归根的慰藉：大年三十亮晶晶，正月十五黑咕隆咚，天上无云下大雨，树梢不动刮大风，公鸡得了月子病，克郎（公猪）得了产后风……诵读着这如同为故国招魂的童谣，令人为之慨叹，为之动容。枝子那“独在异乡为异客”的乡音，她的痴情不改的文化认同，让人真切地感受到了那“召唤性的力量”——一个民族所拥有的文化的传承与自信的力量。[①]

岳凯同样看到津子围以上3篇小说在创作上由现代和先锋回归传统的转变。他指出：

最近两年，津子围在创作长篇小说和电视剧作品之外，也发表了一些中短篇小说。《合同儿子》《明天的太阳》《大反话》《一县三长》等几部小说让我们感到津子围的创作出现了一些转化，似乎他正在走过现代和先锋这个阶段，回归更加传统的叙述方式。

① 秦朝晖，张姣：《为了捕捉那“召唤性的力量”——关于津子围小说近作的散点透视》，《渤海大学学报（哲学社会科学版）》，2014年第3期。

《合同儿子》写司机小董酒后驾车撞死彭大威，为了减少惩罚，小董想尽各种办法讨好彭家父母，甚至还成了合同上的干儿子，最终给老人养老送终。这并不是爱的赞歌，小董在整个过程中都被利益所驱使，到头来却又跟老人也产生了挺深的感情。《明天的太阳》则展示了剧作家贾春的戒毒所生活，讲述他如何走上吸毒之路，一个文弱书生如何在戒毒所里受尽凌辱，又因为写作上的能力受到文学爱好者管教“莎士比亚”的帮助。跟津子围以前的作品相比，这两篇小说更加注重故事的叙述，更加注重不动声色地让故事逐渐展开，虽然小董无奈的情境、贾春生活的痛苦和虚无等现代性的情绪还是贯穿其中，但是故事的主体地位更加稳固。在《合同儿子》中，作者讲了一个看似离奇的故事，讲明了事件中各方的利益基础，让故事可信，像是发生在我们身边的家长里短。在《明天的太阳》中，一个原本幸福的家庭因为吸毒而带来瓦解、痛苦和覆灭的故事，看似法制教育宣传，但故事里面还是有贾春的痛苦感受和大量的心理描写，保持了小说的现代性深度。

《大反话》的题材比较罕见。小说描述的是日本遗孤回到日本之后的晚年生活。浅田是当年日本人撤退时留在中国的遗孤，后来日本政府把他接回日本，同去的还有老伴枝子和孩子们。如今年岁大了，从小浸润在中国文化中的老两口在物质和精神上有很多不适应，也有很多的无奈。写日本遗孤的故事在国内就比较少，写回日本的遗孤家庭老年的生存状态的就更少。作者通过浅田夫妇在看病、交流以及饮食等生活上的各种不方便，与子女们的疏远，老两口之间的猜忌，对中国生活的怀念，把日本遗孤在日本比较普遍的老年境遇展现出来，让我们似乎看到了《东京物语》一样的图景。①

冀东艳提出《合同儿子》揭示了人性善恶的转变。

① 岳凯：《走过现代，走过先锋——对津子围近年小说的思考》，《渤海大学学报（哲学社会科学版）》，2014年第3期。

《合同儿子》为我们揭示了人性背后善与恶的转变。这个小说的名字本身就具有生活的悖论，儿子和父母是天生就具有血缘亲情的关系，是不需要任何东西来证明或者约束的。可是这里的儿子却要用签合同的方式来形成关系，这本身就很荒诞。合同是为利益而签的，父母和儿子之间的亲情是建立在利益的基础之上的，这让人看到了人性中的悖论。把一个杀死自己亲生儿子的人当儿子，这看似是一种人性的悖论；报复自己仇人的过程中却又真正地对仇人有了感情，反过来要拯救仇人，这又是一种人性的悖论。然而这样的悖论恰恰深入地挖掘出人性深处的善与恶。在被金钱利益充斥的现代社会里人性的恶被激发出来，然而人性深处最基本的善是不会磨灭的。小说中有一个细节，彭家树在遗嘱中留给小董的是一捆捆的书，他永远对小董寄予希望，希望他能够改变。小董在飞机上心理的隐隐不安也正是他人性中未被泯灭的善。作者如此深刻地写出这样的故事，其中或许也带着他对这个社会美好的期望和理想吧。[①]

张祖立和吴娅妮则分析了小说中彭家树作为教师形象的身份意识。

《合同儿子》中，作者把彭家树的教师身份特点发挥到极致。小董酒后驾驶，撞死了彭家树的儿子，之后百般认错，取得彭家树的原谅，没有坐牢。但小董未能吸取教训，卖假水、搞传销，继续暴露着自私狡诈、做事无底线的一面。仇恨、报复、拯救……彭的内心极其复杂矛盾，在无奈和痛苦中，掏钱救小董，和小董签订父子合同，教育小董学知识，但实际并没有效果。缕析彭这一怪诞行为的动机是困难的——他本人也不清楚，这可能与人性方面的相关因素有关，但与他的职业、身份有密切关系是确定的。[②]

① 冀东艳：《都市生存图景与精神突围——津子围职场小说简论》，《鸭绿江》，2021年第4期。
② 张祖立，吴娅妮：《论津子围小说人物的身份意识》，《大连大学学报》，2019年第4期。

李晓峰认为：

在津子围的小说中，《大反话》非常特别。无法重新选择的历史（时间）决定了人无法选择现实，而不得不面对。浅田和枝子被历史所裹挟，嵌入了日本本土文化。对日本的本土文化而言，他们是熟悉的陌生人，文化的他者。于是，时间仿佛变慢了，在两种文化的冲撞中，看到了浅田和枝子心灵和情感所受到的煎熬。①

秦岭认为《大反话》完成了多重超越。

首先是主要人物身份的突破。

以前作品多以生活在我们身边的小人物为主，小公务员、小警察、小老师、小出租车司机、小商贩，《大反话》仍以小人物为主要角色，移民者，身份的确定就需要颇费周章，打破地域性的限制，已经不在国门之内。

其次，是多重冲突与矛盾的纠葛对人物的考验。

《大反话》第一次出现了自我的对立：不仅仅有农民与城市的冲突，人与时代的冲突，而且加进了中日文化的隔阂，传统与现代的撕裂，更重要的是浅田、枝子、老顾头都在不断地找寻自我，以完成与自我的对话和确认。

再次，是孤独的绝对值最大化。

作者赋予枝子很多的诗意与恍惚，内心的焦虑与敏感，她诸多悠远的想法和憧憬都是因为“乡愁”——对祖国亲人的思念，对故国文化的情有独钟，对着“白眼狼”这个异族人、

① 李晓峰：《有个性的叙述——评津子围中短篇小说集〈大反话〉》，《大连日报》，2014年12月13日。

城里人、现代人说的都是东北土话。由此，孤独、怀旧、乡愁三位一体，在《大反话》中构筑了一个奇特的美学世界。

又次，小说节奏收放自如，体现为在情节的紧张关头。

在急风暴雨般的叙事中，加入景物描写，放缓了叙事的节奏，给读者彼时的阅读心理造成一种悬疑和渴望。这样的细节在《红楼梦》中时常出现，甚至"草蛇灰线"一句没说完的话中间隔了十几回再接上。从这个细节，就可以发现津子围在叙事上的冷静与大气、成熟与自信。

最后，传统与现代的对峙不可调和。

《大反话》里面有很多东北的民谣，这是浅田与枝子的文化摇篮；还有很多东北方言，充溢着东北人民的幽默、乐观和豁达。这些传统文化的载体，在异国他乡的现代都市生活中纷纷变成奇异的大反话——没有人能听得懂，无论子女，无论翻译。在《大反话》中，小说的哲学意蕴和美学价值已经上升到了一定的高度，作者还是不忍心打破这种平衡。这种独特的平衡，也彰显出深沉的美学价值。[1]

张祖立和吴娅妮则从身份和文化的角度分析《大反话》：

在中国东北长大的日本遗孤浅田和中国妻子枝子带着儿女回到日本生活后，产生了两种文化交织之中的身份焦虑问题。语言、环境、文化诸因素的障碍，导致两位老人始终被一种孤独、空虚笼罩着。浅田靠与同为移民的老顾头互诉衷肠，枝子靠与东北老家的大军电话联系来减轻焦虑。这种难以融入异国文化的焦虑背后，折射的是两位老人的身份错位

① 秦岭：《走出如戏人生的困境——评津子围小说珍藏版〈大戏〉及其他》，《渤海大学学报（哲学社会科学版）》，2014年第3期。

（他们名义上是日本人，骨子眼里是中国人）。两位老人浓郁的东北方言，对酸菜炖豆腐的喜爱之情，教孙儿唱东北童谣……折射着他们一直强烈的身份焦虑和认同。[①]

王雨晴的硕士学位论文同样从文化身份认同的角度分析《大反话》：

日本对东北进行侵略的方式之一是殖民统治，从日本本土发动大量人口移民东北，这种移民侵略给中日两国人民都带来了巨大的危害。日本战败以后，仍有一批日本人滞留在东北地区，融入了这片土地。《鸣桥》（又名《大反话》）表现出了多重矛盾，首先就是中日文化身份的矛盾。浅田是日本人吗？这个问题恐怕无法轻易地回答。从血缘上看，浅田的父母都是地道的日本人，但因为父母到中国东北做武装移民开拓团，到1945年战争结束时，三岁的浅田被遗弃在东北，被东北农民收养，1980年才回到日本。浅田不会日语，看病需要翻译，甚至翻译都听不懂他们的东北方言，如“闹心吧啦”“直吧愣蹬”“舞舞扎扎”。他无法和日本人深入交流，从未融入日本社会，看的新闻是中国新闻，饮食习惯也完全是东北人的胃。可以说，浅田除了血缘是日本的，他的思维方式、行为习惯、性格语言等内在特征都是东北人。浅田的妻子枝子是地地道道的东北人，尽管国籍是日本，移民已有20年，但她同样无法融入日本社会，枝子虽身在日本，心却没有离开东北。然而，中日文化冲突除了表现在浅田和枝子个人的对立上，还体现为传统与现代的撕裂。浅田夫妇与儿女们关系疏远，儿女们都已彻底融入日本社会，他们的孩子更是彻底的日本人，他们无法理解父母深受影响的东北文化。……历史与文化的断裂造成两代人之间不可调和的隔阂，血缘关系也无法解决文化差异的矛盾与冲突。文化

① 张祖立，吴娅妮：《论津子围小说人物的身份意识》，《大连大学学报》，2019年第2期。

认同与身份确认是互为参照的，浅田和枝子永远无法舍弃那深入骨髓的东北文化，因而他们就永远无法成为真正意义上的日本人。基于此种意义，《鸣桥》可被视为一篇移民文学作品。

是年，相关评论文章有王玉春的《时空回眸中的陌生、混沌与内敛——评津子围长篇小说〈童年书〉》（《海燕》第一期）、邓丽的《寻找都市温情——津子围小说的现代性探索》（《小说评论》第S1期）、陈晓明的《津子围的叙述从细中出走》和阎晶明的《创作于传统与现代之间》（中国作家网，七月三十一日），以及中国海洋大学王静的硕士学位论文《“布老虎丛书”文学品牌现象研究》，华东师范大学张艳虹的博士学位论文《当代上海市井小说的诗学建构》，论及津子围《大反话》和《有过青梅》。

陈晓明发掘津子围写作的独特性，如警察形象的塑造、日常生活的荒诞化悲剧和灰色幽默的写作风格。

津子围写作的独特性，就是在法和日常生活的中间地带，写警察和罪犯的故事。他塑造了罗序刚这样一个警察，他是正直、善良的，是人民的好警察，但又有许许多多的缺点，有许多普通人所具有的七情六欲，把警察的多样性、复杂性还原于日常生活中。罗序刚这个形象是当代警察的缩影，是津子围的一种贡献。津子围小说的另一个独特性，就是把一种悲剧性的东西荒诞化。津子围的小说起因总是荒诞的，《说是讹诈》《谁最厉害》《求你揍我一顿吧》，起因都是非常的奇怪，他在还原警察的日常生活行为上，写出了生活在交叉地带的丰富性和复杂性。

阎晶明则认为津子围的小说是传统小说和现代小说之间过渡性的产物。

他是一个专门为一座城市写作的作家，写生活在这个城市的人，写人和人的关系，写陌生人之间的紧张关系。两个人本来不认识，某种契机使他们结识，结识之后产生很多矛盾，这些矛盾既有复杂的纠缠，也有感情上的纠葛。……津子围的小说还有一个特点，故事的最后总有一个爆发点，有一个戏剧化的结尾。他的小说让人想起了莫泊桑的创作。公共汽车的意象，结尾的处理都是这样的方式，这是一种经典的、传统的西方短篇小说的处理方式。……津子围并不是看完别人的小说后，按照人家的路子重新写，他的小说还有一定的发散性，是当代性的创作，所生发出来的意味更加复杂，矛盾冲突因为误会产生，最后通过化解、理解达成一种和谐。作品中往往先描写一种尴尬，到最后总要体现出一种淡淡的温暖，这是我对他的小说产生好感的很重要原因。

中国海洋大学王静于二〇一三年五月完成的硕士学位论文《“布老虎丛书”文学品牌现象研究》中谈道：

2003年，刁斗、魏微、王松、津子围等一批年轻实力派作家的原创新作在改版后的“布老虎”集体华丽亮相，向外界展示了新时期“布老虎”的全新风貌。这表明“大改版”之后的“布老虎丛书”不再沿用之前的名家路线，而极力推出新人新作。对此，安波舜认为，在打造知名度的初期，名家很重要。一旦风格形成，就未必是必需的，也未必是最合适的作者了。

同样，国内首次提出“类型小说”概念的“好看文丛”的主编兴安也提出：

作家成名之后往往就定型了，而新人则有着更多的可塑性和延展性，他们也知道当下社会人们在关心什么，作品不会和时代脱节，更适合大众尤其是年轻读者阅读。关注当代文学原创作品，培植文坛新生力量，不仅体现了出版社的一种品牌创新思维，还体现了文艺出版机构担负的社会责任和人文精神。

是年，津子围被聘任为大连理工大学兼职教授、硕士生导师，当选大连市仲裁委专家咨询委员会副主任、大连市直机关书法家分会主席。

主编《决策参考5：海洋经济发展战略研究》（中国言实出版社，六月）并被列入国务院研究室决策参考系列。

为国务院研究室汇编的《2013年政策面对面》（中国言实出版社，四月）一书全书统稿。

论文《党校开放式教学初探》获“一校两院”培训工作理论研讨会论文一等奖。

这一年，津子围发生了两件大事：一是母亲摔伤住进医院，需要精心照顾；二是参与创作长篇电视连续剧《大连故事》，与高满堂等人研讨创作构思、撰写分集提纲。

文学社会活动方面，去合肥市、南京市、铜陵市调研考察。与王玮去中国作家协会杭州创作基地休假。参加多次文学采风和学习交流活动，去上海豫园、苏州常熟参观新农村和沙家浜，去宋城、西溪湿地，参观胡雪岩故居，去重庆，去阆中白塔、老城之张飞庙、贡院，去康定海螺沟、雅家埂、画壁、泸定桥、木格措、七色海、康定跑马山、新都桥，去西安曲江文化产业园区，去呼兰参观萧红故居，去阿城平山度假村，齐齐哈尔扎龙自然保护区，五大连池黑龙山火山口，黑龙江逊克，黑河瑷珲条约纪念馆，锦州世园会、笔架山等。

参加市文联八届二次全委会。参加省作协主席团会议。参加省作协短篇小说评审会。创作完成中篇小说《一县三长》。

二〇一四年

五十二岁

本年津子围作品出版情况：

出版第四本中短篇小说集《大反话》（“字码头”读库，大连出版社，十月），收录《宁古塔逸事》《马凯的钥匙》《一顿温柔》《谁爱大米》《国际哥》《搓色桃符》《拔掉的门牙》《持伪币者》《寻找郭春海》《说是讹诈》《大反话》11篇小说。

本年津子围作品发表情况：

发表中篇小说1篇。

一月，中篇小说《一县三长》（《鸭绿江》第一期）。

本年津子围作品转载及收录情况：

《一县三长》被《小说月报》第七期转载。

《大反话》被《中华文学选刊》第九期转载，收入《2013中国年度中篇小说》。

本年津子围获奖情况：

十月，津子围获“梁斌文学奖”。

李晓峰评价小说集《大反话》时提出：

对津子围小说的解读可以有多重视角，如地域文化、人类学、叙述学、主题学。小说中的隐喻与荒诞的张力，也提供了有意味的阐释空间。但其最大的特点是回到小说，调动各种叙事元素，形成自己的个性。《拔掉的门牙》《搓色桃符》等小说，在起、承、转、合的故事叙述中，特别注重情节的铺排，调动读者的阅读欲望。而在对故事性诸元素的调动上，津子围特别注意时间这一元素的叙事功能，小说中的主人公无不希望客观时间延长，而时间却并不因此而改变，正是因为清楚地意识到这一点，小说中的人物才处于极其尴尬而无奈的境地。客观时间像一个巨大无比、力大无穷的吸盘，把小说中所有的人牢牢地吸附，时间，把人的压力、选择、矛盾、绝望、侥幸等心理真实完整地揭示出来，时间让小说中的人物经历了生与死的洗礼、天堂到地狱的穿越、无意中的堕落与心灵的救赎。于是，我们看到，在一篇篇并不太长的小说中，津子围就是这样用时间来呈献出他对悬念、情节、故事的理解和操控，他把中国传统小说中“说时迟，那时快”“刹那间”等时间元素的叙事功能发挥到了极致，时间为他的小说营造了特定的有时甚至让人感到窒息的氛围。也正因如此，小说的结尾也自然呈现出另一种形态和风景。时间是无始无终的，而行走于时间之中的人却不能不在某一个时间的节点上完全改变自己的生命至少是生活的轨道。这一切恰恰是主客观等多重原因导致的处于时间隧道之中的人不能不对自己曾经的选择和正在做出的选择负责。这是时间的宿命，也是人的宿命。特别要强调的是，津子围有着悲悯的人道主义情怀，他让小说中的人物挣扎在生存、生活的各种诱惑和偶然与必然无法厘清的行动之中，却很少把他们写成“最不配有好命运的人”，的确，在当下所有的人都在面对和承受各种压力的大时代语境中，他的小说对人们的心灵起到了抚慰和治疗的作用。这是值得称道的。①

中篇小说《一县三长》仍然是一篇以东北往事为题材的小说。林嵒在与津子围的对话时将《一县三长》归为“旧事”题材小说。林嵒说：

在阅读你小说作品的时候，我觉得你有几篇小说如《一县三长》和《老铁道》算是旧事题材。（我愿意用旧事题材这个词汇来规范一些表现上个世纪二三十年代到一九四九年以前的这一段历史的故事的文学作品。）②

① 李晓峰：《有个性的叙述——评津子围中短篇小说集〈大反话〉》，《大连日报》，2014年12月13日。

② 林嵒，津子围：《好作家不会被落下——与作家津子围的对话》，《渤海大学学报（哲学社会科学版）》，2014年第3期。

岳凯认为《一县三长》具有很强的故事性和戏剧性。

《一县三长》则是一个写历史的故事。十八岁的刘岚芝被组织上派到乐津县当县长，一个姑娘县长该怎样开展工作？巧的是该县还有另外两个县长，日伪政权的县长孙秉恕是刘岚芝原来名义上的未婚夫，国民党派去的县长又恰恰是刘岚芝一直暗恋，并且带领她走上革命道路的陶望之。于是十八岁的女县长刘岚芝要面临着如何帮老百姓断案，帮部队筹粮，还要与另外两个政权以及日本鬼子进行周旋和斗争等多重任务，我们也在故事的矛盾逐渐展开、故事的冲突逐渐加剧中，津津有味地来欣赏女县长的成长、女县长的英勇和女县长的柔情。……《一县三长》可以被简化表述为一个十八岁女县长和她的前未婚夫以及情人之间的情感斗争和政治斗争交织的故事，这是否太像通俗小说了？在乐津县的政治斗争中安排这么多的巧合，是否故事性和戏剧性太强，让读者因为迷上故事而忘掉作品的意义呢？[①]

秦岭却指出《一县三长》对于戏剧性的回避：

《一县三长》中，女英雄刘岚芝（中共县长）与婚约上的丈夫（日伪县长）、倾慕已久的恋人（国民党县长）、并肩作战的同志，抗日战争时期一女三男的重重纠葛、复杂的关系，小说作者还是给了一种温情的安排，没有让女主人公受到太大的冲击与动荡。读者往往觉得鼓荡的力量不足，期待一种完全戏剧化的突变、逆转，但是在津子围的小说中不常见到这种戏剧性，甚至是他有意回避的。[②]

王雨晴则分析了《一县三长》对女性形象的塑造：

---

① 岳凯：《走过现代，走过先锋——对津子围近年小说的思考》，《渤海大学学报（哲学社会科学版）》，2014年第3期。

② 秦岭：《走出如戏人生的困境——评津子围小说珍藏版〈大戏〉及其他》，《渤海大学学报（哲学社会科学版）》，2014年第3期。

> 《一县三长》中的刘岚芝18岁就被组织任命为乐津县县长，最初，刘岚芝也曾怀疑自己作为一个女人，是否有能力担此重任，然而经过工作的磨砺，她逐渐成长为一个有勇有谋的合格县长，完成了从女孩到革命战士的蝶变。在一次战斗中，她把日本一名最高指挥官击毙，偶然地影响到历史进程的发展。在与代表日伪政权的孙秉恕和代表国民党的陶望之之间的谈判中，刘岚芝坚守作为共产党员的信念，毫不动摇，并且赢得民心，成为真正的乐津县县长。在一场敌强我弱的战斗中，刘岚芝没有选择撤退，而是不畏牺牲，视死如归。女人绝不是柔弱的，她们同样可以主宰自己的人生，甚至影响历史的发展。①

是年，《渤海大学学报（哲学社会科学版）》第3期的“当代辽宁作家研究”专栏以津子围为中心，林喦与津子围进行对话并成文《好作家不会被落下——与作家津子围的对话》，此外评论文章还有秦朝晖和张姣的《为了捕捉那“召唤性的力量”——关于津子围小说近作的散点透视》、秦岭的《走出如戏人生的困境——评津子围小说珍藏版〈大戏〉及其他》和岳凯的《走过现代，走过先锋——对津子围近年小说的思考》。

林喦认为有学者评价津子围是“20世纪八九十年代苏童、余华等那批先锋作家被‘落下的人’”，这种所谓的被“落下的人”，恰恰是对津子围小说创作所取得成就的一种肯定，他也认为津子围并没有被“落下”。

当林喦问及“小说家身份的津子围与其作品中的‘津子围’是一种什么关系”时，津子围解释说：“我的小说中确有‘津子围’这个人物，作品中的‘津子围’和作者津子围没有关系，和张连波更扯不到一块儿，他只是小说中的功能性人物，是为解决‘三个人称’转换中的叙述障碍，试图使小说的叙述空间更大一些，叙述方式更灵活一些。”

① 王雨晴：《津子围“旧事题材”小说与东北文化》，《芒种》，2020年第12期。

林喦认为津子围的小说体现了现代都市中不同形式的焦虑，津子围将此概括为“时代性”和“现代性”问题。

当谈到事实与价值的问题时，津子围认为“事实并不与价值同谋。当代社会每天都发生眼花缭乱的事实，事实是可以检验的，除却由于时间关系我们无暇考察的部分，科学本身为我们检验事实的‘真’提供了无限接近的可能；而价值更多地与个人的主观感受有关，与情感方式有关”。

此外，关于“时间性”，津子围说：

> 时间对于我来说的确是非常非常重要的。生命的有限性和追求的无限性构成了悖论，而生活所呈现给作家的也常常是悖论的叠加。我一直觉得自己漂浮在时间的河流里，也一直被“时间”问题困惑着，从奥古斯丁对时间的怀疑开始，到康德的时间坐标。M.普鲁斯特则认为时间可以摧毁一切，但也认为回忆可以起到保存的作用。他告诉我们的保存方法是：“某种回忆过去的方式。”……记忆其实是时间作用的另一种方式，小说与记忆关系密切，是一种特殊的时间表达形式。仔细想想，我们对生活的某个深刻记忆，也许只是具体的细节而不是年份，一个故事片段，一件难忘的冲突，甚至一句有意思的话。小说是人们差异化的记忆和个性化的体验。在创作时，我常常想这样的问题，我们是生活在时间里，还是被抛弃在时间之外？人的生命周期是由“生物时间”决定的，而对于纪元的年号来说，总带有“神的时间”的戳记。那么循环时间呢？循环时间是“自然时间”的体现，还有价值时间。这些区分使我们认识到：时间对未来却丧失了刻度。

是年，论及津子围的相关论文还有北京印刷学院吴俊仪的硕士论文《新世纪以来〈十月〉的出版传播特点研究》，浙江大学汪全玉的硕士论文《〈十月〉与中国新时期以来的小说创作》：“津子围等不少作者在此亮相后，引起文学界的广泛关注，也已成为国内小说创作领域里的知名作家。”

一月二十二日，大连名家名作项目规划研讨会在市委会议室举行。素素、孙惠芬、津子围、宁明、滕毓旭、车培晶等20余位大连本土知名作家齐聚一堂，共同研讨“大连名家名作”项目出版规划。

是年，电视剧《大连故事》投入拍摄。

主编《大连全域城市化发展战略研究》（中国言实出版社，二月）出版，列入国务院研究室决策参考系列。论文获得大连市社科联优秀奖。

参加东北财经大学“作家走进校园”活动。参加大连市文艺界“金苹果”奖评选。参加中国当代文学研究会与大连大学联合举办的“年代、城市、文学”学术研讨会。参加第八届市文联三次全委会会议。

参加第五届仲裁员聘任大会暨仲裁员培训大会并作专题讲座。参加中国编剧工作委员会南宁论坛。

与王玮到中国作家作协北戴河创作之家疗养，去延安、志丹县、北部湾等地考察。

这一年，津子围的小妹张连萍过世。

二〇一五年

五十三岁

是年，林喦在《“新东北作家群”的提出及“新东北作家群”研究的可能性》[1]一文中提出了“新东北作家群”的概念，认为20世纪80年代是文学繁荣的时代，东北作家已经集束性出现在中国当代文学场域：

> 如辽宁的李惠文、孙春平、谢友鄞、白天光、周建新、张力、赵颖、李铁、邓刚、孙惠芬、于德才、林和平、张涛、津子围、陈昌平、于晓威等作家；吉林的张笑天、杨廷玉、王宗汉、王德忱等作家；20世纪80年代文坛上出现的“黑龙江现象”轰动一时，迟子建、阿成、刘亚舟、刘子成、葛均义、董谦、里朗（李玉华）、何凯旋等。

而《渤海大学学报》的“当代辽宁作家研究”栏目又充实了“新东北作家群”的人员构成。林喦的理论建构和批评实践对东北当代文学研究具有重要的理论价值和现实价值，理应得到更广泛的响应和传播。

王莉在《大连“60后”作家对大连文化的传播》[2]一文中指出津子围等大连作家对大连文化符号的运用增强了城市认同感：

> 津子围的《大反话》写了枝子跟随日本遗孤丈夫到日本定居后的晚年生活，里面有一连串的东北方言“五脊六兽、佯保二怔、秃噜反账、鼻涕拉瞎、木个张的、难受巴拉、酸叽溜、贼拉邪乎……”阅读这些文本时，大连人一眼就能识别出作家是大连人、东北人。

① 林喦：《“新东北作家群”的提出及“新东北作家群”研究的可能性》，《芒种》，2015年第23期。
② 王莉：《大连“60后”作家对大连文化的传播》，《大连干部学刊》，2015第11期。

近年来，“海蛎子”作家逐渐聚焦大连历史。津子围正在为生活的这个城市写书，他说：

> 我在大连生活了几十年，生命中最长也是最宝贵的时光都雕刻在这里，一直想为我生活的城市写一本书，算是回报或者说是责任。写大连就离不开海港，但是海港只是一个背景，还是写这个城市的人，这个城市的知识分子、工人……[1]

在大连生活了几十年，津子围发现传统的“工人”在消失，尤其是工人身上曾经拥有的那种自豪感和尊严，正在慢慢消失。他想在《海正蓝》里思考和探寻，究竟是什么原因导致了工人原有的“身份的消亡”。他追问“企业知识分子”是否存在，知识分子精神是否还在，“我也许更关心他们在这个历史时期的心灵史，期望从更深的层次上探讨人性”。

是年，辽宁大学张茜的硕士学位论文《文化地理学视域下的80年代以来的辽宁小说创作研究》中，将津子围的城市小说纳入研究范围。

> 辽宁沿海地区是东北版图上在各个方面都极富特色的区域，它有着气候上的湿润、风光上的独特、地理上的重要、交通上的便利、经济上的发达等，同时，辽东、辽南地区的文学创作也颇引人瞩目，它不仅拥有众多优秀的写作者，也积累了众多具有着浓郁地域特色的优秀文本。其中，津子围的城市小说都是大连文学圈的上乘之作。在由辽东、辽南等沿海地区组成的山东移民文化区间内，大连山东籍作家和丹东满族作家是文学创作的生力军，无论是邓刚的“海味”文学、孙惠芬的“乡土小说”，还是津子围的“城市小说”、林和平的“影视文学”都曾经或正在为这片土地取得傲人的文学成就。

① 王军辉：《津子围的〈海正蓝〉正在创作中》，《新商报》，2012年5月3日。

相关评论文章有王晓峰的《大连文学又结新果》[①]，文章评价了大连出版社的“字码头”读库系列，其中论及津子围“都具备了现代都市叙事的不同侧面的表达，近距离地体悟着大连这个北方城市，和前沿、发展中的前锋有关”。

近几年，津子围读书书单：威廉·戈尔丁的《蝇王·金字塔》、阿斯图里亚斯的《总统先生》、胡利奥·科塔萨尔的《跳房子》、巴尔加斯·略萨的《绿房子》《城市与狗》《谎言中的真实》、博尔赫斯的《作家们的作家》《南方》、阿莱霍·卡彭铁尔的《小说是一种需要》、罗曼·罗兰的《论文学与戏剧》、叔本华的《美学论文选》、尼采的《悲剧的诞生》、车尔尼雪夫斯基的《文学论文选》、埃斯库罗斯的《阿伽门农王》、三岛由纪夫的《金阁寺》、卡尔维诺的《我们的祖先》、弥尔顿的《失乐园》、《聂鲁达诗选》、库尔特·冯尼古特的《五号屠场》《囚犯》、叔本华的《生存空虚说》、萨特的《理智之年》、阿格达斯的《深沉的河流》等。

是年，津子围撰写了《建设大连自贸区振兴东北经济》发国务院研究室内参《送阅件》，直接报中央领导和国务院领导。主编《全域城市化的大连》一书。

去天津、杭州、深圳前海自贸区调研，考察金蝶国际软件集团、三诺集团、蛇口网谷、海能达通信有限公司、光峰光电技术有限公司、南山区西丽街道新围社区、大族激光、研祥智能科技、比亚迪等。随团去俄罗斯莫斯科、索契，波兰克拉科夫，匈牙利布达佩斯考察。参加达沃斯文化晚宴。在沈阳参加东北振兴论坛。

是年，津子围被评为辽宁省第四届读书节最佳写书人。

① 王晓峰：《大连文学又结新果》，《东北之窗》，2015年第3期。

二〇一六年

五十四岁

本年津子围作品转载及收录情况：

小小说《经历》收入《魔法鹅卵石》（文心出版社，五月）。

是年，津子围创作完成中篇小说《大火》《带雪山旅行》、短篇小说《如是我闻》《麦村的桥》，整理编辑中短篇小说集《灵魂的锚》《歌唱的篝火》《爱的河流》。

河北大学冀东艳的硕士学位论文《津子围小说论》以津子围发表的中文小说为研究对象，试图对其小说作一个比较全面和系统的梳理和分析。第一部分论述津子围对都市小人物生存图景和精神困境的关注。第二部分探讨津子围对于童年回忆的小说。第三部分在前两个部分的基础上，通过对津子围小说的文本细读总结分析其小说的艺术特点。从小说中使用的修辞手法上体现出其叙事上的现代性和先锋性；通过详细分析总结出津子围小说叙事的“离去—归来”、多线交叉和开放式三种结构模式，体现其叙事艺术的圆熟；冷静叙述中透着的温情关怀体现了津子围叙述风格的个性化，然而小说故事中几乎一致的温情结局也同时成为津子围小说创作发展的一个局限。津子围对都市小人物的关注、对当下生活的关心以及他小说文本的先锋性实验探索性都使他的小说能够直击现实，引起读者的共鸣，从而引发读者对生活、对人性的审视和思考。

是年，南京师范大学赵婷婷的硕士学位论文《当代文学场中的〈小说选刊〉》中论及津子围《稻草》。

吉林大学关聪的硕士学位论文《孙惠芬小说的民俗书写》中提道：

> 在辽南地区工作的外省作家，主要代表人物有津子围、达理。津子围（本名张连波），黑龙江人，代表作有长篇小说《洋槐下的小楼》《我短暂的贵族生活》，中短篇小说集《一袋黄烟》等，其作品以时代变化为线索，重点关注都市

生活，都市民俗隐含于生活的点滴之中，并着重于社会道德批判，思想较为深刻。

两年来，津子围的阅读书单为：周海婴的《直面与正视——鲁迅与我七十年》、李敬泽的《青鸟》、伦纳德·蒙洛迪诺的《思维简史：从丛林到宇宙》、东野圭吾的《解忧杂货铺》、正和岛的《本质》、约翰·罗尔斯的《正义论》、萨莉·鲁尼的《正常人》、克莱夫·詹姆斯的《文化失忆》、菲利普·桑兹的《东西街》、雅克-莫诺的《偶然性和必然性：略论现代生物学的自然哲学》、蒂莫西·威廉森的《哲学是怎样炼成的》、科克伦的《信仰与古典文明：从奥古斯都到奥古斯丁》、格奥尔格·梅勒的《东西之道：〈道德经〉与西方哲学》、谷崎润一郎的《细雪》。

是年出席会议和参加调研活动较多，参加在哈尔滨举办的第二届东北振兴论坛。参加省政府信息产业发展调研、全国政协装备制造业调研，参加全国政协理论研究会、宣传工作会议等。去上海、南京、太原、成都、福州等地调研考察。

四月，儿子张樱觉与魏炜结婚。

六月，在东北财经大学作专题讲座“拉美文学爆炸及借鉴”。

十一月，在北京出席第九届全国作家代表大会。

二〇一七年

五十五岁

本年津子围作品出版情况：

出版中短篇小说集2部、小小说集1部，再版长篇小说1部。

四月，再版长篇小说《爱的河流》（中国言实出版社）。

六月，第五部中短篇小说集《天堂的钥匙》（中国言实出版社）。

八月，第六部中短篇小说集《歌唱的篝火》（中国言实出版社）。

十二月，第七部小小说集《蓝莓谷》（春风文艺出版社）。

本年津子围作品发表情况：

发表中篇小说2篇，短篇小说3篇，小小说11篇。

四月，中篇小说《带雪山旅行》（《芒种》第四期，《中华文学选刊》第五期转载）。

五月，短篇小说《麦村的桥》（《人民文学》第五期）。

六月，中篇小说《大火》（《当代》第六期），短篇小说《轩尼诗》（《江南》第六期），小小说《蓝莓谷》（《百花园》第六期）。

八月，短篇小说《我家老王》（《小说月报原创版》第八期，《中华文学选刊》第九期转载）。

九月，小小说《写作课》《祖传的天鸡壶》《1974年天空的鱼》（《百花园》第九期），小小说《安东》（《天池小小说》第九期），小小说《歌唱》（《辽宁日报》九月二十一日）。

十月，小小说《救赎》（《小说月刊》第十期）。

十一月，小小说《说事》（《百花园》第十一期）。

十二月，小小说《蓝哥儿和紫荆》（《百花园》第十二期），小小说《谢谢》（《小说月刊》第十二期），小小说《邮递员的东方》（《天池小小说》第十二期）。

本年津子围作品转载及收录情况：

《小小说选刊》第13期、17期、19期、24期分别转载了小小说《蓝莓谷》《写作课》《安东》《救赎》。

中篇小说《长大一相逢》收入《中国中篇小说年度佳作2017》（山西人民出版社，二〇一八年四月）。

小小说《蓝莓谷》收入《2017年中国小小说精选》（长江文艺出版社，二〇一八年一月）、《2017中国小小说年选》（花城出版社，二〇一八年一月）、《2017年中国年度小小说》（漓江出版社，二〇一八年一月）、《2017中国年度作品·微小说》（现代出版社，二〇一八年一月）。

小小说《写作课》收入《2017年中国小小说精选》（长江文艺出版社，二〇一八年一月）、《2017中国小小说年选》（花城出版社，二〇一八年一月）、《2017中国年度作品·微小说》（现代出版社，二〇一八年一月）。

本年津子围获奖情况：

获2015—2017年度小小说金麻雀奖。

小小说《证人》获第四届“光辉杯”世界华文法治微型小说征文一等奖。

小小说《无尽意》获普陀山征文奖。

津子围获得2015—2017年度小小说金麻雀奖，该评选活动于2017年11月19日启动征集作品，至2017年12月10日截止，共有78人参评。初评后有20位作家进入终评。评奖坚持作品思想内涵、艺术品位、智慧含量俱佳的标准，兼顾题材、主题、风格的多样化，在此基础上，综合考量作家的整体创作成就。该奖项由金麻雀网、金麻雀网刊聘请全国著名评论家、作家和编辑家雷达、胡平、何弘、丁临一、杨晓敏、谢志强、雪弟等，组成专业评审委员会负责具体实施。津子围参评的作品为《蓝莓谷》《写作课》《1974年天空的鱼》《天鸡壶》《歌唱》《安东》《救赎》《说事》《邮递员的东方》《谢谢》共计十篇。评委会给予津子围的授奖词为：

津子围的写作富有想象力，情节诡异，立意深远，结局常常出人意料而发人深思。作品能够在小小说“螺蛳壳中的道场”里营造出场景、色彩、气味和温度，追求大境界，对人性有深入的探索和挖掘。[①]

杨晓敏在《津子围小小说简论》中说，好作品不分长短。津子围以长、中篇小说为创作主业，迄今已出版长篇小说《收获季》《口袋里的美国》等14部，中篇小说集《大戏》等6部。作品被广泛转载并多次获奖。写作长中篇之余，津子围也偶写一些小小说。尤其是近年来，津子围对小小说创作热情颇高，创作了大批为读者喜爱的小小说作品。

尽管此前的创作中，津子围曾荣获过各类文学奖，此次获得金麻雀奖，还是让津子围感慨良多，他在随笔《我不认为小小说“小”》中说：

> 小说不分长短却分好坏，我认为好的小说应具有多种文学可能性，可以做多重解读，有的读情节故事，有的读文本意趣，有的读寓意和象征，有的读亦真亦幻。说是这样说，其实写小说挺难的，写好的小说尤其艰难。所以，我对写作一直充满了敬畏！

小说不分长短却分好坏，写好写精才是最重要的。好的小说有多种文学可能性，文学探索永无止境。正因为有这样一份敬畏之心，津子围才能在长篇、中篇、短篇、小小说各个领域里，频有佳作问世吧。

十二月二十三日上午由中国当代文学研究会、沈阳市文学艺术界联合会主办，芒种杂志社承办的芒种文学沈阳论坛——“《长大一相逢》与津子围小说创作研讨会”在辽宁大厦举行。研讨会由著名评论家孟繁华主持，程光炜、白烨、张清华、陈福民、贺绍俊、张柠、岳雯、滕贞甫、张啟智等专家学者参与研讨。

研讨会上，专家学者对中篇小说《长大一相逢》给予充分肯定，认为《长大一相逢》为审视现代家族传统、家族意识崩塌和消失提

① 杨晓敏：《津子围小小说简论》，见新浪博客http://blog.sina.com.cn/s/blog_678f83000102xuet.html。

供了全新视角、解剖样本和追问靶向。小说虽不足4万字，却有丰厚的容量和隐含巨大的主题。小说人物关系复杂、个性独具、现实感强，细节散发着生活的智慧和光芒。小说结构和叙事手段创新，预设了多重可能性，具有多层文本解读价值。有的专家还建议作者在此基础上再创作出一个长篇，深度开掘。会议认为，《长大一相逢》是津子围创作上升期具有创新的一部作品，是他注重小说“故事性”转向关注文学“精神性”的重要作品，也是近年来国内中篇小说的重要收获。

贺绍俊提出：

> 小说采取第一人称，从父亲去世开始写起，在父亲遗体告别的那一天，来参加葬礼的亲戚只有三位，这个结果令讲究礼节的家里人感到极度失望，更没想到的是，三位亲戚的出现，又在全家生活的池塘里掀起了微澜。亲戚们为了送钱的事情相互之间产生了隔阂，表面上的客套和应酬掩饰不住内心的冷淡。作者由此撕开口子，一步步触摸到城市伦理的痛处……这篇小说完全可以说是一个浓缩版的家族小说，家族小说的所有元素它都具备了，更重要的是，小说的主题深刻触及中国传统社会的家族意识。津子围从日常生活的细节进入，让童年回忆与现实生活相对应，映照出亲人间曾经温馨的亲情在今天是如何逐渐淡化甚至僵死化了。中国传统社会中，家族在传统社会中不仅是血缘关系，而且也是基本的生产关系，个人命运与家族命运密切相关，只有在这种情景下，传统伦理才具有较大的约束力，而亲情则起到润滑的作用。但进入现代社会后，家族基本只具有血缘上的意义，个人利益不再被家族利益所压抑，而且新的社会伦理要比建立在家族基础上的传统伦理对于人们的工作和生活具有更现实的意义。小说由亲情扩展到家族意识，津子围正是通过一个小人物的家族探讨家族意识在现代社会面临的困境。[1]

① 贺绍俊：《浓缩版的家族小说》，《文艺报》，2018年5月14日。

张祖立和盛艳提出：

津子围是个文体意识很强的小说家，他的不少作品都有着叙事学上的分析意义。该篇小说的组成结构很罕见，很有意思：八个组成部分依序以版本术语为题，“正本”—“副本”—“正本”—“存本”—“副本”—“正本”—“修订本”—“补记”，一种特别的形式。版本学原是研究图书文本在制作过程中的形态特征和流传变化情况，探究鉴别优劣真伪的学问。津子围用来作为标题的几个术语其实都是一种著作或图书的不同形态下的称谓，但到了小说里，津子围只是选取它们的一点点延伸意义，比如，“正本”是“属于自己的正本”，意谓都是自己所见所闻，“副本”是“作为旁证的副本”，意谓未经自己证实的部分，与“正本”有区别，“存本”因为是“我”和巧玉的一段懵懂珍贵特殊的恋情，可以视为很珍贵的本子不轻易外传，“修订本”意谓对一些看法的纠正或对前面所述故事的新判定，等等。就是说，这几个版本术语多少能起到一些帮助读者理解作品意思的作用。……值得注意的是，小说许多部分是以回忆方式进行的，这就很有可能出现叙述自我和经验自我的距离变化。在童年叙述中，年少的经验自我是快乐有趣的，而在眼前现实的叙述情境中，叙述自我与经验自我越来越一致，多了许多成熟，也充填了明显的压抑感。压抑也好，成熟也罢。作者以自由、开放的叙述方式完成了关于家族的形而上问题，从而拓展了小说叙事的新疆界。[①]

贺颖认为：

津子围小说作品，几近一个作家的心灵史，这是建立在厚重现实中的高度抽象，正是在这样的抽象中我们寻找到了

① 张祖立，盛艳：《叙述聚焦的魅力——谈津子围小说〈长大一相逢〉》，《芒种》，2017年第11期。

意义，现实的、文本的、文学的意义，意义绝不是现实自身的存在所能够提供而出的，而是经由思想者的思考呈现于世间，意义一直遵循着这个盛大而朴素的常识。津子围的创作对文本一向介入得很深，但却始终以惊人的平静游走其间，即便当文本中所有人开始失控，作者自身仍保有预期的节奏与呼吸。家族亲情风雨飘摇，人性在巨变中渐渐呈现出被本能驱动的动物性、因惯性而存在的物性，琐细无常漠然的生活味道弥散开来，杂冗而残忍，这些整体中的碎片，全景式地铺陈于现实的天空，而最终却复合于一封空白的邮件。一切的有都成了无，无即是一切的有，色即是空，空即是色。所有的碎片都成了星辰，而作者也完成了空与色之间最为深刻而迷人的、宗教之外的美学互文。①

韩传喜认为：

正如《长大一相逢》中的表现内容，所谓的血缘、伦常、亲情……已全面淹没在现代社会的生活琐屑之中，久别相逢的惊喜畅叙，变成了彼此的隔膜、疏离、算计甚至矛盾冲突——形象地映射出当下的亲伦关系与社会世象。《长大一相逢》能将琐屑式的生活细节、碎片式的叙述方式统摄于片段式的文本架构，以独特的“正本”“副本”的形式，将对凡俗生活的摄取提炼、真切体验与深层思索，进行了全方位、多视角的表现。对于当下现实题材的架构把握，实现现实生活与小说技巧的巧妙联缀，更见小说家的艺术传达功力。②

是年，孟繁华在《新世纪文学论稿之文学思潮》一书中，大篇幅论述长篇小说《口袋里的美国》：

① 贺颖：《空与色的美学互文——津子围中篇小说〈长大一相逢〉中的宗教哲理叙事》，《芒种》，2017年第11期。
② 韩传喜：《相逢不相亲：分崩离析的家族样本——〈长大一相逢〉的“小”现实与“大”历史》，《芒种》，2017年第11期。

如果说《风和日丽》是对20世纪中国兴起的无产阶级革命做出新的表达和阐释，是一个关于中国革命历史的“内部视角”的话，那么，《口袋里的美国》则是一个关于美国的“外部想象”的寓言。张仁译和津子围的长篇小说《口袋里的美国》，是在当下的背景下创作的，这部作品在艺术上的成就我们可以讨论，但它在政治范畴内为我们提供了新的阐释空间，同时也改写或者终结了以往对西方书写的“悲情”的历史。

与我们司空见惯的“留学生”身份不同的是，赵大卫在国内应该是一个“成功人士”。他从一个一文不名的知识青年一直做到大学中文系主任。他是因对国内体制的失望才到美国寻梦的。因此，他是带着自己的历史进入美国的。他有“以卵击石”的性格成长史，从少年、知青时代一直到大学，他的性格都不曾改变。这种挑战性与生俱来，并不是经过“美国化”之后才形成的。到美国的初期冲动，首先是个人生存，赵大卫的人生经历和个人性格决定了他的生存能力，这得力于他的成长史。比如他到美国第一个落脚点金凤餐馆的经历，与美国黑人打交道、与同胞老板打交道等，他总是有惊无险游刃有余。这段经历多少有些传奇性，甚至黑人老大托尼都俯首称臣。他的性格成就了他，他最终走进了美国的主流社会。因此，赵大卫没有了查建英《丛林下的冰河》中主人公在中西两种文化之间的犹疑、徘徊或不知所措的矛盾，也蜕去了《北京人在纽约》《曼哈顿的中国女人》等夸大商业成功从而凯旋的肤浅炫耀。《口袋里的美国》最大的不同就在于，赵大卫的成功或胜利，不仅是商业性的，更重要的是，他是一种价值观、文化精神的胜利。我们知道，一个强大的国家之所以强大，不仅在于经济、军事或GDP，更在于它的价值观，或者说它的价值观对于世界有怎样的影响。美国之所以傲慢骄横，就在于美国认为它的价值观是普世性的。但是我们对美国的想象和美国的自我想象，对美国的想象与个人经验之间是存在巨大分裂的；美国自我想象与美国信心危机的内在紧张正逐渐显现出来。当年乘“五月花”号逃避宗教迫害而逃到美洲的英国清教徒，抵达美洲之后，感恩之余，迅速地经历了“美国化过程”。在实现“美国化”的过程中，他们因此建立了自己的“主体性”和优越感，美国不必到任何地方就可以了解世界。但是，这个美国式的优越，并不是平等赋予每个“抵达”美利坚的人。无论具有怎样文化背景的人，都必须经过“美国化”才能进入美国社会参与美国事务。没有完成“美国化”过程的人，就没有平等、公正可言。另一方面：“在政治领域，当人们互相面对时，他们并不是什么抽象物，而是在政治上有利害关系、受政治制约的人，是公民、统治者或被统治者、政治同盟或对手——因此，在任何情况下，他们都属于政治范畴。在政治领域，一个人不可能将政治的东西抽取出来，只留下人的普遍平等。经济领域的情况亦复如此：人不是被设想成人本身，而是被设想成生产者、消费者等。换言之，他们都属于特殊的经济范畴。”

《口袋里的美国》的核心情节是赵大卫的被解雇。他的被解雇当然是不合理的，因此在法庭辩论中，美国律师丹尼尔说：“是什么原因导致赵大卫先生这样一位优秀的、杰出的雇员不但没有得到他应有的礼遇，相反却遭遇他不应该受到的不公正待遇呢？原因只有一个，”丹尼尔停了一下，目光投向法官史密斯，“那就是，他是一个亚裔，是一个中国人！导致这场悲剧的根本起因，就是种族歧视！”小说的高潮设定在赵大卫的法庭陈词自我辩护。应该说，赵大卫法庭上的辩护声情并茂、感人至深。由此出现的场景是面无表情的陪审团的十二名成员，开始变得有些坐立不安。尽管他们被要求在法庭面前不可以有任何表态和彼此交流。这一方面意味着赵大卫的诉讼已经胜利了，另一方面也表达了美国“平等、正义”的存在。赵大卫最终获得了高额赔偿，美国修改了法律例案。但这个过程我们应该注意的是，这时赵大卫的身份已经是一个“美国人”，因此，这场斗争无论是谁

> 胜利，都可以看作美国的胜利。但是我们又注意到，创作这部小说的，一个是华裔美国作家，一个是中国本土作家。他们共同拥有的文化背景——就像赵大卫说的那样，“我加入了美国国籍，可我还是个中国人哪。这就好像一个嫁出去的女儿，她一方面要忠诚于她的先生，那是法律上的纽带。可是，另一方面，她不可能忘记生她养她的娘家”。因此，这是一次“中国人”共同书写的小说。如果是这样的话，我们就不能不联想到当下中国新的处境，或者说，今天的中国同《丛林下的冰河》和《曼哈顿的中国女人》已大不相同，更不要说郁达夫的《沉沦》的时代了。当年《沉沦》的主人公“祖国啊，你快强大起来吧”的呼唤，从某种意义上已经实现。经济和军事不再被欺凌，但事实上的不平等仍然存在。美国的文化优越感和文化霸权仍然让人感到不舒服。这时，国家的整体战略也发生了变化。这个变化就是提高文化软实力，加强中国价值观对世界的影响。学术界也从“让中国文学走向世界”的弱势文化心态，改变为“文化输出”理论或“21世纪是中国的世纪”等豪言壮语。这些背景是《口袋里的美国》人物塑造、情节设置乃至叙述话语的基础。离开了这个背景，就没有《口袋里的美国》，当然也就没有赵大卫的慷慨陈词和改变美国法律的神话。因此，《口袋里的美国》最终还要在政治的范畴内得到解释，这与文学批评最终都是政治的是同样的。[①]

其他相关评论还有贺颖的《以读者的名义》（《山东文学》第六期下半月刊）。

安徽师范大学张文斌的硕士学位论文《新世纪文学老年叙事研究》论及津子围《闯绿灯》：

> 父亲老朱开了一辈子公交车，退休后无处打发时间，买

① 孟繁华：《新世纪文学论稿之文学思潮》，人民文学出版社，2017年版，第216—227页。

了旧车做起黑车生意。涉及违法被抓，三千元的罚款老朱舍不得。在停车场守着自己的车又被视为小偷，落荒而逃。

这一年津子围也参加了很多文学及社会活动，在葫芦岛等地参加全国文学期刊主编论坛，在广州参加南方著名编剧论坛。参加辽宁省作协曹雪芹长篇小说奖初评。

参加辽宁省“四个一批”科研项目。参加辽宁省作家第十次代表大会。在广州参加全国政协第七次信息工作会议。在上海、深圳等地参加考察调研及会议。参加大连市十三届政协第一次会议筹备工作。

是年，津子围被任命为大连市第十二届政协副秘书长。

六月，与王玮在中国作协河北雾灵山创作之家疗养。

二〇一八年

五十六岁

本年津子围作品出版情况：

十一月，出版第八部小说集《救赎》（河南文艺出版社）。

本年津子围作品发表情况：

发表短篇小说2篇，小小说14篇，散文1篇。

一月，短篇小说《大师与棋局》（《鸭绿江》第一期），小小说《译·择·杀》（《天池小小说》第一期）。

二月，小小说《致辞》（《小说月刊》第二期），小小说《相遇》（《辽宁日报》二月八日）。

三月，散文《岛上的树》（《国酒文萃》，蒋子龙主编，光明日报出版社，三月）。

四月，短篇小说《释兹在兹》（《芙蓉》第四期），小小说《鸟的寓言》（《小说月刊》第四期），小小说《1974年天空的鱼》（《辽宁日报》四月二十八日）。

五月，小小说《掷硬币》（《百花园》第五期）。

六月，小小说《演讲》（《小说月刊》第六期）。

七月，小小说《扫描仪坏了》（《百花园》第七期），小小说《半斤星星》（《辽宁日报》七月二十五日）。

八月，小小说《镇秘》（《小说月刊》第八期）。

九月，小小说《丑丑》（《百花园》第九期），小小说《耳光子》（《小说月刊》第九期）。

十一月，小小说《跨过梅之年》（《百花园》第十一期）。

十二月，小小说《帮帮忙呗》（《小说月刊》第十二期）。

本年津子围作品转载及收录情况：

中篇小说《长大一相逢》被《小说月报·中篇小说专号》第一期转载，小小说《谢谢》被《小说选刊》第一期转载，小小说《歌唱》被《小小说选刊》第一期转载，小小说《谢谢》被《小小说选刊》第二期转载。

短篇小说《大师与棋局》被《中华文学选刊》第三期转载。

小小说《相遇》被《小小说选刊》第八期转载。

小小说《演讲》被《小小说选刊》第十四期转载。

短篇小说《释兹在兹》被《小说月报》第八期转载。

小小说《半斤星星》被《小说选刊》第九期转载。

短篇小说《释兹在兹》收入《2018中国短篇小说精选》（长江文艺出版社，二〇一九年一月）、《2018短篇小说年选》（江苏凤凰文艺出版社，二〇一九年四月）。

小小说《谢谢》收入杨晓敏主编的《2018中国年度作品小小说》（现代出版社，二〇一九年一月）、任晓燕和秦俑主编的《2018中国年度作品小小说》（漓江出版社，二〇一九年一月）、《2018中国微型小说排行榜》（百花洲文艺出版社，二〇一九年一月）、卢翎主编的《2018中国微型小说年选》（花城出版社，二〇一九年一月）、《2018善德武陵杯全国微小说精品集》（中国市场出版社，二〇一九年五月）。

小小说《蓝莓谷》《写作课》收入杨晓敏主编的《1978—2018中国优秀小小说》（现代出版社，二〇一九年一月）。

小小说《相遇》收入冰峰和陈亚美主编的《2018中国年度微型小说》（漓江出版社，二〇一九年一月）。

小小说《救赎》收入卢翎主编的《2018中国微型小说年选》（花城出版社，二〇一九年一月）。

小小说《半斤星星》收入《2018善德武陵杯全国微小说精品集》（中国市场出版社，二〇一九年五月）。

本年津子围获奖情况：

小小说《说事》获“绿城清风杯”第一届全国小小说大赛征文奖。

被评为“中国小小说二〇一七年十大人物”。

获第二届扬辉小小说成就奖。

是年，津子围的小小说创作进入一个丰产期。

小小说首先是小说，要有文学性。津子围作为小说名家进入小小说创作领域，以其深厚思想性、较高文学标尺为小小说品种带来冲击、突围和提升。特点有三：其一，主题温暖。如《勋章》《谢谢》《致辞》《证言》等，《证言》写窝囊的父亲曾被一个动迁恶霸欺负，后来发现自己得了“不好的病”，他精心设计了一场车祸，既勇敢地报复了恶霸，也为儿子留下一大笔补偿金。儿子是唯一知情人，出庭做证时他凝视着国徽，出人意料地做了真实证言，他眼含热泪：“对不起老爸，可我是人民教师啊。”其二，人物鲜活。如《蓝莓谷》《小站》《相遇》《演讲》《冬天的海峡》等，《蓝莓谷》写的是一个调皮寂寞的留守少年和看守蓝莓园老头儿故意斗法、追逐了整个夏天的故事，在孤寂中透射出的光、温暖及情感细微处的人性美好，令人物呼之欲出。其三，文本探索。同一篇小小说从思想内涵、情节故事、文本意趣、寓意象征不同的角度去解读会得出四种不同的答案。如《救赎》《二舅的儿子》《半斤星星》《1974 年天空的鱼》等。

孟繁华撰文评价津子围的小小说创作：

> 津子围是著名的小说家，他创作过许多脍炙人口的小说，特别是长篇小说《口袋里的美国》《童年书》等，是新世纪中国长篇小说的重要收获，在批评界曾引起热议。他也创作了数量可观的中、短篇小说。但他写小小说我还是第一次看到。小小说是一个特殊的小说样式，新世纪以后有长足发展，特别是在《小小说选刊》的推动下，这一小说样式有广泛和相对稳定的读者群体。许多名家都曾在这里一试身手。小小说有它的特殊性这无须赘言，但小小说首先也必须是小说，必须具备小说的基本要素……津子围的三篇小小说《写作课》《1974年天空的鱼》《天鸡壶》，是三篇有探索性的作品。《写作课》，是故事叠加的方法，抑或说，是故事套故事的写法。这是一篇典型的写“不可能事物”的小说，它与现实没有逻辑关系，也没有同构关系。好小说都应该是这样的。《1974年天空的鱼》，应该是一篇荒诞的讽喻小说。变换的讲述者或者转述，让小说更加生动和“真实”，在漫不经心的谈笑间，构建了一个看似喜剧但实则悲剧的故事；《金鸡壶》是一则写“念想”的故事。“真的”

的金鸡壶已经在社会流传——一个真真假假的社会就这样被构建了。津子围的这三篇小小说，各有讲述方法，但都有探索性。可以相信，如果小小说都有这种勇于探索的劲头，那么，这个文体将会有更大的发展。①

韩传喜系统评论了小小说集《蓝莓谷》：

初入津子围的小小说世界，仿佛进入一片蹊径隐曲、花草缤纷的自在园林：一篇篇短小而精致的文字，如同随性生长而又独呈异形的草木花石，各赋美质，各具风格，看似彼此独立无碍，却又相互勾连呼应，构成了一幅趣味横生、声色盎然而又内质谐和的独特风景，令观赏者流连不已。同时，赏读者亦从每篇内涵深蕴、传达精妙的作品中，更深刻地领会着津子围对于小小说这一文学样式的独到认知及艺术追求——“文学品质是我对小小说的唯一追求！”如果要以关键词提炼与传达其小小说的审美特征，“喧哗”与“庄严”当能恰如其分……综观很多作家的小小说创作，多是注重小说情节的精心安排、悬念的巧妙设置与结构的精致完整，因而常呈现出模式化、刻板化的创作特点。津子围的创作，绝不满足于以上基本方式，甚至可以说，他的每一篇小小说，都有自己独特的构思与表达，因而整部小说集读下来，似乎可以总结出一整套小小说创作技法。如其小小说雍容迂徐的叙述节奏与从容裕如的叙事内容，有别于一般小小说的紧迫感与局促感，而其独特却自然的收束方式，体现了内在的精神追求和意义的多重指向。津子围的小小说体现了小小说文学生态的多样性，有的作品几近活化石标本般的异质，可以说，他构建的小小说王国必将为这个时代的文学留下难以抹去的痕迹和记忆。②

① 孟繁华：《津子围的讲述方法》，《百花园》，2017年第9期。

② 韩传喜：《喧哗与庄严，津子围精心构建的小小说王国——评小小说集〈蓝莓谷〉》，《芒种》，2018年第8期。

高军在《2018年中国微型小说综述》中评价小小说《演讲》：

漂亮的宋嘉老师被聘来做范良的辅导员，宋嘉口吃，原来范良也口吃，他们用结结巴巴的话交流着，约定范良给宋嘉讲如何养小动物，宋嘉给他补习功课。一个暑假范良充实而快乐，开学后他变得大胆提问，并能指出老师的错误了。高二的时候一次回家，他偶然看到了宋嘉老师正在电视上流利地接受采访，他扔掉书包回到了自己的房间。母亲告诉他，宋老师小时候真的口吃，但她说过没有什么不可能，范良噙着泪花点了点头。二十年后著名医学专家范良在生动流畅地做第一百场演讲，台下一位老太太似曾相识。他走下台来，用激动得口吃的话语问她："是宋老师吗？"宋老师闪烁着泪花说："是的，是……是我！"小说深刻阐释着平等、尊重和爱能照亮人生，流溢着一股浓浓的暖意。①

《鹿禾评刊》编辑江左秋评论《蓝莓谷》：

通过一个处于反叛期的留守少年，这个人物魅力掩藏和重构了一种朴实的期望。作者巧妙构思，最终的目的就是为了突出老头人性的美。但在文本表层却找不到一句赞美甚至夸奖老头的词句，这就是作者沉稳叙事的功夫所在。

石利在全民读书节活动推荐小小说集《救赎》：

小说《救赎》是最近读到的，这里我要推介给大家。我觉得此书应当静下心来读，倒不是因为作者津子围是小说名家，而是这个作品集完全是小小说的自选集本，并且获过小小说麻雀奖。起码从中可以借鉴小说创作基本手法，语言运用以及情节安排，为深入生活、务实写作积累文本经验。你

① 高军：《2018年中国微型小说综述》，见新浪博客http://blog.sina.com.cn/s/blog_50fea14d0102zifj.html。

会像我一样被吸引，忍不住复读，情节张弛有度，场景变幻离奇，结局也各有特点。你读后就知道其中的书香趣味了。

十月二十九日上午，由辽宁省作家协会和春风文艺出版社主办的津子围长篇小说《十月的土地》版前研讨会在大连棒棰岛宾馆举行。来自辽宁省作协、沈阳市作协、国内知名出版社及期刊、多所高校的相关领导及专家约20人参会。

研讨会上，专家们发表真知灼见，讨论气氛极其活跃，他们对作品的原创性、时代性和艺术性给予了高度肯定，同时在作品节奏、人物形象塑造及创新性等方面提出了修改建议。

《十月的土地》是辽宁省作协“金芦苇”工程2018年重点扶持作品。“金芦苇”工程于2017年启动，每年拟扶持两部长篇小说，2017年重点扶持的作品是刘庆的《唇典》与孙惠芬的《寻找张展》，《十月的土地》是第三部，也是2018年的第一部。

张陵认为：小说对东北风情写得透，可见作者的生活准备充足。对章文德带家人开荒场面的描写，都可见作者艺术功力。

周立民认为，与以往的历史小说、写农民与土地的关系的小说不一样，作者撇开了障碍，开辟了自己的领域。农事诗、农谚、方言的运用恰到好处，以往的东北小说没有这么细致和深入，而《十月的土地》却将那些消失掉的东北文化记忆打捞起来。

胡玉伟认为，这部作品的灵魂是土地，长篇小说怕的是没有灵魂，而在这部作品中土地是他们的根，反映了人类永恒的精神困境和苦难意识。

张祖立认为，作品有着鲜明的、史诗意义的建构，并且将农耕、狩猎、海洋文化交织在一起，展示了多元化的东北原生生活场景。《十月的土地》对这种文化的展示，并没有像此前一些作家那样偏重理性，而是由着自然的闪光，形成了一个自然性的、生态性的场域。东北作家早就应该这么做了。这部作品内涵丰富，有很大的展示空间。

王山认为，这部作品与作者之前的作品不太一样，厚重大气，是一部鲜活的东北风俗画卷，这与作家的年龄、阅历有关。小说中有不可言传的地方，这就是好的文学作品的特点。

韩传喜认为，《十月的土地》所体现出来的完全不同的景观令人着迷，有传统现实主义，有魔幻现实主义，有后现实主义，这是一个繁复的题材，看过整部作品后有紧张感，然后再回味细部给人的美感，都是很独特的体验。

贺绍俊认为，章文德这个人物有其独特价值，在新文化冲击背景下，他有反应，却不会去主动接受新东西，这也决定了他和土地的关系与别的小说中的农民不一样。

其他相关文学评论还有北京印刷学院毕彩婷的硕士学位论文《网络时代文学期刊〈当代〉的发展途径研究》，论文论及津子围的中篇小说《大火》。

是年，《芒种》第四期刊发了《津子围〈长大一相逢〉研讨会纪要》。

在《2018年短篇小说批评》一文中，段崇轩论及津子围的《释兹在兹》。

> 在2018年的短篇小说中，我们读到了一些表现真善美的优秀篇章，显得格外珍贵。“善”指的是现实中那种善良、仁爱、完满、向善的品格和行为，是文学中不可或缺的“正能量”。津子围的《释兹在兹》，描述了两位住同一养老院的耄耋老人闻道清与伍广辉，“文革”中结下深仇大恨，使他们至老都耿耿于怀，势不两立。但在养老院院长和大夫的启发、撮合、劝慰下，各自反思了自己的罪行，诚恳向对方认罪、忏悔，得到了对方的宽恕，化解了数十年的心结。在他们的晚年，人性的善战胜了人性的恶，人性的美战胜了人性的丑。小说写得深沉而有力。[①]

而在《短篇小说深处的艺术“坐标”——兼论当下的创作态势》[②]一文中，段崇轩又将《释兹在兹》与宗璞的《我是谁？》进行比较：

① 段崇轩：《文学标准与当下创作的“落差”——2018年短篇小说批评》，《文学报》，2019年2月14日。
② 段崇轩：《短篇小说深处的艺术“坐标”——兼论当下的创作态势》，《作家》，2019年第4期。

如果说宗璞的《我是谁？》着力的是人的生存的个体性，那么津子围的《释兹在兹》更突出了人的社会性。

是年，创作完成电影剧本《我是大师兄》、小小说《麦田》《底层法官》《夜未央》《地铁末班车》等，完成长篇小说《十月的土地》初稿。

发表论文《东北老工业基地振兴背景下的文学表达》（与张红翠合作，《大连大学学报》第五期）。

是年，津子围调任辽宁省政协研究室主任。

在文学和社会活动方面，参加中宣部电影局剧本中心组织的采访活动，参观浪潮集团，与山东艺术学院师生开展对话交流。参观华阳宫古壁画、三孔、邹公、周公等。

在大连市新华书店“作家森林”作《新时期小说创作》专题讲座，在残联文体中心作《中国特色社会主义文学与小说创作》专题讲座。

围绕新型智库建设，先后调研考察南京智库联盟、上海大学上海研究院、深圳研究院等，围绕政协文史馆建设，先后调研考察哈尔滨文史馆、广西政协文史馆等。

随团出访巴西、智利和古巴。在圣保罗参加活动会见巴西前国家队主教练卢森博格，参观考察生态城市库里蒂巴，智利康塞普西翁大区、圣地亚哥，古巴哈瓦那、巴拉德罗等，访海明威常驻所、海明威酒吧等。

八月，孙女出生，取名张曦木，乳名天天。

二〇一九年

五十七岁

本年津子围作品发表情况：

发表短篇小说3篇，小小说4篇。

四月，短篇小说《荣誉》（《辽宁作家》第四期）。

八月，小小说《麦田》（《辽宁日报》八月七日）。

九月，小小说《证人》（《百花园》第九期）。

十月，小小说《勋章》（《百花园》第十期）。

十一月，短篇小说《二舅的儿子》（《山西文学》第十一期）。

十二月，短篇小说《荣誉》（《芒种》第十二期），小小说《冬天的海峡》［《小说月刊（名家专号）》第十二期］。

本年津子围作品转载及收录情况：

《小小说选刊》第二期、第十九期、第二十期、第二十四期分别转载小小说《半斤星星》《勋章》《麦田》《二舅的儿子》。

《微型小说选刊》第十一期转载《跨过梅之年》。

小小说《半斤星星》收入陈永林主编的《2019年中国小小说精选》（长江文艺出版社，二〇二〇年一月）、江水编选的《2019中国小小说年选》（花城出版社，二〇二〇年一月）。

小小说《勋章》收入陈永林主编的《2019年中国小小说精选》（长江文艺出版社，二〇二〇年一月）、江水编选的《2019中国小小说年选》（花城出版社，二〇二〇年一月）、任晓燕主编的《2019中国年度小小说》（漓江出版社，二〇二〇年一月）以及王昕鹏主编的《当代中国经典小小说·灯塔》（中国言实出版社，二〇二〇年一月）。

小小说《二舅的儿子》收入杨晓敏主编的《2019中国年度作品小小说》（现代出版社，二〇二〇年一月）。

小小说《蓝莓谷》等十篇作品收入《小小说金麻雀奖2015—2017获奖作品集》（中国出版集团现代出版社，二〇一九年八月）。

小小说《小站》收入《当代中国小小说经典·摆渡》（中国言实

出版社，二〇一九年五月）、英文版《新编中国小小说选集》（加拿大多伦多卓识学者出版社）。

小小说《一园鲜花》收入英文版《新编中国小小说选集》（加拿大多伦多卓识学者出版社）。

小小说《大火》收入《第十届辽宁文学奖获奖作品集》（春风文艺出版社，二〇二〇年五月）。

本年津子围获奖情况：

电影剧本《我是大师兄》获二〇一九年国家电影局“夏衍杯”剧本奖。

中篇小说《大火》获辽宁文学奖。

短篇小说《隧道》获首届“师陀小说奖”。

小小说《勋章》获《小小说选刊》“我和我的祖国征文奖”一等奖。

小小说《底层法官》获“绿城清风杯”第二届全国小小说大赛征文奖。

小小说《谢谢》获得第三届“中俊杯”《小说选刊》奖。

长篇小说《十月的土地》列入省委宣传部重点扶持作品，进行了再度修改完善。

小小说《谢谢》获得第三届“中俊杯”《小说选刊》奖。《小说选刊》评委会给予津子围《谢谢》授奖词是：

> 阐幽发微，微言大义，《谢谢》以精短的篇幅和娴熟的写作技艺探究世道透视人心，关注了人性中一个微妙的瞬间——一个有罪的灵魂在被他人温柔以待时，释放出的善良与宽容。“小人物”是津子围热衷描写和表现的对象，他用善意和包容体察人心，由此，他笔下的小人物们人微却言不轻，显示出了宽广且不失细腻的精神格局。

《鹿禾评刊》编辑赵文新撰文评价《谢谢》：

> “谢谢”是一句很平常的礼貌用语，在文章里却起到

了不平常的作用。一句“谢谢”改变了一个人的态度，或许也改变了这个人的后半生。小说写了王志强、小庞和汪晓东三个特殊人物不大不小的反应。说他们特殊，因为他们不是普通的乘客，是嫌疑人和警察的关系。这种关系作者在文中一直没有亮出来，读到文章倒数第三自然段时，有这样一句话：“他俩的警用手铐子连在一起。”让人明白，机舱里位置的变化，空姐对汪晓东的特殊关心，汪晓东的误会，受宠若惊，都是作者有意安排的。一次小小的换座，把人善良的本性、渴望得到尊重的心理，表达得淋漓尽致。王志强、空姐、汪晓东是生活在社会上三个不同阶层的人物。汪晓东的四声“谢谢”，每一次都是不同的。第一声，是“愣了一下”，说：“谢谢！”这是汪晓东长期备受冷落，突然有人这样热情，他感到吃惊的表现。第二声连忙点了点头说：“谢谢！”作为嫌疑犯的他，心里已经有了暖意，有点激动和兴奋。第三声下飞机时，微笑一下，口齿清楚地说：“谢谢！”这是他本性的善良，感恩空姐没有用有色眼镜看他，他对以后的生活已经有了自信。第四声“谢谢！”结尾，汪晓东回过头来，郑重地对王志强说：“谢谢！”得到了王志强的表扬，就等于得到人民政府的认可，汪晓东对未来生活充满了希望。我们不难看出，作者围绕着“谢谢”写一个嫌疑人的心理变化，层层推进，尺幅之内写活了小说里的每个人物，高明！

《鹿禾评刊》编辑左军明撰文评价《镇秘》：

官场的事有时也就那么不可思议，但更多时候还是按正常出牌。小说创作尤其是小小说，只取一个截面甚至一个点，来达到出奇制胜的效果，歪打正着这一招数在创作中就显得特别有效。作品中更为难得的是，所谓的绩效参数，本着报喜不报忧或报忧不报喜的穿插运用，华子已经拿捏和掌握得十分精准和恰到好处，运用得挥洒自如，却偏偏因为稿子用反而得到了表扬，从这个侧面反映官风在变，开始接地气了。

广东惠州学院的学生曾文志在《刻在“星星”上的亲情密码——评津子围的〈半斤星星〉》一文中评价《半斤星星》。

津子围的小小说《半斤星星》主要讲述这样一个故事：一个叫大壮的父亲想在身患绝症的女儿病逝之前，满足她那呓语已久的想要“半斤星星”的愿望。可大壮晓得自己只是一介凡人，没法像传说中的大罗神仙一样手摘日月星辰，便只好默默地向无边无际的星空小声祈祷，祈祷上天能给他女儿送来“半斤星星”。结果还真就出现奇迹了，在那个“雾蒙蒙的深夜”，天降流星，天亮时大壮终于挖到了一颗将近半斤重的“烧煳了土豆一般的圆石”。他兴冲冲地将这天上掉下来的半斤陨石送给女儿，女儿也感动得落泪了。可直到女儿病逝后，大壮才发现女儿想要的“星星”其实并不是天上的星星，而是东北小兴安岭森林深处的一种叫“黑星星”（东北话）的植物果实。大壮这才明白，原来女儿是在深深思念着她那“寂寞地躺在小兴安岭的一片落叶松林里”的母亲。大壮最终为自己误会女儿心愿的行为而泪流不止……津子围主要通过象征和荒诞这两种叙事技艺完成的。他熟练地运用象征与荒诞两种叙事技艺在文本中造成反转式落差，借以窥视主人公大壮和女儿之间心意难通的精神困境，从而隐射当今社会大众家庭普遍潜在的亲情危机。但越是深入阅读，就越发感觉到作者在字里行间流露出一种宁静、和平、同情和感动的理想主义色彩，充满了对生命困境的思考和人文关怀。毫无疑问，津子围设下的这道刻在“星星”上的亲情密码给我们带来了深层次的情感体验与哲学思考。

是年，李帅在《当代东北作家群的研究向度与价值》一文中指出：

> “60后”作家为当代东北作家群的核心人物与中坚力量，风格冷峻，叙事冷静，如迟子建、孙惠芬、津子围等。[①]

是年，发表的相关评论文章有：张祖立和吴娅妮的《论津子围小说人物的身份意识》（《大连大学学报》第二期）、大连大学吴娅妮的硕士学位论文《对普通小人物精神的独特关照——论津子围小说的人物书写策略》、渤海大学郑会会的硕士学位论文《新时期文学视域下的〈鸭绿江〉研究》论及《国际哥》。

这一年是繁忙的一年，津子围筹备辽宁省委政协工作会议及庆祝人民政协70年系列活动，参加很多会议、调研考察及文学活动。

参加东北财经大学“东北经济振兴与管理创新论坛”并作主旨发言。参加东北财经大学“中国财经70年年会”。参加北京智库专家座谈会，参加夏季达沃斯会议和大连文化晚宴及“天津之夜”活动。参加在锦州举办的辽宁沿海经济带论坛。参加在长春及查干湖举办的东北三省一区政协主席联席会议。

参加上海进口博览会。考察江苏航天海鹰特种材料公司、费舍尔航空部件、美龙航空公司、江苏省产业技术研究院、科远自动化、正泰集团，参观桐庐县城市规划馆，考察荻浦村、环溪村，参观杭州国际博览中心，考察上海矿坑治理、5G场景应用等。参观辽阳博物馆、曹雪芹纪念馆、王尔烈纪念馆。

十月，随团去芬兰赫尔辛基和科科拉，拜会北中部应用科技大学，芬兰拉普兰食品股份有限公司在辽宁的“中欧食品工业园”项目。

前往法国马赛拜会普阿蓝大区薰衣草庄园。参加巴黎举办的辽宁—法国经贸合作交流会，拜会米其林公司。在巴黎，时隔多年，津子围再次光顾“莎士比亚书店”，书店几乎没什么变化，却觉得“时间流逝得了无痕迹”。

在韩国首尔拜访韩国希杰集团，参观文化项目。同“一带一路”研究院举办“中国‘一带一路’倡议与周边国经济合作”主题研讨

① 李帅：《当代东北作家群的研究向度与价值》，《沈阳工程学院学报（社会科学版）》，2019年第1期。

会，考察SK集团及韩国中小风险企业振兴会。

参加辽宁省作协重点扶持作品评审会和沈阳创作中心《沈水金兰》小说研讨会。为辽宁省作协骨干会员培训班作题为《新时代小说创作的几点思考》的专题讲座。

出席辽宁省作协十届三次全委会议。

二〇二〇年

五十八岁

本年津子围作品发表情况：

发表长篇小说1篇，短篇小说1篇，小小说4篇。

一月，长篇小说《十月的土地》（《小说月报原创版》中长篇小说专号）。

四月，小小说《鸟的寓言》（《百花园》第四期）。

五月，小小说《让座》（《辽宁日报》五月二十日）。

六月，短篇小说《隧道》[《大观（师陀小说奖获奖作品选）》第六期]。

十二月，小小说《大戏》（《小说月刊》十二月名家专号），小小说《金蛋》（《百花园》十二月创刊70周年特刊）。

本年津子围作品转载及收录情况：

小小说《让座》被《小小说选刊》第十三期转载、《小说选刊》第十期转载，收入杨晓敏主编的《2020年度中国作品·小小说》（现代出版社，二〇二一年一月）。

小小说《冬天的海峡》被《小小说选刊》第三期转载。

小小说《商店关门了》被《文摘周刊》十二月二十五日转载。

小小说《蓝莓谷》收入《过目不忘：50则进入中考高考的微型小说（7）》（上海文艺出版社，七月）。

小小说《半斤星星》《相遇》收入《过目不忘：50则进入中考高考的微型小说（9）》（上海文艺出版社，七月）。

小小说《二舅的儿子》收入卢翎主编的《2020中国微型小说年选》（花城出版社，二〇二一年一月）。

《勋章》《蓝莓谷》《相遇》《演讲》《半斤星星》《证人》《写作课》《谢谢》《冬天的海峡》等入选中高考模拟题、毕业考试题及学业水平考试题。

本年津子围获奖情况：

小小说《让座》获2020年善德武陵杯全国微小说精品奖。

这一年，因为疫情，津子围回大连的时间少了。疫情弹性工作期间没有停止工作，参加会议、陪同领导视察、组织调研编报信息，居家时整理往年度的日志，写了5个短篇小说：《疙瘩》《红色电话》《工伤》《勾芡》《大吉》。创作话剧《北上》并继续修改长篇小说《十月的土地》。下半年进入忙碌阶段，陪领导去北京、新疆、海南、广东等，日程很满，工作有序。

是年，发表的关于津子围的文学评论有：贺颖的《镜像：存在与虚无——津子围小说作品中的精神重构策略》（《当代作家评论》第四期）、吴玉杰和王雨晴的《津子围短篇小说叙事模式研究》（《大连大学学报》第五期）、贺颖的《一个神秘主义者的文学"创世"启迪——关于津子围小说集〈带着雪山旅行〉》（《鸭绿江》第六期）、王雨晴的《津子围"旧事题材"小说与东北文化》（《芒种》第十二期）。东北师范大学刘政达的硕士论文《新世纪〈当代〉小说的个体伦理转向》（五月）论及津子围的小说《谁最厉害》《大火》。张祖立和吴娅妮的《论津子围小说人物的身份意识》、贺颖的《镜像："存在与虚无"——津子围小说作品中的精神重构策略》收入韩春燕主编、周荣副主编的《啄木守望与提灯照亮：文学辽军点评录》（辽宁美术出版社，十二月）。

是年，东北师范大学赵莹的硕士学位论文《夹缝中成长的少男少女——新世纪少年成长小说研究》中专论中篇小说《谁爱大米》。

> 津子围中篇小说《谁爱大米》叙述了一个少女血腥残酷的成人仪式，少女于性的疼痛中成长。表姐辛宇红对待感情三心二意的态度影响了宁兹自身对于爱情、对性的认知，为了得到一款几百元的MP3，不惜出卖纯洁的身体来换得金钱，在同金钱欲望的交战中彻底沦为奴隶。小说最后写道："这时，宁兹突然感到，自己仿佛是一个绿色的树杈，被人一下子撕裂开了……"津子围在这里一语双关，既指少女童贞的失去，也指少女童真的逝去。宁兹就是一个准成长型的成长主人公，未能抵抗成长的诱惑，丢失成长的契机，成长被无限期延宕。然而只要宁兹打败自己的"心魔"，学会对

成长中的诱惑说“不”，成长的曙光就会降临到她的身上。《圣经》记载耶和华造人的故事，亚当和夏娃生活在平静祥和的伊甸园中，阴险的毒蛇引诱夏娃偷吃了智慧树上的禁果，夏娃又把禁果给了亚当，人类开始有了智慧。若是没有毒蛇的引诱，亚当和夏娃依旧在伊甸园中幸福快乐、无忧无虑地生活着。有些成长引路人由于自身观念的畸形与偏激，与少年相遇后就像一条毒蛇一样引诱少年走上歧途，打破少年懵懂无知的白纸状态，使其沦为受欲望驱使的奴隶。

这一年津子围的精力集中在话剧《北上》的创作与修改工作中。二月，开始创作话剧《北上》，剧本提纲征求导演王晓鹰和评论家马也、宋宝珍的意见。三月十日辽宁省委宣传部讨论《北上》提纲。七月去丹东实地考察民主人士登陆地—撮毛、浪头镇，去庄河王家岛镇考察民主人士登陆地，参加传承延安鲁艺精神繁荣文化事业专题协商会议。九月五日在上海与导演陈薪伊讨论剧本《北上》修改事宜。十月，辽宁人民艺术剧院开始排演话剧《北上》。十一月二十二日完成排演前剧本修改。

这一年年初，在辽宁省政协十二届四次全体会议上满票当选辽宁省政协常委。六月，在辽宁省人民政协理论研究会第二届大会上，当选副会长兼秘书长。年底，提名辽宁省政协副秘书长。十二月，在辽宁省作协十届四次全会上当选辽宁省作协副主席。

社会活动方面，十月陪同领导去新疆兵团第八师石河子市、塔城地区巴克图边境警务站、巴克图口岸国门、塔城地区高等职业技术学院、额敏县（兵地、辽阳）工业园区、兵团第九师小白杨中学等地交流考察。十一月陪同领导考察三亚市凤凰岛国际邮轮码头、崖州科技城、深海研究所、南繁育种基地，参加海口中国（海南）改革研究院论坛。考察广州市佳都科技公司、科大讯飞公司、小马智行、霍英东研究院科创中心，东莞市华为小镇、松山湖科技产业园、散裂中子源科学中心等，惠州市仲恺高新技术产业开发区、大亚湾等，深圳市中国国家基因库暨华大基因，参观广东省改革开放40周年展览。

政策建议被收入2020年国务院研究室《人民至上——来自两会的声音》（中国言实出版社，六月）一书。

二〇二一年

五十九岁

本年津子围作品出版情况：

一月，出版第15部长篇小说《十月的土地》（湖南文艺出版社）。

本年津子围作品发表情况：

发表小小说1篇，话剧剧本1部。

七月，小小说《鹊起》（《辽宁日报》七月二十一日），话剧剧本《北上》（《鸭绿江》第七期）。

本年津子围作品转载及收录情况：

小小说《鹊起》被《小说选刊》第九期、《小小说选刊》第十六期、《作家文摘》八月十七日转载，收入杨晓敏主编的《2021中国年度作品·小小说》（现代出版社，十二月）和任晓燕、秦俑编选的《2021中国年度小小说》（漓江出版社，十二月）。

小小说《大戏》被《小小说选刊》第一期转载，收入秦俑主编的《2021中国小小说精选》（长江文艺出版社，十二月）。

短文《落雪成诗》《守护》收入《世纪芳华》（春风文艺出版社，三月）和《2021辽宁文学散文报告文学卷》（春风文艺出版社，十一月）。

本年津子围获奖情况：

话剧《北上》文学剧本获《鸭绿江》文学奖特别奖。

长篇小说《十月的土地》获首届鲁艺文艺奖文学大奖。

这一年对于津子围来说，有两部作品受到多方关注，分别是话剧《北上》和长篇小说《十月的土地》。

话剧《北上》以海上护送民主人士北上“协商建国”为主题和基本场景，以我敌双方“护送”与“反护送”的明暗斗争为主线，以祝华生、陶兰、陶家鑫三位主人公爱恨情仇交织演进为副线，突出展现中共基层党员的初心与使命、著名民主人士在“北上”历程中对道路和光明的选择。

话剧由辽宁人民艺术剧院排演，二〇二一年演出20场，受到观众和专家的高度评价。专家认为本剧是具有史诗性、高品质的红色经典大戏。

七月一日，作为辽宁省唯一一部入选中宣部庆祝中国共产党成立100周年优秀舞台艺术展演剧目，在北京演出。

七月五日，话剧《北上》作为全国政协机关党史学习教育活动在全国政协礼堂专场演出。中央政治局常委、全国政协主席汪洋出席观看并会见话剧主创人员。

十月十四日参加上海国际艺术节，上海市政协作为党史学习教育活动，组织上海市政协观看演出。

十月二十日《北上》参加第十七届中国戏剧节在湖北大剧院演出，湖北省政协作为党史教育活动专场观看演出，获得第十七届中国戏剧节优秀剧目奖，获得第五届华语戏剧盛典十佳作品奖。

与此同时，广播剧《北上》由沈阳广播电视台“沈阳原创基地”制作，中央广播电视总台音频客户端云听APP、喜马拉雅、云盛京、蜻蜓FM等头部音频平台及城市电台向全球全网播出，入选中宣部国家广电总局庆祝中国共产党成立100周年优秀广播剧展播活动推荐剧目。

陕西省艺术研究院院长丁科民认为话剧《北上》具有“史诗品格，正大气象”。

> 该剧展现的是特定时空和历史节点发生的关乎民族命运的重大历史事件，映射的是时代风云变幻和民族发展走向的重大主题，正是这种重大的历史节点、历史人物、历史事件，赋予该剧堪称史诗的历史品格……该剧充分运用了象征性的艺术手法，很好地拓展和深化了主题思想。剧名具有象征性，《北上》既表明了方向性，也体现出了行动性。巨轮作为一种意象，更象征着历史的巨轮、时代的巨轮、民心的巨轮、国家的巨轮。这个巨轮，搭乘的是众多的民主人士，承载的更是人心向背和民族希望。作为一部红色题材的史诗性作品，该剧特别注重作品的诗性品格，除采用象征性的表现手法外，创作者力求在写实的空间增强作品的写意性，在

采用现实主义表现手法的同时，增强作品的浪漫气息，在紧张的人物关系对峙中，体现出蕴含希望与哲理的诗性表达。该剧人物众多，身份多样，在表现上有一定难度，但却个个性格鲜明，形象生动，有血有肉，栩栩如生。这主要得力于编导演对人物精神气质的准确把握，以及利用冲突、细节等艺术手段对人物的精心刻画。[①]

胡海迪认为：

从艺术效果来看，反衬之法具有强大的张力，往往会给观众留下难忘的印象。《红楼梦》中粗俗的公子哥薛蟠初次见到林妹妹居然“酥倒在那里”，突出了黛玉的美；电影《莫扎特》的叙述视角，从那个心理阴暗、嫉妒成性的平庸音乐家瓦莱里出发，莫扎特的绝世天才更显非凡。《北上》也采用独特的视角，背面傅粉，注此写彼，展现陶家鑫的内心纠结，给共产党取得全面胜利的大趋势增加了一个角度独特、效果强烈的注脚。[②]

李娜认为：

《北上》在夯实历史史实的基础上，构建出人物与人物之间多向性的矛盾冲突，在错综复杂的人物关系和戏剧冲突中始终坚持贯穿表达一个主题思想，形成密而不乱、层次分明、节奏紧凑、多线并进的戏剧结构。通过情节设置和人物关系的变化，构建出有力量、有层次感的戏剧结构。[③]

是年，《北上》文学剧本获《鸭绿江》文学奖特别奖。评委会给

① 丁科民：《第十七届中国戏剧节剧目快评：史诗品格　正大气象——辽宁人艺话剧〈北上〉简评》，《中国戏剧杂志》，2021年10月27日。
② 胡海迪：《话剧〈北上〉：承载历史的艺术远航》，《新世纪剧坛》，2021年第4期。
③ 李娜：《新时代红色题材戏剧的艺术生成——解读话剧〈北上〉的创作路径》，《艺术广角》，2021第6期。

予《北上》的授奖词是：

> 巨轮轰鸣，心弦拨动；披荆斩浪，心有所向……《北上》是一幕浩荡雄浑的革命史诗，是一曲情深义重的归去来辞。面临千钧一发，面对生死一线，彼时的拳拳爱国之情，化作今日的深深赤子之心。言语之内，台词之外，恢宏的时代与个体的觉醒，丝丝入扣，微观进每一个角色的心底与神经。昏晓之际，明暗之间，浅吟低唱难掩英雄胆，刀光剑影化为绕指柔。肃穆的，高贵的，圣洁的，庄严的，一切的一切，在精湛的舞台美学中联翩绽放，激荡在1948年下半年那一颗颗初心里，镌刻在1949年上半年那一句句誓言间——“我与人民宏愿在，及身要见九州同”。有鉴于此，特授予年度特别奖。

张弛在《红色题材作品如何“抓人”——从话剧〈北上〉的悬念和危机谈起》一文中分析了话剧《北上》的悬疑元素：

> 悬疑元素的加入无疑是创新之举，尽管这是一部主旋律的作品，但可以看出，创作团队还是希望尽可能地把故事讲得“抓人”，为配合现代观众的欣赏习惯——像众多已经取得成功的侦探小说那样，主创构建出一个密闭的空间，在形形色色的人物悉数登场后，立刻抛出了“谁是夜莺”的总悬念，将观众置于“急切期待的心理状态”之中。整个开端迅捷、有力。[①]

在《文艺报》十二月十六日发表的《习近平总书记重要讲话在作代会代表中引起热烈反响》一文中津子围说：

> 习近平总书记希望广大文艺工作者心系民族复兴伟业，

---

① 张弛：《红色题材作品如何“抓人”——从话剧〈北上〉的悬念和危机谈起》，《上海戏剧》，2021年第6期。

热忱描绘新时代新征程的恢宏气象。去年，我们创作了以中共中央护送民主人士"北上"东北解放区"协商"建立新中国的话剧《北上》，演出后受到观众和专家的高度评价。《北上》所反映的主题在新时代，对于广泛凝聚社会各界共识，共同致力于中华民族伟大复兴具有重要现实意义和深远历史意义。下一步，我要把讲话的精神学习好、贯彻好、实践好，将话剧《北上》的创作延展到其他艺术形式，把文学创作融入到民族复兴的伟大历史洪流之中。

长篇小说《十月的土地》受到评论界的广泛关注和热评。截至本书出版，发表的评论有陈晓明的《土地始终是本质性的存在》（《光明日报》二月十日）、岳雯的《打开"东北"的"泥土性"》（《工人日报》二月二十一日）、韩春燕的《土地上的传奇》（《中华读书报》二月二十四日）、王春林的《评津子围长篇小说〈十月的土地〉》（《长城》第二期）、贺绍俊的《东北土地的魂魄书——津子围〈十月的土地〉人物析》（《当代作家评论》第二期、《文学报》五月二十七日）、付秀莹的《土地一般的厚重品格》（《文艺报》四月七日）、李一鸣的《身与心的生生不息》（《中国新闻出版广电报》四月三十日）、程光炜的《致土地的诗》（《南方日报》五月一日）、项静的《看〈十月的土地〉如何写土地的道德》（《中国出版传媒商报》五月十四日）、宴杰雄和陈璐瑶的《执守大地的温情与温暾——读津子围长篇小说〈十月的土地〉》（《中国图书评论》第八期、《中国出版传媒商报》六月二十五日）、王平和周悦三的《〈十月的土地〉：东北地方的历史低语》（《当代作家评论》第六期）、张学昕的《家族小说的别样叙述——读津子围〈十月的土地〉》（《出版人》第八期）。

陈晓明认为：

津子围潜心多年，突然出手很不寻常，《十月的土地》里的津子围更加老到，历史文化视野更广阔深沉。这部小说以一个因患霍乱游走在生死边缘的孩子的视角开始了对一段恢宏壮阔的民族历史的书写。事实上，这段历史已经被无数作家书写过，那些国家危亡之中的民族大义，那些战争年岁里的人情冷暖，那些混乱时代里的是非黑白，每一个优秀作家都有自己的一副笔墨，都足以将这些主题描摹得跌宕起伏，其中当然不乏发人深省的经典之作。《十月的土地》似乎有明知不可为而为之的勇气，但换个角度看，这何尝不是津子围的正义，书写的正义，更是他观察与认知历史的正义……小说真正的灵魂依然落脚于这块土地的歌唱，赞歌或挽歌，浸透着革命历史的血泪，也洋溢着民间智慧的灵晕。这种血泪和灵晕组合下的土地的内在性灵，才是这片土地上的人们真正的生存本质。《十月的土地》在这样的意义上并不是不必要的重复之作，而恰恰是再一次向文坛证明，那些历经风霜洗礼依然肥沃的土地，有着多么深沉的内在本质与慷慨悲歌。①

程光炜认为：

《十月的土地》以民国初年到抗战几十年的风云历史为背景，选择东北某地章姓家族两代人的故事，叙述了历史巨变中家族结构的逐渐衰微。在这一过程中，在所难免的是兄弟反目，两代人冲突，人性的丑陋，等等，但就在这幕历史壮举中，章文德、章文智的感人形象也跃然纸上，引起读者普遍的注意。作为小说历史框架，民族危亡、家族衰微和各种斗争，尽管是它内在的骨架，但萦绕其中，各种人物精神眷念的，还是他们对于这方土地至深的感情，所以，称之为“致土地的诗”，是恰如其分的……我们所说的“致土地的诗”，这不是一个空洞的概念，而需要突变的历史风云、家族剧变引起的阵痛、人物的一言一行，乃至这种十分鲜活的环境描写和氛围勾勒去实现。而《十月的土地》在这方面的

① 陈晓明：《土地始终是本质性的存在》，《光明日报》，2021年2月10日。

功力和表现，是很突出的。[①]

岳雯认为：

津子围的《十月的土地》贯穿了从民国初年到抗战时期几十年的历史，以家族史的叙述方式，聚焦于人与土地的关系，打开了“东北”形象的另一种面向……另一种现代性还意味着，不以单一的地理、行政单位和封闭的空间作为想象“东北”的限定性框架。“东北”的复杂性正在于，“它并非孤立于其他文明，也并不只是几个民族国家相互交叠的边缘地区，这个地域在历史上联结了多个亚洲社会。边疆和周边社会的互动，同时是内向的吸收和外向的扩散，正是这种多边互动（交往、融合、对立、冲突），不断改变着该区域，既让它成为20世纪前期东亚最为“现代”的地区之一，也让它在冷战后全球资本主义体系重塑过程中逐步衰退。无论是在小说中影影绰绰出现的俄国军警，还是鬼鬼祟祟勘察土地并给人们带来深重灾难的日本人岩下，抑或是对于章秉麟发家史的种种猜想，无不将“现代”的发生置于全球的视野中，指认为多重合力的结果。因此，我们有理由相信，《十月的土地》是破除人们刻板的“东北”印象，历史化与内在地理解“东北”的一个重要尝试。[②]

项静认为：

津子围长篇小说《十月的土地》是常见的史诗式长篇小说的写法，时间上横跨民国初年到抗日战争胜利近五十年的历史，以家族史的方式进入东北寒葱河章家的复杂时空。小说以认同的方式理解了章家大院及其周围的现实种种，生命种种，在时代巨变和谋取生存中，他们有的保有天真和

① 程光炜：《致土地的诗》，《南方日报》，2021年5月1日，第8版。
② 岳雯：《打开“东北”的“泥土性”》，《工人日报》，2021年2月21日，第3版。

锐气，有的世事洞通躲避尘世，有的举身赴死、守护重建家园，最动人的是最爱之人彼此之间的等待和契约，饱含着艰难离散中的人间况味……苇岸在《大地上的事情》中提到过，在中国文学中人们可以看到一切，诸如聪明、智慧、美景、意境、个人恩怨、明哲保身等等，唯独不见一个作家应有的与万物荣辱与共的灵魂。《十月的土地》这部小说中充溢着各种农事诗的组成部分，举凡寒葱河、莲花泡的风物人情、民俗民谣、传说逸闻都扎实地作为故事的诞生空间而存在，它们不是花饰和噱头，而是信手拈来一般构造着章家大院的日常生活，尤其是人们的生活秩序和精神世界，建筑着时间之河中的尊严和厚德。这种写作方式是对土地的道德的遵循，是对远去的农业文明最深切的重新造型，也是这部作品最为显明的叙事重点。在迄今为止形成的各种道德中，土地的道德是人际道德的一种延伸，就是把人类在共同体中以征服者面目出现的角色，变成这个共同体的一员和公民，它暗含着对每一个成员的理解和尊重，尤其是对这个由土地上的万物与人群组成的共同体的尊重。①

韩春燕认为：

小说有骨有肉也需要有灵魂。这部作品通过对章秉麟、章兆仁、章文德等人物的刻画，深入探讨了人与土地的关系。小说两次写到土能生人的场景，一次是开篇章文德得了霍乱，埋在土里活过来，一次是章文德把死过去的章文海埋在土里救活过来。土生万物，也可生人，小说写透了农民对土地的感情和土地对农民的意义。《十月的土地》既是东北文学的收获，也是中国当代文学的收获，它贡献出了一幅壮丽宏阔的东北历史画卷，也贡献出了一部兵荒马乱中的大地传奇。①

① 项静：《看〈十月的土地〉如何写土地的道德》，《中国出版传媒商报》，2021年5月14日。

王春林认为：

举凡是优秀的长篇小说，大约总少不了对人物形象相对成功的刻画与塑造。很多时候，一个作家对人性世界的理解、挖掘与勘探，只有通过人物形象的刻画塑造才能够得到充分的体现。具体到津子围的这部《十月的土地》，在摹绘历史风云，展示章氏家族内部矛盾冲突的过程中，值得注意的一个方面，正是对若干人物形象的成功勾勒与塑造。说到作为土地精魂或者土地化身的章文德，小说中的这样几个重要细节，无论如何都应该引起我们的高度注意：一个是在章兆仁被章兆龙要挟诱骗，被迫答应让章文德去百草沟金矿接替章文礼临时“稳定军心”的时候。那个时候的章文德，明明身为“大掌柜”，但却仍然把全部精力都不管不顾地投入到了开荒种粮的事业之中……另外一个是，即使章文德不幸被“土匪”——其实是被姜照成与张胡他们——“绑架”为人质，他也竟然能够置个人的安危于不顾，一心一意地继续侍弄他所心心念念的土地。就其对土地的深情眷恋来说，章文德其实是一个难能可贵的理想主义者。唯其坚执于土地，一直对土地不离不弃，所以我们也才可以把这样的一个人物形象，看作是土地上一个不屈的精魂或土地的化身。②

付秀莹认为：

小说纵跨民国初年到抗战时期的近半个世纪的历史长河，视野开阔，有历史纵深感。而独特的民间视角，赋予了作品新的审美维度和思想厚度，从民间山野看历史风云变幻，别有意味。小说中，流淌着东北土地特有的淳厚气息，诸多民间歌谣、俚语小调、风俗人情，传递出根深叶茂的传统的力量，野生的蓬勃的草根的力量，正如同肥沃丰厚的土

① 韩春燕：《土地上的传奇》，《中华读书报》，2021年2月24日，第11版。
② 王春林：《评津子围长篇小说〈十月的土地〉》，《长城》，2021年第2期。

地，春去秋来，生生不息，生生不已。土地根性与民族血脉，传统品格与民族精神，应该是一脉相承、息息相通的。小说深刻地抓住这一点，有力地发掘开去，为我们描绘出一幅大河奔流一般如歌如泣的历史长卷，雄浑壮阔中有细微草芥之美，大开大合间可闻低沉的呼喊和叹息。《十月的土地》是当下现实主义创作的重要收获。以历史观照当下，以历史昭示未来。关于新时代与现实主义之间的关系，关于赓续传统与创造性新变之间的关系，我们或许能从这部作品中获得更多启迪和思考。①

贺绍俊提出：

我得承认，这是一部只有在东北土地上才能长出来的文学作品，也是只有一位作家对东北这片土地有着深刻体验才能写出来的文学作品。小说非常形象地描绘了东北地域在中国现代化进程中最初始时刻的原生状态，围绕人与土地的关系书写东北历史风云和人物命运变迁，是一部关于东北土地的魂魄书……小说中对东北神秘文化多有描述，我们读到“章秉麟从章文德的躯体里钻出来，漂浮在半空中”时也不会觉得突兀。其实，东北神秘文化就是在东北土地上生长起来的，它飘散着土地魂魄的精气。这种精气也萦绕在津子围的笔端。但在小说结尾，津子围让沉睡在章文德身体内的章秉麟的魂魄醒了过来，他想到这样一个问题，人的魂儿被身体囚禁，而人的身体却被大地囚禁着。“说到底，无论你怎么折腾，永远都离不开脚下的土地，土地不属于你，而你属于土地，最终身体都得腐烂成为泥渣，成为了土地的一部分。”这段话不是分明要把小说精心编织起来的一本土地的魂魄书要解构掉吗？或许这才是这部小说的真正用意。①

① 付秀莹：《土地一般的厚重品格》，《文艺报》，2021年4月7日。

刘大先认为：

这是一部具有多重阐释空间的小说，因为它情节复杂、人物众多，比如大家庭中的钩心斗角与现代情感结构的变异，东北地方性风物、饮食、信仰、风俗与民间智慧，抗日战争中官方、共产党、苏联人、土匪、汉奸、乡绅、农民等各方力量的复杂性，边疆地带满汉朝鲜等民族的交融、个体在乱世中的微渺与坚韧、普通民众由蒙昧到自觉的成长过程……任何一个角度切入都可以进行纵深的讨论，但无疑对于土地的感情与依赖是其最为突出的部分。小说中引用的大量农谚令人印象深刻，这些农谚从章兆仁一直到他的孙子章廷喜和章廷寿那里代代相传，朗朗上口，实际上是对于土地情感的传承与延续，也是乡土中国的根性所在。[②]

张学昕认为：

在我看来，津子围实际上秉承着一以贯之的写作姿态。他以一个现实主义作家高度的自觉，去勘探历史中一粒粒尘埃的故事，不动声色，以悬置的姿态让历史说话，让人物说话，力求去还原真实的人性，真实的历史。作为一部家族小说，《十月的土地》是优秀的……进入90年代，面对文化全球化所带来的前所未有的“身份焦虑”，家族小说呈现出浓郁的“恋家”情结，有着强烈的民族文化忧患意识和民族精神的重建情怀。从这一点来看，津子围的创作同样也是时代精神的折射。同时，津子围又能够发出自己独特的、具有强烈辨识度的声音。他对家园意识的肯定和张扬，无疑为当代家族叙事增添了新的写作维度。[①]

① 贺绍俊：《东北土地的魂魄书——津子围〈十月的土地〉人物析》，《当代作家评论》，2021年第2期。

② 刘大先：《身与心的生生不息——长篇小说〈十月的土地〉中的精神诉求》，《当代作家评论》，2022年第4期。

李一鸣认为：

作者满怀激情，对这片土地之下的精神进行了执意探究，显示出创作审美的辨识度，以及一个作家创作的文学思想深度。正是在这样的深度之内，才有了这样一个家族，从只为一家之利的开疆辟土，到面对倭寇时惊天地泣鬼神的守家卫国，世代生活在这片土地上的章家人，这个于时代跌宕中正不断出现危机的大家族，在此刻民族危亡的生死关头，面对铁蹄践踏之下伤痕累累血泪横流的土地，家族的私怨悄然后撤，取而代之的，是这片土地上从未消逝的生命激情，是这片土地供养的人民血液中从未泯灭的血性，是对倭寇的同仇敌忾，是面对强敌的无畏无惧与矢志不渝，与血与泪浸透了的生生不息。[2]

晏杰雄认为：

在艺术上，小说亦显精湛和本色。譬如叙事上主要采取内视角，而且视角切换繁杂、迅速，将各个人物的性格与心理活动细致地展现出来。作者安排章文德作为主要视角的承担者，在第一章利用他的记忆“闪回”，引出了对章家主要成员的介绍，家族主要人物悉数上场，用俭省的笔墨勾勒出一批有个性的人物，如章文智喜欢钻研、学识丰富的形象，章秉麟“神秘、古怪、和善”的脾性。此外，语言具有贴近底层劳动人民的“野味儿”，质朴，生动，富有生气。信手拈来的大量农谚、歌谣、俗语、黑话，对农家用具、房屋、耕作细节的内行描述，都说明作者在前期有深厚素材积累，才得以创作出真正具有底层温度的人民文学。[1]

① 张学昕：《家族小说的别样叙述——读津子围〈十月的土地〉》，《出版人》，2022年第8期。
② 李一鸣：《身与心的生生不息》，《中国新闻出版广电报》，2021年4月30日。

王平、周悦三认为：

《十月的土地》可谓是一部厚重的东北地方文化史。小说叙述的是20世纪20—40年代的中国历史图景，在其所体现出的新旧观念冲撞、农耕与现代化的冲突之外，涉及了对东北风俗的大量描绘。俚语小调、地方历史、民间传说的大量运用，透露出了津子围试图建立自己东北记忆的思想线索，在其流畅、掷地有声的叙述中，将东北丰富的民间资源呈现在我们的视野中。津子围《十月的土地》抓住了那个年代最核心的本质的东西，那就是“土地”与“人”。无论是社会变革还是家族争斗，这两者都深处旋涡之中，这是所有关系的核心。可以说津子围一直都坚守着他对“人”的精神探索。即使《十月的土地》回归东北这片故土，书写东北地方的精神、文化、历史，但东北土地并未将他局限，津子围所发出的对土地与人的精神的思考，对家族史与革命史的讲述，仍然立足于更高的文化视点，既是东北地方的历史低语，又书写了整个人类的历史记忆与情感。面对津子围这样的作家，我们值得对他的创作报以温暖的关注与期待。[②]

郑思佳提出：

作品中，津子围用东北方言建构了一个具有浓郁“东北气韵”的语言场域，东北方言与津子围“埋身底层”的低姿态视角，营造出了生动的乡土气息。东北的乡土记忆、民间风俗与东北人的典型形象都在作者建构的方言场域中抖擞重生。《十月的土地》将富于东北特征的乡土经验、充满情感纠葛的家族命运、饱含曲折痛苦的生命历程扭结交错，揭露被现代性剥离侵入时代的“罪与罚”。同时，津子围从“土

① 晏杰雄：《执守大地的温情与温吞——读津子围长篇小说〈十月的土地〉》，《中国图书评论》，2021年第8期。
② 王平，周悦三：《〈十月的土地〉：东北地方的历史低语》，《当代作家评论》，2021年第6期。

地”出发潜入东北历史与灵魂的深处，既指摘内省，又讴歌认同，既审视历史幽微，又放眼现实未来，以东北人率真、仁义、坚韧、豪放的精神内核，抵御东北历史的残酷创伤，建构了一个以东北精魂为生长点的东北文化形象，为激活和重拾民族国家和东北地域的文化认同提供了精神参照。[①]

《十月的土地》出版后引起图书市场的积极反响。[②]上海、成都、西安、长春等地图书馆积极推荐。根据《十月的土地》改编的有声书《游魂家族》在中央广播电视台“云听”及“喜马拉雅”“蜻蜓”“云盛京”等平台全本上线，仅“云听”的阅听量就突破25万次。

三月二十四日，辽宁文学院主办“地域·民族·历史——长篇小说创作三人谈”公益讲座，著名作家老藤、津子围、刘庆，讲述如何从地域性、民族性与历史变革的角度，结合自身长篇小说的创作经验，从创作起点、结构设置等方面展开对话。津子围认为《十月的土地》是一部具有地道东北味儿的长篇小说，小说叙事贯穿了民国初年到抗战时期的历史，讲述了东北章家三代农民在重大历史变迁中所经历的爱恨情仇、悲欢离合。小说深切地探究了人与土地的关系，以期还原一个真实的东北和东北人群体，通过追寻土地的精魂来确认土地的道德。津子围还从“历史是时间留下的基因碎片”“民族融合的文化记忆”“自然性与现代性的文学表达”三个方面表达了自己的创作立场与文学观念。

十月十七日上午，由辽宁大学文学院主办，辽宁文学院、芒种杂志社等协办的系列活动“明德学堂——当代作家进校园”在辽宁文学会客厅举行。活动由辽宁大学文学院副教授李东主持，主讲作家津子围携其长篇小说《十月的土地》，与辽宁大学师生、与会专家进行了交流。津子围以深厚的文学底蕴和丰富的创作经历，结合新作《十月的土地》的创作实践，就创作初衷、创作理念等问题进行了分

① 郑思佳：《唤醒东北土地的历史精魂——论津子围〈十月的土地〉的东北书写》，暂未发表。

② 傅小平：《在北京图书订货会上暴走三天后，我们发现了这些大放光彩的书》，《文学报》，2021年4月2日。

享。他指出深入“东北”是东北作家的责任与担当，是推动东北全面振兴全方位振兴的积极姿态。同时，他从时间性、空间性和价值性三个方面分享了他在《十月的土地》写作过程中的理性思考。辽宁大学文学院教授、作家刘庆，芒种杂志社社长张啟智，辽宁文学院副院长周荣，《艺术广角》主编张立军，辽宁大学文学院教授吴玉杰，辽宁大学文学院教授刘巍，辽宁大学文学院副教授谢中山，文学院副院长侯敏副教授，文学院中文系主任孙佳副教授和中国现当代文学教研室主任胡哲围绕《十月的土地》的人物性格内涵、抗战题材思考、东北地域特色等方面进行学理性开掘，学生与主讲嘉宾也进行了学术交流。

十月二十一日至二十二日，由辽宁省作家协会、大连大学、辽宁文学院主办，大连大学科研处、人文学部、文学院承办的“津子围小说创作研讨会”在大连举行。来自北京大学、南京大学、吉林大学、沈阳师范大学、中国社会科学院、东北大学、大连理工大学、辽宁师范大学、辽宁大学、大连大学、辽宁省作家协会、辽宁文学院，《当代作家评论》《长篇小说选刊》《文艺报》《芒种》《鸭绿江》等单位的20余位专家学者围绕“农耕文明与现代文明的双重反思”“家族叙事的延续与超越”“探索边地文学创作的可能性”三个主要议题展开讨论。

孟繁华认为，津子围抓住了中国乡土社会的本质，思考中国社会与中国人的人性等重要问题。小说以“土地与人”之间关系为核心内容，由此可见，这部小说具有大作品的品格。

韩春燕认为，《十月的土地》在缅怀农耕文明的同时，也清晰地反思了这种文明形式，为它奏响了一曲乡愁式的挽歌。

陈晓明认为，《十月的土地》的叙事时间正是中国农耕文明向现代文明过渡的转折期，而津子围在这部小说中呈现了这两种不同文明形式之间的碰撞。

张福贵提出，《十月的土地》是“最具真实性的魔幻现实主义”，这部作品通过人性的展示来描摹历史和东北。在整个作品中章氏家族的命运变迁，以及它所展示的宗法伦理与复杂人性，都具有深刻的历史感，避开了以往熟悉的文学表达，也避开了当下流行的抗日题材剧的模式，在展示历史、展示人性、展示民族的过程中，这部作品独具一格。

王彬彬指出，有两样东西是中国文学所特有的，一个是家族，另一个是土地。这部小说是整个大的文学谱系中的一环，为家族小说谱系增加了新的人物形象，增加了新的价值观念，增加了新的反思角度。

徐刚认为，今天，农民在城市化的推进下疏离了土地，这是历史的必然性所致，在这一历史背景下，我们该如何思考中国最后一代农民的生存与命运。

行超认为，《十月的土地》是一个具有整体性与历史纵深感，在空间和时间上都非常阔大的题材。同时在细节处理上又富有特色，整部小说可谓打通了轻与重、虚与实的关系。

梁海认为，《十月的土地》表现出一种向现代的回归，其中提到很多传统，以及对这种传统的道德预设。“我觉得《十月的土地》作为一部家族小说，具有非常大的突破性。”

翟永明认为，小说表现了在时代洪流的冲击下，章文德无法守住土地，这意味着田园牧歌式的生活理想最终会破灭，这种情感倾向实际上是作家为传统农耕文明谱写的一曲挽歌。

宋嵩从东北历史与东北文化的角度指出这部小说的独特价值。

此外，吴金梅、张红翠、邹军、陈镜如等都对《十月的土地》进行了中肯的分析和评价。

近年来，东北再次成为文学书写的重要表现对象，而东北文学也相应地成为学术研究的显学之一，本次研讨会也关注到《十月的土地》中的东北书写及其独特价值。

刘小波在二〇二一年长篇小说综述中评价津子围的《十月的土地》：

> 也是书写大时代背景下小人物的生存状态，作品以1920—1940年代为背景，从家庭里的妯娌争端、兄弟反目开始书写，转向抗战故事。原本岌岌可危的家庭关系更加脆弱，家族兄弟在民族生死存亡的关键时刻，对入侵者奋起抗

争，反映了全民族奋起抗争的历史风貌。[1]

十二月，长篇小说《十月的土地》获得沈阳广播电视台主办，芒种杂志社等承办，中国现代文学馆、小说选刊杂志社协办的首届鲁艺文艺奖文学大奖。评委会给予津子围《十月的土地》的授奖词是：

亦如黑土地的厚重、磅礴与生机，津子围历时8年精心打造的长篇小说《十月的土地》，以独特的视角、虔诚的姿态、内敛的叙事，书写了如歌如泣的东北生活画卷。它是东北的《白鹿原》、小说版的《闯关东》，是十四年抗战历史修正后的活化印证。深情、坚忍、诗性、凛然以及革命的热血与民族的荣光，在近代中国复杂的纹路中开掘出传统农民在新中国的新生，是一部波澜壮阔历史背景下追寻土地道德的史诗之作。有鉴于此，特授予《十月的土地》首届鲁艺文艺奖长篇小说奖。

津子围的获奖感言是：

非常荣幸能获得首届鲁艺文艺奖长篇小说奖，我知道，还有许多作品可以当之无愧地领受这一荣誉。早在上个世纪80年代，我就萌生了为东北写一本书的想法，40年来这个梦想一直持续着，作为中国作协重点扶持作品、辽宁省“金芦苇”重点工程项目，《十月的土地》艰难地写了8年，最终，它带着泥土气息呈现出来，算是一个写作者对故乡的感恩和回馈！人民是文艺的母亲，鲁艺精神就是植根人民的文艺创作精神，从这个意义上说，鲁艺奖将是我今后创作的一个新的起点，也时刻提醒我将自己的写作根植于脚下的土地，扎根于这个蓬勃的时代。

① 刘小波：《时代漂浮的“尘埃”与落在个体身上的“大山”——2021年长篇小说综述》，《长篇小说选刊》，2022年第1期。

小小说《鹊起》获得“中国小说学会2021年度好小说”称号，“金麻雀网刊2021年度优秀小说”称号，入选“杨晓敏一个人的排行榜”。

杨晓敏发文评价小小说《鹊起》：

很喜欢小说的一种叙事手法叫伏笔与照应。故事的前半部分打下一个或数个伏笔，以一种若隐若现的提示进行铺垫和推进，在后半部分自然而然地做出一一照应，犹如曲径通幽时的柳暗花明。对于故事本身来说，内在逻辑由此连贯无隙，人物形象和性格渐次丰满起来，文气有弹性有节奏，显得自然流畅，妙趣横生，阅读起来读者的参与感强。津子围的《鹊起》正是借助这一叙事手法，向读者展示了两位老人的黄昏生活。《鹊起》几乎通篇以对话的形式展开叙述，伏笔隐匿于对话之中。两位老人——老庞和苏颖奶奶，常年在公园一角的木椅上坐着，有一搭无一搭地闲聊，基本上是自说自话，前言不搭后语，在彼此孤寂的晚年生活里，心曲相通，互诉衷肠。彼此互相接受误会，以慰对方。男女把大半生的经历——青春、爱情、事业以及酸甜苦辣之味，生死离别之苦，以对话的形式一一展示出来。对话如盐入水，自然无痕。每一个伏笔都一一交代清楚，每一个细节都打磨精致，尤见作家编排故事和剪裁素材的功力。小小说结尾处的清脆车铃声，像一把神奇的钥匙，解开了老庞的记忆之锁，他清晰地意识到，二十年前去世的妻子再也不能回来，他应该勇敢地奔向早已心有所属的苏颖奶奶。作品选择“喜鹊”这种传统文学作品中常见的文学意象，使其成为推动情节发展的道具，也成了促使人物获得幸福的媒介，运用巧妙而自然。

刘海涛在《文体创造的跨体与破体——2021年度好小说·小小说上榜作品》中评价：

津子围的《鹊起》用正宗的小小说叙事方法抒写了一个

独特反常的、反映老年人生存状态的人生故事。两个普通劳动者最深层的人性和最真实的生命状态就是在大脑已失忆的情境下顽强地表现出来的。这篇作品反常的“误会式描叙”充满了人情的温暖和人性的亮点，使作品在写出有积极内涵的本真人性上达到了一个新的文体高度。①

是年，其他相关评论文章还有辽宁大学王雨晴的硕士学位论文《津子围小说创作论》、天津师范大学齐新垚的硕士学位论文《〈十月〉的现实主义品格》、冀东艳的《都市生存图景与精神突围——津子围职场小说简论》（《鸭绿江》第四期）、王雨晴的《津子围城市题材小说的“小人物”聚焦》（《芒种》第四期）。

学术及社会活动方面，编辑完成并出版《从“十三五”到“十四五”产业大调研》（东北财经大学出版社，三月），参加东北振兴研究院理事会议及东北大学东北亚论坛、2021年度经济形势分析与展望专家座谈会，牵头组织“一圈一带两区”调研组赴四川“成渝双核”、山东城市群调研，调研报告受到省委、省政府的高度重视。

参加沈阳师范大学“辽宁文学的现状与未来”研讨会。参加辽宁省作家协会“新锐作家”终评会。作为嘉宾参加省直机关午后文学时光读书活动。参加沈阳出版社《圣地工人村》新书研讨及发布会。十二月，在北京出席第十届全国作家代表大会。

是年，《童年书》入选王德威、宋伟杰主编的《哈佛东北读本》（暂未出版）。《大地的寓言——津子围〈十月的土地〉研究论集》列入辽宁省社会科学院重点课题，课题负责人叶立群。小小说集《半斤星星》列入沈阳出版社出版选题计划。

创作完成短篇小说《遇见》和《大任》，并开始筹备创作长篇小说《辽河传》。

① 刘海涛：《文体创造的跨体与破体——2021年度好小说·小小说上榜作品》，《文艺报》，2022年1月24日。

二〇二二年

六十岁

本年津子围作品出版情况：

出版中短篇小说集1部，小小说集1部。

十一月，中短篇小说集《鸣桥》（江苏凤凰文艺出版社）。

十一月，小小说集《星星之城》（沈阳出版社）。

本年津子围作品发表情况：

发表短篇小说1篇，小小说2篇，中篇小说1篇，随笔1篇。

一月，短篇小说《遇见》（《芙蓉》第一期）。

五月，小小说《本色》（《百花园》第五期）。

九月，中篇小说《三生有幸》（《作家》第九期）。

十一月，小小说《满绿》（《辽宁日报》十一月二十三日）。

随笔《在鸭绿江发小说》。

本年津子围作品转载及收录情况：

小小说《大戏》收入秦俑主编的《2021年中国小小说精选》（长江文艺出版社，一月）。

小小说《鹊起》收入任晓燕、秦俑编选的《2021年中国年度小小说》（漓江出版社，二月）、杨晓敏主编的《2021年度中国作品·小小说》（现代出版社，三月）。

小小说《证人》收入任晓燕主编的《2021中国文学佳作选·小小说卷》（华文出版社，七月）。

短篇小说《遇见》被《小说选刊》第二期转载。

小小说《满绿》被《小小说选刊》第二十三期转载。

本年津子围获奖情况：

话剧《北上》文学剧本获《鸭绿江》文学奖特别奖，由辽宁人民艺术剧院演出的话剧《北上》获第36届田汉戏剧奖剧目类一等奖。

小小说《鹊起》获《小小说选刊》第19届（2021年度）优秀作品奖，获2021“善德武陵杯”全国微小说精品奖二等奖。

长篇小说《十月的土地》获2021年度湘版好书，获第十五届湖南省“五个一工程”奖。

长篇小说《苹果红了》和电视连续剧《粮食1948》获2022年度辽宁省文艺精品创作扶持项目。

长篇小说《辽河传》入选2022年中国作协定点生活项目。

“辽宁生态研究”获辽宁省社会科学规划基金立项重点委托项目（L22AWT003）。

小小说集《星星之城》出版，书中杨晓敏评价：

> 津子围以写长中篇小说为主，获誉甚多，这本小小说集《星星之城》的创作显得驾轻就熟，得心应手，既秉承了《左氏春秋》《阅微草堂笔记》《聊斋志异》深厚传统，又充分借鉴了欧·亨利、博尔赫斯、鲁尔福、科塔萨尔的叙述技巧，所选小说集中刻画了现实生活中的小人物，选材自由，写法多变，人物个性鲜明，文气充沛通达，全方位呈现了小小说世界的丰富性与各种文学品质抵达的可能性。作品富有想象力，情节诡异，立意深远，结局常常出人意料而发人深思。作品能够在小小说“螺蛳壳中的道场”里营造出场景、色彩、气味和温度，追求大境界，对人性有深入的探索和挖掘。作品的内在逻辑连贯无隙，语言有弹性有节奏，显得自然流畅，妙趣横生，阅读起来读者的参与感强。

九月，由叶立群主编，沈阳出版社出版的评论集《大地的寓言——津子围〈十月的土地〉研究论集》出版。

彭定安撰文评价：

> 阅读作家、作品研究论集，可以获得两方面的意义：第一层面，对于“‘作品’与‘作家’的意义”的获得；第二层面，对于“‘作品研究’的意义的获得”。符号学家罗兰·巴尔特有言：作者以其作品提供“原意”；而读者“阅读”，则在“原意”的基础上，创获“意义”。我们从《津

子围〈十月的土地〉研究论集》中，正是可以获得这样两个方面的意义。细品其中的评论和研究论述，我们领略到大的方面的、宏观的“津子围的文学世界”：他的“文学世界”是何等“风光”、何等意义、何等价值。至于作品的具体方面的意义，则有诸多“意义链”丝丝扣扣，连绵而出。如：“‘东北’的‘泥土性’”“兵荒马乱中的大地传奇”“东北地方的历史低语”“东北土地的魂魄”等；更进一步，则有“土地的诗”“土地的悲歌”“土地精魂”“土地与人的亲缘”；再进一步，还有作品的“精神诉求——身与心的生生不息”“执守大地的温情与温暾”“文化精魂”“女性关怀”等。还有作品的艺术性评骘：“家族小说的别样叙述”“作为艺术的家国史”“东北地域文化叙事”“苦难史与伦理寓言”等。①

叶立群提出：

关于《十月的土地》及津子围文学创作，有待于研究者回答的具体问题仍有很多，笔者认为，其中较为重要的有三个：一、津子围的文学创作，是通过什么样的路径创获现代性的，作为他的初始经验的意识根源究竟是什么？近年来，有多篇研究成果涉及了津子围作品现代性的问题：认为津子围的作品具有较强的现代性，并就此进行了探讨与分析。但遗憾的是，其中最为核心的“密码”，仍有待于研究者进行破解；二、如将津子围的文学创作视为一个小的系统，那么，它与更大的系统如东北现代文学——东北文学——东北地域文化之间，与中国现当代文学之间，与世界文学之间，究竟是什么样的关系？此前，虽有研究者进行了探讨和阐述，但仍缺乏完整的答案；三、今后，津子围的文学创作将向何处去，应该向何处去？尽管作家的创作走

① 彭定安：《作家作品研究论集的双重意义》，《中国艺术报》，2022年9月2日。

> 向不是由评论家决定的，也不是研究者能够完全回答出的问题，但它是专业研究者应该高度重视并认真予以回答的问题。[①]

叶立群与程义伟用比较的视野，将端木蕻良的《科尔沁旗草原》和津子围的《十月的土地》相对比，认为：

> 端木蕻良和津子围都是黑土地的歌者，他们追求风格的宏伟性，力图使笔下的整个形象世界与黑土地这一形象协调一致。他们以东北大地的洪荒广漠构成自己作品统一的情调，黑土地的壮美给了他们以阳刚之气。他们的文笔传达出黑土地的粗犷情调，那种带有神秘性的朦胧的美，那种语言的表现力，令人感到诡奇而真实。虽然端木蕻良与津子围的出生年代不一样，经历也不同，但他们都是黑土地的崇拜者，黑土地是他们创作的摇篮，他们的创作凝聚着黑土地博大的气象。端木蕻良的《科尔沁旗草原》和津子围的《十月的土地》同样具有宏阔的文化视野和艺术审美空间，堪称中国东北全景式的人文景观……端木蕻良的《科尔沁旗草原》和津子围的《十月的土地》应该说是书写东北地域文化的“双雄”式作品，也见证着两位作家对东北文学的贡献。如果说，贴进东北黑土地来书写，是津子围彰显文学气象与民族精神的重要依托，那么，坚持现实主义的创作方法，则是其艺术精神的更高体现。津子围的文学创作，有现实主义创作的渊源和脉流，有东北黑土地文化的深刻影响。端木蕻良与津子围，尽管没有直接的传承关系，但又是一脉相承的，他们的文学作品中蕴含和爆发出的生命力，无一例外来源于古老、神秘、厚重的东北黑土地。[②]

---

① 叶立群：《对津子围文学世界的审视与探寻——关于〈十月的土地〉研究的观察、思考》，《大地的寓言——津子围〈十月的土地〉研究论集》序言，沈阳：沈阳出版社，2022年，第11—12页。

② 叶立群，程义伟：《从端木蕻良到津子围笔下的东北文学》，《大地的寓言——津子围〈十月的土地〉研究论集》，沈阳：沈阳出版社，2022年，第100-108页。

张思宁认为：

在《十月的土地》中呈现为农耕文化情结在文学作品中的表白，不仅强化了人对土地的深情，还将集体无意识的意向变成了有形与实实在在，文学价值的文化内涵无疑给文学评论创作缔造了展示活力的空间……他们的作品被聚集在一起时，谁都不会有缺席感，只是他们都是有思想的人，评论的个性化读起来有点像时尚的碎片化阅读，事实上却是一个有机联系的整体，《十月的土地》与《大地的寓言》在时间维度中的相遇建构出全新的意义。①

是年发表了中短篇小说《遇见》和《三生有幸》。

《遇见》被《小说选刊》第一期转载，责任编辑安静评价《遇见》：

人生是一场场遇见和目送，浮云一别，流水十年，或歌或哭的一生倏忽而过。津子围的《遇见》讲述了一趟人世间的旅程，也是穿越时间河流的人情流转和世间百态，剪除广阔生活的枝枝叶叶，直接浓缩成个体的人生简史，开篇的“他”和结尾昏睡的老人都是一个个“我”。这趟旅程的开始涟漪不断，后来遇到大块头、谢顶先生、圆脸女孩，在梦境中，他们分别变成了“我”的儿子、父亲和妻子。小说简化了时间，简化了事件，甚至简化了梦，却呈示出普遍的人生处境，既展现出作者对生活经验的敏感性和概括性，又兼具文本的丰富性、哲思性和寓言性。②

中篇小说《三生有幸》创作于2017年6月的大连。小说结构独特，以平行时空的模式串联起三对爱侣——明贤街的比和雅、广济街的春和风、澄清坊街的兴和颂的人生轮回。剑锋和桂心是他们共同的

① 张思宁：《我们对土地的眷恋》，《沈阳日报》，2022年10月11日。
② 安静：《责编稿签》，《小说选刊》，2022年第1期。

昵称，三段故事时有交织，仿佛三条直线，总会在某个时间点交会后又走向各自的终点。时间与空间在小说里仿佛被压缩，作者想要探讨的不仅是男人与女人的关系，更是人性的共通倾向以及人生宿命意识的轮回感。也许每个独立的个体在近处看各有不同，但从更高远的视角看来，人类无不有着共通的生命体验。

是年，关于津子围的评论发表在期刊上的有：郑思佳的《在“话”与“思”的碰撞中激活东北土地的文化精魂——聚焦“明德学堂”当代作家进校园第一期·津子围与〈十月的土地〉》（《芒种》第一期），张福贵、张佳钰的《东北风俗画中的人性底色与历史重彩——论津子围〈十月的土地〉》（《当代作家评论》第四期），刘大先的《从自然到历史——津子围〈十月的土地〉的风俗与革命》（《当代作家评论》第四期），邹军、张祖立的《作为艺术的家国史——读津子围〈十月的土地〉》（《当代作家评论》第四期），吴金梅、谢丽萍的《民族形象、女性关怀与东北地域文化叙事——津子围长篇小说〈十月的土地〉思想文化意蕴初探》（《渤海大学学报（哲学社会科学版）》第三期），张红翠、岂海赵的《原乡——论津子围〈十月的土地〉的叙事意图》（《渤海大学学报（哲学社会科学版）》第三期），邹军的《土地·家族·边地——津子围小说创作研讨会综述》（《鸭绿江》第四期），胡哲、付瑶的《小人物的困境人生——论津子围的东北城市书写》（《大连大学学报》第四期），胡哲的《东北“地之子”的苦难史诗与伦理寓言——评津子围长篇小说〈十月的土地〉》（《东北大学学报（社会科学版）》第五期），杨晓敏的《好小说应追求大境界——津子围小小说简论》（《芒种》第六期），宋娟、张祖立的《〈十月的土地〉的民间文化呈现与意蕴》（《芒种》第八期），付瑶的《论津子围东北城市书写的魔幻色彩》（《鸭绿江》第十二期），陈祉如的《抗争意识与改革精神——论津子围小说中的东北》（《鸭绿江》第十二期），候花、张维阳的《日常生活的历险与精神焦虑的治愈——论津子围笔下的小职员形象》（《辽东学院学报》（社会科学版）第五期），周秀蕊、张维阳《都市中小人物的人文关怀和精神评判——论津子围的都市题材小说》（《文化学刊》第十一期）。

发表在报纸上的有胡哲的《话剧〈北上〉：彰显信仰的力量》（《光明日报》4月13日），陈广通的《我们与土地的距离——论津子围〈十月的土地〉中的章文德形象》（《工人日报》6月22日），翟永明的《宏大叙事背后的时间秘密——读津子围的〈十月的土地〉》（《湖南日报》6月24日），彭定安的《作家作品研究论集的双重意义》（《中国艺术报》9月2日），张思宁的《我们对土地的眷恋》（《沈阳日报》10月11日）。

此外，还有暂未发表的邵婉莹、张维阳的《“寓言”、“故”事与东北想象——津子围长篇小说〈十月的土地〉》，梁海的《从喧嚣的现实中唤出生活的真谛——津子围小说叙事的哲学意味》，张祖立的《对人的精神世界的深度体悟——谈津子围近年中短篇小说的写作》，翟永明、高小弘的《津子围小说叙事的时空性》，张丛皞的《新时代民族历史文化精神的探源之旅——〈十月的土地〉溯源答案》，史册的《创新视角中的人与土地关系的再认识——评长篇小说〈十月的土地〉》，吴玉杰、王雨晴的《用国际语言讲中国故事的范例——〈十月的土地〉叙事的国际接受研究》。

是年，长篇小说《十月的土地》仍为评论家关注的热点话题。

张福贵、张佳钰从“人是大地的记忆”“在场的民俗与生活”“‘图说’式的温情叙述”三个方面对文本进行了分析与解读，并认为《十月的土地》是对东北文学的有力补充。

> 在东北复杂的现实之中，如何写好东北故事成为所有东北作家所面临的考验，而津子围以真实的魔幻现实主义风格、深刻的人性和厚重的历史感做出了他的回答。在不动声色的注视中，津子围牵引着叙事的线索，从对东北深沉的爱与痛抵达每个人难解的故乡情怀，进而对历史、对乡土、对人性深切的悲悯情怀。①

张祖立、邹军认为：

① 张福贵，张佳钰：《东北风俗画中的人性底色与历史重彩——论津子围〈十月的土地〉》，《当代作家评论》，2022年第4期。

历史小说的写作是有难度的，因为作者必须处理好历史与艺术之间的关系。太实，或者过于历史化，会让小说胶着于现实，丧失想象的空间，进而丧失了审美价值；太虚，或者过于艺术化，则会让小说游离于现实，丧失历史感，进而丧失真实性。因此，处理好历史与艺术之间的关系，考验着从事历史题材写作者的功力，而津子围显然通过了这项考验——在《十月的土地》中，他以艺术的方式，在人的命运中演绎历史，又在历史的滚动中抚慰人的命运，让小说折射出了丰富的异彩。[①]

胡哲认为：

“土地”自身所承载的民间时间中“周期”“回归”“轮回”等文化记忆，使得津子围小说中的叙事时间最终并未流于单向度的线性历史时间，而是在其发展趋向中嵌入了相对封闭的“循环时间”。“循环时间”给作者颇为困惑的时间观带来了心灵震撼，自然也是津子围小说的深邃之处。津子围在小说中显然注意到了“地之子”的主体性问题，与其说其沿着线性时间向现代性深处显露出代际演变的进化轮廓，毋宁说其更置身在具体的历史的民间实践现场中，受到循环、重复，甚至是轮回的“土地”记忆的影响而逐步形成“实践主体”与“精神主体”认同的时间过程。从章兆仁、章文德父子农事生产中随口拈来的“周期”性的农谚经验，到“土地”所浸润的“爱和恨”的记忆在兆仁、文德父子身上的“回归”性的复现，章氏父子“在地”的实践主体活动，典型地言说了历史烟尘中土地与人“如同自己的身躯和血液一样”的必然秩序。在此之上，故事开篇章文德在关帝庙嗅到了生死间“土地”所混杂的“腥味儿”，结尾处章廷寿亦感受到了土地“腥味儿”的存在，这种朴素的

① 邹军，张祖立：《作为艺术的家国史》——读津子围《十月的土地》，《当代作家评论》，2022年第4期。

"土地"体感，实则更隐喻着精神主体层面民间苦难记忆的"绵延交替"与"循环往复"。[①]

张红翠认为：

《十月的土地》在许多方面突破了小说叙事的传统经验，也改变了阅读进程的一般惯性，展现了小说家实践新的写作经验的探索。总体而言，《十月的土地》偏离了塑造核心人物的叙事意图和兴趣，将小说的主要目光聚焦于"土地"——人类的无差别故乡，并通过"章秉麟"的最后出现提示了这种内在结构的实现；《十月的土地》也远离了对现代之物的叙事兴趣，没有表达对现代与传统之间纷争的意见，仿佛一个讲述的"看客"，以极度的克制秉持其客观性。从根本而言，《十月的土地》将叙事的第一性存在归还给大地，完成了一次原乡书写——回忆大地景象、讲述"大地上的事情"。以此，向生养人类生命的土地致以不失幽默但也略带哀伤的敬意。[②]

陈广通认为：

津子围在行将覆灭的旧式家族的历史行程中抽出一个极具典型性的人物章文德，在封建到开放转化当口唱出了土地的挽歌，在人与土地的关系展现中寄寓了人文关怀。这是一场现实的透视，也是一段精神的行旅。是对人类存在方式的思考，也是个人经验的传达。并在思考与传达的过程中为当代文学贡献出了一个崭新的艺术形象。[③]

① 胡哲：《东北"地之子"的苦难史诗与伦理寓言——评津子围长篇小说〈十月的土地〉》，《东北大学学报》，2022年第5期。

② 张红翠，田芳芳：《原乡——论津子围〈十月的土地〉的叙事意图》，《渤海大学学报》，2022年第3期。

③ 陈广通：《我们与土地的距离——论津子围〈十月的土地〉中的章文德形象》，《工人日报》，2022年6月22日。

翟永明认为：

在《十月的土地》中，津子围选择了传统的现实主义叙述方式，放弃了曾频频使用的叙述技巧和花招，这样一种中规中矩保守的叙述姿态是令人惊异的。然而，当小说情节发展到最后，描写章秉麟与章文德灵魂与肉体的错位，弄不清到底是爷爷替孙子活人生，还是孙子以爷爷的视角讲故事时，疑问马上释然，这样一种生命时间错位的描写简直就是神来之笔，它将小说之前竭力逼真描写的现实生活引向了非现实，甚至某些严肃的叙述带有了些许荒诞，因此可以说，《十月的土地》构建的艺术世界是现实的，也是超现实的，它再次证明津子围对时间思考并未中断，相反一直在暗暗延续。①

宋娟、张祖立认为：

津子围在描写所谓的民间文化形态时，是将它们糅合在一个完整的地域空间里（寒葱河、蛤蟆塘等），这个地域性空间是以家族、血缘为纽带，因而作品能够呈现一个生动、完整真实的乡村生态图景，在这个图景和世界中，人的思想精神、情感，人与人、人与自然的关系，各种矛盾产生和解决，很大程度上受到这种文化氛围的影响，而不再是简单的在一种线性关系和逻辑下的更替，从而实现以东北独特文化参与时代演变和小说构建的理想，也赋予这部作品丰厚内涵与独特价值。②

邵婉莹、张维阳认为：

《十月的土地》不仅将这样一个“在地性”的东北加以

① 翟永明：《宏大叙事背后的时间秘密——读津子围的〈十月的土地〉》，《湖南日报》，2022年6月24日。
② 宋娟，张祖立：《〈十月的土地〉的民间文化呈现与意蕴》，《芒种》，2022年第8期。

还原，更为我们理解东北、讲述东北、想象东北提供了一种新的可能。借用鲁迅先生在为萧军《八月的乡村》的序言中写到的那样，《十月的土地》显示中国的过去和未来，一份和全部。[①]

张丛皞认为：

津子围的《十月的土地》作为东北文学的长篇新作，既有新历史主义小说的一贯特色，同时还表现出了非常强的文化的寻根意识和严肃的历史观念。小说围绕土地与人的关系展开的文化生根意识，围绕家族命运展开的民族国家叙事，围绕个体生存困境展开的生命突围之旅，反映出了作者对民族文化传统、中国现代历史、东北地域文化和当代文化命题的诸多有意义和有分量的思索。[②]

史册认为：

《十月的土地》以章家家族为原点映射出对土地问题的透视，还原扎根于土地的神话，解剖建立于土地的秩序，挑战生发于土地的危机，坦然面对轮回于土地的宿命，对二十世纪初至四十年代的东北从文学角度进行了史的书写。[③]

吴玉杰、王雨晴认为：

津子围《十月的土地》是一部生长于东北土地的魔幻寓言。梦幻的故事情节、神秘的人物形象、多线性的叙事结构以及风俗化的东北方言，构成小说独特的东北魔幻气质。将

① 邵婉莹，张维阳：《“寓言”、“故”事与东北想象——津子围长篇小说〈十月的土地〉》，暂未发表。
② 张丛皞：《新时代民族历史文化精神的探源之旅——〈十月的土地〉溯源答案》，暂未发表。
③ 史册：《创新视角中的人与土地关系的再认识——评长篇小说〈十月的土地〉》，暂未发表。

东北与拉美魔幻现实主义进行对照，二者因地域文化和西方现代思潮带来的魔幻叙事异同立现。津子围以“魔幻”接续并重构了东北文学谱系，树立了属于其个人的“魔幻东北”坐标，提供了一种当代东北形象的重新认识，并生成了一种从东北文学进入世界文学的文学经验，使其不限于民族性，更具有世界性。①

综合性评论多关注津子围的城市叙事和东北想象。

胡哲、付瑶认为：

自90年代社会转型以来，津子围逐渐形成了以东北城市为故事发生背景，以城市小人物为书写对象，聚焦社会转型下城中人的突围与自困的叙事模式。作家始终以善意温情目光注视着社会转型时期的东北城市和迷失其中的城市小人物，并以其成熟的叙事技艺和艺术感染力展示东北城市文化的独特肌理，感受小人物的“体温”。津子围城市题材小说的新世纪崛起，预示着当代东北城市文学新气象且经典化气质初显。经历“文革”，走过先锋，停留城市，作为90年代最早书写转型东北的60后作家，津子围无论在思想深度的开掘还是艺术高度的开创所做出的努力都应当得到重新正名。②

付瑶认为：

从小说文本来看，津子围一方面通过对荒诞社会的魔幻性书写，使东北城市转型之痛升华为人类社会普遍之殇……另一方面通过对东北现实社会的具象刻画，作家完成了对人性、命运、伦理等抽象命题的诘问和思考。③

① 吴玉杰，王雨晴：《用国际语言讲中国故事的范例——〈十月的土地〉叙事的国际接受研究》，暂未发表。
② 胡哲，付瑶：《小人物的困境人生——论津子围的东北城市书写》，《大连大学学报》，2022年第4期。
③ 付瑶：《论津子围东北城市书写的魔幻色彩》，《鸭绿江》，2022年第12期。

陈祉如认为：

津子围对丰富的东北历史资源进行挖掘，以文学的形式呈现这片黑土地的落寞与荣光，呈现了东北历史的丰富性，有助于打破读者对东北惯性的认知，塑造了一个又一个热血难凉、有情有义的东北人，对于重塑东北的整体形象具有重要的意义。在这个意义上，津子围有关东北的作品不仅具有文学价值，对于当下的社会发展也具其现实意义。①

侯花、张维阳认为：

对人物和世界的善意是津子围小说的独特部分，他常常以戏剧性的反转来消解人物的苦难或者难题，以温情的结尾表达对人物的祝福，这与津子围看待世界的方式有关，津子围认为这个世界虽然有很多吊诡的事情，有灵魂撕裂的痛苦，有无解的生活困境，有心灵难以承受的苦难，但说到底，这个世界还是有脉脉温情的部分，世界需要这样的温情，所以他希望自己的作品带给读者温暖和平静，通过写作，向读者和世界传达一份善意。②

周秀蕊、张维阳认为：

津子围是都市底层生活的书写者，小公务员、小警察、医生、教师、学生、夜班司机、看门人等普通劳动者，都是他小说的主角，对这些人物的书写可以展现现代都市的各个角落，揭示一个时代的隐秘特征。可以说，津子围是一个敏锐的富有观察力的作家，他积极地关注社会现实，人的异化、生活的荒诞和社会秩序的混乱始终是其都市小说所呈现

① 陈祉如：《抗争意识与改革精神——论津子围小说中的东北》，《鸭绿江》，2022年第12期。
② 侯花，张维阳：《日常生活历险与精神焦虑的治愈——论津子围笔下的小职员形象》，《辽东学院学报》，2022年第5期。

的内容，对都市隐疾的揭示和人的精神面貌的关注，使其作品具有鲜明的人文关怀和批判精神。①

梁海认为：

津子围对现实与人生的书写，具有哲学意味。他将笔触探入生活的细部，超拔出的却是生命的高度。但他并没有执迷于对生活的理解而遗忘了生活本身，而是在生活与理论的辩证运动之中把握生活。只有真正沉潜于生活中，才能够从本体论上理解生活的意义。其实，朝向生活真谛的聚焦一直都来自实际生活，而津子围的文学叙述，恰恰是向我们展现了聚焦“跃入眼帘”的地方。②

张祖立认为：

近年来，津子围的一批中短篇小说都将关注点聚焦到普通人上，一定程度上透露了津子围的写作姿态、价值倾向及写作策略。其实写普通百姓写底层人物及其生活本就是现代作家的一种责任和传统，很多人习惯于称这样的写作为有“温度”的写作，也可以理解为对受现代化巨大力量冲击和涤荡着的普通人精神、命运的一种格外关注。③

翟永明认为：

津子围的小说打破了传统的时空模式，经常使用变形、隐喻、蒙太奇的手法，使他的小说呈现出荒诞的超现实状态，并留下了很多空白和不确定性。但是无论津子围如何游

① 周秀蕊，张维阳：《都市中小人物的人文关怀和精神评判——论津子围的都市题材小说》，《辽东学院学报》，2022年第11期）。

② 梁海：《从喧嚣的现实中唤出生活的真谛——津子围小说叙事的哲学意味》，暂未发表。

③ 张祖立：《对人的精神世界的深度体悟——谈津子围近年中短篇小说的写作》，暂未发表。

走，他的小说创作最终会回归到踏实的现实大地，他温暖地注视着自己笔下普普通通的人们，即使某些人物有着明显的缺点，过着灰色黯淡的人生，他都给予了更多的同情和理解，没有辛辣的讽刺和无情的鞭挞，只有幽默的调侃和善意的批评，怀着对于一个时代的忠诚和良心，如实书写着一个时代的温情与感动。[①]

为创作《辽河传》，九月至十一月深入实地考察辽河。考察的地方有：

东辽河：吉林松源市，辽河源，杨木水库蹬龙首山山城，二龙湖水库，双辽市郑家屯博物馆，西辽河公园和西辽河大桥，三江口，古榆树镇，东辽河大坝等。

辽河干流：辽河干流和平橡胶坝段，青龙山辽河第一湾、卧龙湾，铁岭市昌图县福德店辽河干流源头国家湿地公园，开原古城，辽河英守渡口，铁岭市新调线辽河大桥，凡河口湿地，石佛寺水库，沈北新区七星国家湿地公园，蒲河沈北新区段，沿途调研地坤湖公园及锡伯族文化广场，新民河道牛轭湖，盘锦辽河万金滩闸及水系连通节点工程，辽河口保护区。

西辽河：南源老哈河发源地河北省平泉县七老图山脉的光头岭，宁城县、喀喇沁旗、元宝山区、敖汉旗、翁牛特旗，北源西拉沐沦河发源地内蒙古克什克腾旗白岔山，开鲁、通辽科尔沁区、科尔沁左翼中旗、双辽，汉长城，王子坟，牛河梁博物馆等。

辽河流域浑河和太子河：南芬水系连通及水美乡村试点县项目三道河双股流段和三台子村中草药园段，本溪满族自治县关门山水库国家水利，小汤河天龙洞段防洪治理工程，观音阁水库，大伙房水库，弓长岭区九连洞，灯塔灌区拦河坝，太子河钓水至江官段防洪治理工程，太子河文圣区蒋家湾村，太子河右岸文圣区观鸟台，太子河百里公园，辽阳灌区渠首，牛庄古城，营口大辽河入海口（西炮台湿地公园）。

① 翟永明，高小弘：《津子围小说叙事的时空性》，暂未发表。

辽河流域大凌河： 大凌河第二牤牛河河槽雨洪暗蓄工程，南哨湿地治理保护，大凌河源点，喀喇沁左翼蒙古族自治县羊角沟，大凌河第一湾生态治理保护情况与水系连通工程，大凌河朝阳市城区段治理工程和水文站防汛工作，北票市凉水河湿地及白石水库库区生态治理。并在东西辽河汇合处昌图县长发乡定点深入生活。

是年参加的文学和学术活动有：参加东北振兴研究院半年经济形势分析会。参加东北振兴研究院"数字化转型与东北振兴"座谈会。参加辽宁大学中国历史文献研究会数字文献分会第一届年会暨东北数字人文研究中心揭牌仪式。参加辽宁沿海经济带研讨会。参加"2022年东北振兴论坛"。去山西大同参观古城墙和革命博物馆及大同博物馆等。去葫芦岛觉华岛实地考察收集创作素材。参加省作协公益大讲堂第一讲，为铁岭市基层会员授课《新时代小说创作的思考》。委员提案《关于充分认识民主人士北上的重要意义，建立民主人士北上登陆地标识的建议》获政协辽宁省第十二届委员会优秀提案。

八月，孙子出生，取名张继元，乳名元元。

是年，继续提名辽宁省政协常委。

完成电影剧本《粮食1948》和电视剧《办公室故事》30集剧本。创作完成长篇《辽河笔记》（又名《辽河传》）。

主要参考文献

一、津子围出版作品

1. 张连波，黄瑞：《来自改革试验区的报告》，黑龙江人民出版社，1988年5月。
2. 张连波：《一袋黄烟》，大连出版社，1989年8月。
3. 张连波，黄瑞：《边贸之光》，大连出版社，1990年4月。
4. 津子围：《残局》，群众出版社，1995年1月。
5. 津子围：《残商》，群众出版社，1996年5月。
6. 津子围：《残缘》，群众出版社，1997年6月。
7. 津子围：《相遇某年》，大连出版社，1999年1月。
8. 津子围：《爱的河流》，北方文艺出版社，2000年1月。
9. 津子围：《平民侦探》，群众出版社，2003年1月。
10. 津子围：《我短暂的贵族生活》（布老虎长篇小说），春风文艺出版社，2003年1月。
11. 津子围：《死亡证明》，群众出版社，2003年8月。
12. 津子围：《蛋糕情人》，光明日报出版社，2003年8月。
13. 津子围：《收获季》，太白文艺出版社，2005年1月。
14. 津子围：*Childhood Book*，《童年书》（英文版），Bellco International Publishing Co，2008年5月。
15. 津子围，张仁译：《口袋里的美国》，中国社会出版社，2010年8月。
16. 津子围：《大戏》，大连出版社，2010年8月。
17. 津子围：《同名者》，春风文艺出版社，2010年11月。
18. 津子围：《津子围与大家对话录》，大连理工大学出版社，2011年3月。

19. 津子围：《童年书》，中国青年出版社，2011年5月。
20. 津子围：《大反话》，大连出版社，2014年10月。
21. 津子围：《天堂的钥匙》，中国言实出版社，2017年6月。
22. 津子围：《歌唱的篝火》，中国言实出版社，2017年8月。
23. 津子围：《蓝莓谷》，春风文艺出版社，2017年12月。
24. 津子围：《救赎》，河南文艺出版社，2018年11月。
25. 津子围：《十月的土地》，湖南文艺出版社，2021年1月。
26. 津子围：《鸣桥》，凤凰文艺出版社，2022年12月。
27. 津子围：《星星之城》，沈阳出版社，2022年12月。

二、津子围发表作品

1. 《棋迷》，《牡丹江文学》，1983年第2期。
2. 《豆腐之花》，《牡丹江文学》，1984年第2期。
3. 《寂静的白桦林》，《牡丹江文学》，1984年第6期。
4. 《镜泊湖畔》，《北方文学》，1985年第7期。
5. 《湖崴子里的小船》，《牡丹江文学》，1986年第1期。
6. 《老乡情》，《艺术》，1986年第2期。
7. 《阳差》，《丑小鸭》，1986年第3期。
8. 《谁是导演》，《法律与生活》，1986年第3期。
9. 《鸟墓》，《青年文学》，1986年第3期。
10. 《诗三首》，《牡丹江文学》，1986年第3期。
11. 《小说两篇》，《北大荒文学》，1986年第6期。
12. 《街头》，《青年作家》，1986年第9期。
13. 《刘海儿》，《北方文学》，1986年第11期。
14. 《猎雪》，《牡丹江文学》，1987年第1期。
15. 《采自森林的素描》，《林苑》，1987年第1期。
16. 《奇异的红房子》，《小小说》，1987年第2期。
17. 《黑瞎子沟》，《林业文学》，1987年第4期。
18. 《年华》，《小说林》，1987年第5期。
19. 《老屯的》，《小小说》，1987年第5期。
20. 《写给牡丹江》，《牡丹江文学》，1987年第4期。
21. 《秋雨》，《牡丹江文学》，1988年第4期。

22.《眼睛》，《北方文学》，1988年第5期。
23.《白茫茫湖岸的呼唤》，《林业文学》，1989年第11期。
24.《最后的虎啸》，《东北之窗》，1990年第5期。
25.《三岁不知》，《新春》，1991年第1期。
26.《机关大院里的骚动》，《章回小说》，1991年第2期。
27.《调转》，《朔方》，1991年第3期。
28.《小灰楼》，《海燕》，1991年第6期。
29.《儿子正在扯书》，《大连日报》，1992年2月20日。
30.《老林子》，《五月》，1992年第3期。
31.《津子围的朋友杜磊》，《青年文学》，1992年第11期。
32.《津子围的朋友老胡》，《小说林》，1995年第2期。
33.《津子围的朋友阮作华》，《小说林》，1995年第2期。
34.《别小瞧俄罗斯人》，《青年报刊世界》，1995 年第 5、6 期。
35.《红码头》，《海燕》，1995年第6期。
36.《持绿卡的杜磊》，《小说林》，1995年第6期。
37.《难逃包装》，《中国青年报》，1995年9月17日。
38.《窗口》，《海燕》，1996年第5期。
39.《午夜打电话给谁》，《文学报》，1996年5月30日。
40.《捣碎故事然后结构》，《通俗文艺报》，1996年第50期。
41.《关于"大清"》，《小说林》，1996年第6期。
42.《槐下弥望》，《海燕》，1996年第12期。
43.《某年》，《小说林》，1997年第5期。
44.《大雨》，《鸭绿江》，1998年第2期。
45.《静听天籁》，《海燕》，1998年第12期。
46.《三个故事和一把枪》，《青年文学》，1999年第2期。
47.《开元通宝》，《海燕》，1999年第7期。
48.《老屯旧事》，《林业文坛》，1999年第9期。
49.《自我提升》，《东北之窗》，1999年第9期。
50.《我家的保姆梦游》，《鸭绿江》，1999年第10期。
51.《复活的日子》，《长江文艺》，1999年第10期。
52.《影子爸爸》，《东北之窗》，1999年第10期。
53.《当皇帝不容易》，《东北之窗》，1999年第10期；《经理人》，1999年第11期。

54.《倾听“法布尔”》，《威海日报》，1999年10月14日；《黑龙江日报》，1999年10月15日。
55.《平民侦探》，《牡丹江晚报》，1999 年 11 月 10 日开始连载。
56.《搞点研究》，《小说林》，2000年第1期。
57.《遥远的父亲》，《海燕》，2000年第1期。
58.《平民侦探》，《啄木鸟》，2000年第5、6期。
59.《狼毫毛笔》，《章回小说》，2000年第6期。
60.《寻找郭春海》，《小说林》，2000年第6期。
61.《我为什么写作》，《满族文学》，2000年第6期。
62.《老铁道》，《人民文学》，2000年第7期。
63.《马凯的钥匙》，《鸭绿江》，2000年第8期。
64.《寻找虹》，《海燕》，2000年第8期。
65.《横道河子》，《芒种》，2000年第10期。
66.《都市里的百草园》，《大连日报》，2000年10月26日。
67.《裂纹虎牙》《在河面上行走》，《鸭绿江》，2000 年第 11 期。
68.《长大给父亲买酒喝》，《海燕》，2000年第11期。
69.《共同遭遇》，《芒种》，2001年第1期。
70.《夏季最后的洋槐》，《满族文学》，2001年第1期。
71.《“书法家”酷匪》，《海燕》，2001年第1期。
72.《我眼中的十大遗憾》，《东北之窗》，2001年1月4日。
73.《环境的人文关怀》，《东北之窗》，2001年1月11日。
74.《敲门的学问》，《人力资源杂志》，2001年第1期。
75.《宝石烟嘴》，《海燕》，2001年第2期。
76.《爱的河流》，《大连日报》，2001年2月开始连载。
77.《宁古塔逸事》，《延河》，2001年第4期。
78.《手机锁上了》，《鸭绿江》，2001年第4期。
79.《爱的河流》，《铁岭日报》，2001年4月开始连载。
80.《寻找》，《长江文艺》，2001年第5期。
81.《真诚与感动》，《鸭绿江（上半月）》，2001年第6期。
82.《长大给父亲打酒喝》，《双休日》，2001年第6期。
83.《黄金埋在河对岸》，《章回小说》，2001年第7期。
84.《赌婚》，《章回小说》，2001年第8期。
85.《幸福生活的门》，《半岛晨报》，2001年8月28日。

86.《战俘》，《青年文学》，2001年第10期。
87.《陪大师去讨债》，《鸭绿江》，2001年第11期。
88.《方家族的消失》，《小说林》，2002年第1期
89.《躲避爱情》，《家庭医生》，2002年第1期。
90.《案子》，《上海文学》，2002年第2期。
91.《关于扫描仪的六种说法》，《野草》，2002年第2期。
92.《一顿温柔》，《十月》，2002年第3期。
93.《搓色桃符》，《安徽文学》，2002年第3期。
94.《古怪的马凯》，《时代文学》，2002年第3期。
95.《灵魂的锚》，《统战月刊》，2002年第3期。
96.《心灵的钥匙》，《春风》，2002年第4期。
97.《子安兄，晚安》，《辽宁日报》，2002年4月9日。
98.《遥远的父亲》，《统战月刊》，2002年第4期。
99.《遭遇盗版》，《北方航空》，2002年第5期。
100.《黄金埋在河对岸》，《大连晚报》，2002年5月21日—6月4日。
101.《无处传说》，《清明》，2002年第6期。
102.《天堂的钥匙》，《中华文学选刊》，2002年第7期。
103.《死亡证明》，《新商报》，2002年9月30日。
104.《情感病历》，《布老虎中篇小说》，2002年第10期。
105.《月光走过》《隔街爱情》，《春风》，2002年第10期。
106.《上班》，《山东文学》，2002年第10期。
107.《说是讹诈》，《青年文学》，2002年第11期。
108.《戴黄色安全帽的丈夫》《没什么大事儿》，《延河》，2002年第11期。
109.《生命里生长的树》，《短篇小说选刊版》，2002年第12期。
110.《生命中的树》，《短篇小说选刊》，2002年第12期。
111.《复活的日子》，《镜泊风》，2003年第1期。
112.《小象转笔刀》，《文学少年》，2003年第1期。
113.《悄悄地写作》，《小说精选》，2003年第1期。
114.《我短暂的贵族生活》，《新商报》，2003年2月连载。
115.《死亡证明》，《啄木鸟》，2003年第2期。
116.《蛋糕情人》，《时代文学》，2003年第2期。
117.《大头爸爸和大头儿子》，《文学少年（中学版）》，2003年

第3期。
118. 《遥远的父亲》，《剧作家》，2003年第3期。
119. 《民工大宝的约会》，《鸭绿江（上半月）》，2003 年第 5 期。
120. 《匿名上告》，《岁月》，2003年第9期。
121. 《拔掉的门牙》，《青年文学》，2003年第9期。
122. 《黑客兄弟》，《延河》，2003年第10期。
123. 《写你最想写的东西》，《小作家选刊》，2003 年第 11 期。
124. 《谁最厉害》，《当代》，2004年第1期。
125. 《自己是自己的镜子》，《芙蓉》，2004年第1期。
126. 《持伪币者》，《岁月》，2004年第1期。
127. 《女友逃亡50天》，《章回小说》，2004年第1期。
128. 《求你揍我一顿吧》，《十月》，2004年第3期。
129. 《情报》，《当代小说》，2004年第3期。
130. 《审判》，《十月》，2004年第3期。
131. 《官道与棋道》，《领导科学》，2004年第3期。
132. 《小温的雨天》，《中国作家》，2004年第5期。
133. 《共同遭遇》，《天津日报》，2004年6月10日。
134. 《后窗》，《小说选刊》，2004年第6期。
135. 《每个人的雨天》，《中篇小说选刊》，2004年第7期。
136. 《关门》，《北京文学・中篇小说月报》，2004年第7期。
137. 《阿雪的房租》，《人民文学》，2004年第9期。
138. 《偷窥》，《当代》，2004年第9期。
139. 《老白家》，《春风》，2004年第11期。
140. 《寄生者》，《时代文学》，2005年第3期。
141. 《谁爱大米》，《人民文学》，2005年第6期。
142. 《收获季》，《新商报》，2005年7月至8月。
143. 《国际哥》，《鸭绿江》，2005年第8期。
144. 《时间是最大的“敌人”》，《鸭绿江（上半月）》，2005年第8期。
145. 《茄子》，《岁月》，2005年第9期。
146. 《小站》，《中外读点》，2005年第10期。
147. 《梅加的夏天》，《布老虎中篇小说》，2005年第11期。
148. 《有过青梅》，《上海文学》，2005年第11期。

149. 《辉煌》，《中外读点》，2005年第12期。
150. 《成长》，《芒种》，2006年第1期。
151. 《扑克·暑期战争》，《现代小说》，2006年第1期。
152. 《商店关门了》，《中外读点》，2006年第1期。
153. 《寻找自己的声音》，《文艺报》，2006年1月。
154. 《存枪者》，《山花》，2006年第2期。
155. 《经历》，《中外读点》，2006年第3期。
156. 《遗产》，《大连文艺》，2006年第4期；《鸭绿江》，2006年第5期。
157. 《一园鲜花》，《中外读点》，2006年第4期。
158. 《负翁们》，《中外读点》，2006年第5期。
159. 《依赖》，《中外读点》，2006年第7期。
160. 《做客的父亲》，《辽宁日报》，2006年12月25日。
161. 《低语》，《辽宁日报》，2007年1月8日。
162. 《民间哲学家》，《辽宁日报》，2007年1月15日。
163. 《宠物》，《辽宁日报》，2007年1月29日。
164. 《稻草》，《芒种》，2007年第5期。
165. 《隐姓埋名》，《啄木鸟》，2007年第6期。
166. 《闯绿灯》，《人民文学》，2007年第6期。
167. 《东瀛淘宝》，《大连日报》，2007年6月11日。
168. 《歌唱的篝火》，《芒种》，2008年第4期。
169. 《河里飘梅》，《光明日报》，2008年4月26日。
170. 《世界在惊叹中认识中国》，《光明日报》，2008 年 8 月 20 日。
171. 《博弈》，《人民文学》，2008年第10期。
172. 《大戏》，《山花》，2009年第2期。
173. 《大连，山海间大广场》，《中国国家地理》，2009 年第 9 期。
174. 《大碱馒头》，《芒种》，2010年第1期。
175. 《写作是抖落时间的羽毛》，《光明日报》，2012 年 7 月 17 日。
176. 《老霍丢了》，《山花》，2012年第12期。
177. 《合同儿子》，《中国作家》，2013年第2期。
178. 《明天的太阳》，《芒种》，2013年第4期。
179. 《大反话》，《北京文学》，2013年第6期。
180. 《一县三长》，《鸭绿江》，2014年第1期。

181.《带着雪山旅行》，《芒种》，2017年第4期。
182.《麦村的桥》，《人民文学》，2017年第5期。
183.《大火》，《当代》，2017年第6期。
184.《轩尼诗》，《江南》，2017年第6期。
185.《蓝莓谷》，《百花园》，2017年第6期。
186.《我家老王》，《小说月报原创版》，2017年第8期。
187.《写作课》《祖传的天鸡壶》《1974年天空的鱼》，《百花园》，2017年第9期。
188.《安东》，《天池小小说》，2017年第9期。
189.《歌唱》，《辽宁日报》，2017年9月21日。
190.《救赎》，《小说月刊》，2017年第10期。
191.《说事》，《百花园》，2017年第11期。
192.《蓝哥儿和紫荆》，《百花园》，2017年第12期。
193.《谢谢》，《小说月刊》，2017年第12期。
194.《邮递员的东方》，《天池小小说》，2017年第12期。
195.《大师与棋局》，《鸭绿江》，2018年第1期。
196.《译·择·杀》，《天池小小说》，2018年第1期。
197.《致辞》，《小说月刊》，2018年第2期。
198.《相遇》，《辽宁日报》，2018年2月8日。
199.《释兹在兹》，《芙蓉》，2018年第4期。
200.《鸟的寓言》，《小说月刊》，2018年第4期。
201.《1974年天空的鱼》，《辽宁日报》，2018年4月28日。
202.《掷硬币》，《百花园》，2018年第5期。
203.《演讲》，《小说月刊》，2018年第6期。
204.《扫描仪坏了》，《百花园》，2018年第7期。
205.《半斤星星》，《辽宁日报》，2018年7月25日。
206.《镇秘》，《小说月刊》，2018年第8期。
207.《丑丑》，《百花园》，2018年第9期。
208.《耳光子》，《小说月刊》，2018年第9期。
209.《跨过梅之年》，《百花园》，2018年第11期。
210.《帮帮忙呗》，《小说月刊》，2018年第12期。
211.《荣誉》，《辽宁作家》，2019年第4期。
212.《麦田》，《辽宁日报》，2019年8月7日。

213. 《证人》，《百花园》，2019年第9期。
214. 《勋章》，《百花园》，2019年第10期。
215. 《跨过梅之年》，《微型小说选刊》，2019年第11期。
216. 《二舅的儿子》，《山西文学》，2019年第11期。
217. 《荣誉》，《芒种》，2019年第12期。
218. 《冬天的海峡》，《小说月刊（名家专号）》，2019 年第 12 期。
219. 《十月的土地》，《小说月报原创版》，2020年中长篇小说专号。
220. 《鸟的寓言》，《百花园》，2020年第4期。
221. 《让座》，《辽宁日报》，2020年5月20日。
222. 《隧道》，《大观（师陀小说奖获奖作品选）》，2020年第6期。
223. 《大戏》，《小说月刊》，2020年12月名家专号。
224. 《金蛋》，《百花园》，2020年12月创刊70周年特刊。
225. 《鹊起》，《辽宁日报》，2021年7月21日。
226. 《北上》，《鸭绿江》，2021年第7期。
227. 《遇见》，《芙蓉》，2022年第1期。
228. 《本色》，《百花园》，2022年第5期。
229. 《三生有幸》，《作家》，2022年第9期。
230. 《满绿》，《辽宁日报》，2022年11月23日。

三、著述文献

1. 杨匡汉，孟繁华主编：《共和国文学50年》，中国社会科学出版社，1999年8月。
2. 张学昕：《津子围阅读笔记4篇》，《真实的分析》，春风文艺出版社，2003年1月。
3. 李春燕主编：《19—20世纪东北文学的历史变迁》，吉林人民出版社，2004年4月。
4. 廖一：《新时期东北文学的流变》，吉林摄影出版社，2004年12月。
5. 何青志主编：《东北文学六十年》，吉林人民出版社，2009年8月。
6. 孟繁华：《新世纪文学论稿之文学思潮》，人民文学出版社，2018年5月。
7. 孟繁华：《小说现场：新世纪长篇小说编年》，商务印书馆，2018年10月。

8. 曲彦斌主编：《辽宁文化通史（共9册）》，大连理工大学出版社，2009年12月。
9. 叶立群主编：《大地的寓言——津子围〈十月的土地〉研究论集》，沈阳出版社，2022年版。

四、报刊文献

1. 谭英凯：《创作班上的时间差》，《创作通讯》，1986 年第 5 期。
2. 韦建玮：《船儿已经驶出港湾》，《北方文学》，1986 年第 12 期。
3. 渔翁：《张连波的思索》，《牡丹江日报》，1988年1月6日。
4. 兆力：《略谈张连波小说之“淡”》，《大连文艺界》，1991年第5期。
5. 师子闲：《东北新时期文学十家趣谈》，《渤海商报》，1991年10月22日。
6. 何镇邦：《独特的观照视角，新鲜的艺术风貌》，《大连日报》，1995年3月2日。
7. 何镇邦：《评长篇小说“残局”》，《黑龙江日报》，1995年3月2日。
8. 何镇邦：《九十年代一场悲喜剧》，《新闻出版报》，1995年3月10日。
9. 朱凌波：《从“新生存状态”到“后写实”》，《黑龙江日报》，1995年6月6日。
10. 扬子：《关于“残局”的文学对话》，《大连晚报》，1995年5月14日。
11. 代一：《妙笔挥洒一片情》，《海燕》，1995年第12期。
12. 陆文采：《红码头评论文章》，《海燕》，1996年第1期。
13. 轶戈：《社会转轨期生存状态的体味与表现》，《海燕》，1996年第8期。
14. 王晓峰：《大连长篇小说述略》，《大连文艺界》，1997年第4期。
15. 张学昕：《津子围中盘发力》，《文艺报》，2001 年 11 月 13 日。
16. 张学昕：《“战俘”评论》，《文艺报》，2001 年 12 月 4 日。
17. 张学昕：《钥匙作为权力的实现解码——评小说〈马凯的钥匙〉》，《今日周刊》，2002年2月1日。

18. 刘红兵：《生命是最高的权利》，《辽宁作家》，2002 年第 2 期。
19. 刘红兵：《生命是最高的权利》，《大连大学学报》，2002年第3期。
20. 王干：《看好的作家》，《中华文学选刊》，2002年第7期。
21. 张学昕：《超越世俗的智性叙述》，《春风》，2002 年第 10 期。
22. 刘红兵：《权利的解码》，《短篇小说选刊》，2002 年第 12 期。
23. 高晖：《爱的河流是怎样流淌的——评津子围长篇小说〈爱的河流〉》，《原始阅读》，2003年第1期。
24. 张学昕：《时代生活的显微镜——评津子围长篇小说〈我短暂的贵族生活〉》，《文艺报》，2003年5月。
25. 耿聆：《时代中丢失的爱情——关于“布老虎”新书〈我短暂的贵族生活〉的对话》，《新商报》，2003年5月。
26. 刘恩波：《进入到恒温层的写作——津子围作品印象点滴》，《当代作家评论》，2003年第6期。
27. 黄发有：《不变的慰藉——“布老虎”十年》，《当代作家评论》，2004年第4期。
28. 孟繁华，贺绍俊，李敬泽，秦万里，冯敏等：《知识分子写作的平民化》，《大连日报》，2004年9月。
29. 关军：《津子围：平静地生活和写作》，《新商报》，2004年10月24日。
30. 孟繁华：《津子围的小说》，《鸭绿江》，2005年第8期。
31. 易明：《对大时代城乡小人物的深切关怀》，《文艺报》，2006年2月9日。
32. 杨东城：《津子围——文学精神的秉烛者》，《辽宁作家巡礼》，2008年第16期。
33. 贺颖：《阅读，或作为孤独者的旅行》，《青年文学》，2009年第11期。
34. 叶立群：《经验世界与超验世界的背离和共谋——津子围小说的文本价值管窥》，《小说评论》，2010年第S1期。
35. 孟繁华：《〈口袋里的美国〉：从“悲情”到“批判”的转身》，《人民日报》，2010年9月7日。
36. 冯静：《温情的生命歌者——论津子围新世纪小说中的机关小人物》，《小说评论》，2011年第S1期。

37. 贺颖：《徘徊于命运中的有序与无序》，《燕赵都市报》，2011年5月9日。
38. 孟繁华：《社会密码与文化记忆——评津子围的长篇小说〈童年书〉》，《文艺报》，2011年9月14日。
39. 张学昕：《活在历史与生命记忆中的童年——读津子围的长篇小说〈童年书〉》，《文学报》，2011年9月29日。
40. 高海涛：《津子围〈童年书〉英文版的意义》，《小说评论》，2011年第6期。
41. 吴丽艳：《60后是集体的与个人的精神传记》，《中国青年报》，2011年12月27日。
42. 贺绍俊：《苦涩童年的自由飞翔》，《文艺界》，2011年第12期。
43. 李云雷：《回到童年更能重新开始》，《文艺界》，2011年第12期。
44. 李师东：《童年书写的超越》，《文艺界》，2011 年第 12 期。
45. 孟繁华：《2011什么书让你最难忘？》，《新华书目报》，2012年1月2日。
46. 王春荣：《文学园地里的杂色精灵——辽宁当代短篇小说选读》，《渤海大学学报（哲学社会科学版）》，2012年第3期。
47. 王军辉：《津子围的〈海正蓝〉正在创作中》，《新商报》，2012年5月3日。
48. 王玉春：《时空回眸中的陌生、混沌与内敛》，《海燕》，2013年第1期。
49. 邓丽：《寻找都市温情——津子围小说的现代性探索》，《小说评论》，2013年第S1期。
50. 陈晓明：《津子围的叙述从细中出走》，《文艺报》，2013年7月31日。
51. 阎晶明：《创作于传统与现代之间》，《文艺报》，2013年7月31日。
52. 《海的奉献——大连60后作家“海蛎子组合”北京展评会节录》，《鸭绿江》，2013年第10期。
53. 林喦：《好作家不会被落下——林喦与作家津子围的对话》，《渤海大学学报》，2014年第3期。
54. 岳凯：《走过现代，走过先锋——对津子围近年小说的思考》，《渤海大学学报》，2014年第3期。

55. 秦朝晖，张姣：《为了捕捉那“召唤性的力量”——关于津子围小说近作的散点透视》，《渤海大学学报》，2014 年第 3 期。
56. 秦岭：《走出如戏人生的困境——评津子围小说珍藏版〈大戏〉及其他》，《渤海大学学报》，2014年第3期。
57. 文景：《冷静的中国底层社会叙述者——津子围中短篇小说浅析》，《北方文学》，2014年第5期。
58. 李晓峰：《回到小说——津子围中短篇小说集〈大反话〉》，《大连日报》，2014年12月1日。
59. 李晓峰：《有个性的叙述——评津子围小说中的故事与时间》，《大连日报》，2014年12月13日。
60. 王晓峰：《大连文学又结新果》，《东北之窗》，2015 年第 3 期。
61. 王莉：《大连“60后”作家对大连文化的传播》，《大连干部学刊》，2015年第11期。
62. 贺颖：《以读者的名义——津子围小说〈大戏〉之文本探索》，《山东文学》，2017年第6期。
63. 《〈长大一相逢〉与津子围小说创作研讨会纪要》，《芒种》，2018年第4期。
64. 贺绍俊：《浓缩版的家族小说》，《文艺报》，2018 年 5 月 14 日。
65. 韩传喜：《喧哗与庄严，津子围精心构建的小小说王国——评小小说集〈蓝莓谷〉》，《芒种》，2018年第8期。
66. 张祖立，盛艳：《叙述聚焦的魅力——谈津子围小说〈长大一相逢〉》，《芒种》，2017年第11期。
67. 贺颖：《空与色的美学互文——津子围中篇小说〈长大一相逢〉中的宗教哲理叙事》，《芒种》，2017年第11期。
68. 韩传喜：《相逢不相亲：分崩离析的家族样本——〈长大一相逢〉的“小”现实与“大”历史》，《芒种》，2017 年第 11 期。
69. 孟繁华：《津子围的讲述方法》，《百花园》，2017 年第 9 期。
70. 李帅：《当代东北作家群的研究向度与价值》，《沈阳工程学院学报（社会科学版）》，2019年第1期。
71. 张祖立，吴娅妮：《论津子围小说人物的身份意识》，《大连大学学报》，2019年第2期。
72. 段崇轩：《文学标准与当下创作的“落差”——2018年短篇小说批评》，《文学报》，2019年2月14日。

73. 段崇轩：《短篇小说深处的艺术“坐标”——兼论当下的创作态势》，《作家》，2019年第4期。
74. 吴娅妮：《对普通小人物精神的独特关照——论津子围小说的人物书写策略》，硕士学位论文，大连大学，2019年6月。
75. 贺颖：《镜像：“存在与虚无”——津子围小说作品中的精神重构策略》，《当代作家评论》，2020年第4期。
76. 贺颖：《一个神秘主义者的文学“创世”启迪——关于津子围小说集〈带着雪山旅行〉》，《鸭绿江（上半月）》，2020年第16期。
77. 吴玉杰，王雨晴：《津子围短篇小说叙事模式研究》，《大连大学学报》，2020年第5期。
78. 王雨晴：《津子围“旧事题材”小说与东北文化》，《芒种》，2020年第12期。
79. 冀东艳：《都市生存图景与精神突围——津子围职场小说简论》，《鸭绿江》，2021年第4期。
80. 王雨晴：《津子围城市题材小说的“小人物”聚焦》，《芒种》，2021年第4期。
81. 陈晓明：《土地始终是本质性的存在》，《光明日报》，2021年2月10日。
82. 岳雯：《打开“东北”的“泥土性”》，《工人日报》，2021年2月21日。
83. 韩春燕：《土地上的传奇》，《中华读书报》，2021年2月24日。
84. 王春林：《评津子围长篇小说〈十月的土地〉》，《长城》，2021年第2期。
85. 贺绍俊：《东北土地的魂魄书——津子围〈十月的土地〉人物析》，《当代作家评论》，2021年第2期。
86. 付秀莹：《土地一般的厚重品格》，《文艺报》，2021年4月7日。
87. 李一鸣：《身与心的生生不息》，《中国新闻出版广电报》，2021年4月30日。
88. 傅小平：《在北京图书订货会上暴走三天后，我们发现了这些大放光彩的书》，《文学报》，2021年4月2日。
89. 胡海迪：《话剧〈北上〉：承载历史的艺术远航》，《新世纪剧坛》，2021年第4期。
90. 程光炜：《致土地的诗》，《南方日报》，2021年5月1日。

91. 项静：《看〈十月的土地〉如何写土地的道德》，《中国出版传媒商报》，2021年5月14日。
92. 贺绍俊：《东北土地的魂魄书——津子围〈十月的土地〉人物析》，《文学报》，2021年5月27日。
93. 李娜：《新时代红色题材戏剧的艺术生成——解读话剧〈北上〉的创作路径》，《艺术广角》，2021年第6期。
94. 张弛：《红色题材作品如何“抓人”——从话剧〈北上〉的悬念和危机谈起》，《上海戏剧》，2021年第6期。
95. 宴杰雄：《执守大地的温情与温吞——读津子围长篇小说〈十月的土地〉》，《中国出版传媒商报》，2021年6月25日。
96. 王平，周悦三：《〈十月的土地〉：东北地方的历史低语》，《当代作家评论》，2021年第6期。
97. 宴杰雄：《执守大地的温情与温吞——读津子围长篇小说〈十月的土地〉》，《中国图书评论》，2021年第8期。
98. 张学昕：《家族小说的别样叙述——读津子围〈十月的土地〉》，《出版人》，2021年第8期。
99. 丁科民：《第十七届中国戏剧节剧目快评：史诗品格　正大气象——辽宁人艺话剧〈北上〉简评》，《中国戏剧杂志》，2021年10月27日。
100. 刘海涛：《文体创造的跨体与破体——2021年度好小说·小小说上榜作品》，《文艺报》，2022年1月24日。
101. 郑思佳：《在“话”与“思”的碰撞中激活东北土地的文化精魂——聚焦“明德学堂”当代作家进校园第一期·津子围与〈十月的土地〉》，《芒种》，2022年第1期。
102. 刘小波：《时代漂浮的“尘埃”与落在个体身上的“大山”——2021年长篇小说综述》，《长篇小说选刊》，2022年第1期。
103. 吴金梅，谢丽萍：《民族形象、女性关怀与东北地域文化叙事——津子围长篇小说〈十月的土地〉思想文化意蕴初探》，《渤海大学学报（哲学社会科学版）》，2022年第3期。
104. 张红翠，田芳芳：《现代性叙事的新变——评津子围〈十月的土地〉的叙事意图》，《渤海大学学报（哲学社会科学版）》，2022年第3期。

105. 张福贵,张佳钰：《东北风俗画中的人性底色与历史重彩——论津子围〈十月的土地〉》，《当代作家评论》，2022年第4期。
106. 刘大先：《从自然到历史——读津子围〈十月的土地〉的风俗与革命》，《当代作家评论》，2022年第4期。
107. 邹军，张祖立：《作为艺术的家国史——读津子围〈十月的土地〉》，《当代作家评论》，2022年第4期。
108. 邹军：《土地·家族·边地——津子围小说创作研讨会综述》，《鸭绿江》，2022年第7期。
109. 宋娟,张祖立：《〈十月的土地〉的民间文化呈现与意蕴》，《芒种》,2022年第8期。
110. 胡哲，付瑶：《小人物的困境人生——论津子围的东北城市书写》，《大连大学学报》，2022年第4期。
111. 胡哲：《东北“地之子”的苦难史诗与伦理寓言——评津子围长篇小说〈十月的土地〉》，《东北大学学报（社会科学版）》，2022年第5期。
112. 翟永明：《宏大叙事背后的时间秘密——读津子围的〈十月的土地〉》，《湖南日报》，2022年6月24日。
113. 陈广通：《我们与土地的距离——论津子围〈十月的土地〉中的章文德形象》，《工人日报》，2022年6月22日。
114. 宋娟，张祖立：《〈十月的土地〉的民间文化呈现与意蕴》，《芒种》，2022年第8期。
115. 彭定安：《作家作品研究论集的双重意义》，《中国艺术报》，2022年9月2日。
116. 张思宁：《我们对土地的眷恋》，《沈阳日报》，2022年10月11日。

五、毕业论文文献

1. 冀东艳：《津子围小说论》，硕士学位论文，河北大学，2016年5月。
2. 吴娅妮：《对普通小人物精神的独特关照——论津子围小说的人物书写策略》，硕士学位论文，大连大学，2019年5月。
3. 王雨晴：《津子围小说创作论》，硕士学位论文，辽宁大学，

2021年5月。
4. 韩春燕：《当代东北地域文化小说论》，博士学位论文，吉林大学，2006年10月。
5. 李海燕：《世纪之交：现代性伦理与大陆长篇商界小说研究》，博士学位论文，山东师范大学，2007年4月。
6. 罗执廷：《文学选刊与当代小说的发展——兼论一种当代文选运作机制》，博士学位论文，暨南大学，2008年5月。
7. 韩文淑：《新世纪中国乡村叙事研究》，博士学位论文，吉林大学，2009年6月。
8. 李勇：《论1990年代以来的乡村小说叙事》，博士学位论文，武汉大学，2010年5月。
9. 王月：《新世纪媒介场中的文学生产》，博士学位论文，华东师范大学，2011年3月。
10. 何青志：《隐含作者的多维阐释》，博士学位论文，吉林大学，2011年12月。
11. 李庆勇：《穿行在艺术女神与经济巨人之间》，博士学位论文，吉林大学，2012年6月。
12. 张艳虹：《当代上海市井小说的诗学建构》，博士学位论文，华东师范大学，2017年4月。
13. 刘红兵：《失态的诗神新意识形态笼罩下——1990年代小说的嬗变》，硕士学位论文，辽宁师范大学，2003年6月。
14. 李明德：《当代中国文化语境中的文学期刊研究》，硕士学位论文，兰州大学，2006年4月。
15. 彭晓玲：《男性作家和女性作家短篇小说中的性别差》，硕士学位论文，华中师范大学，2006年5月。
16. 杨立：《出版策划与新时期文学生产——以春风文艺出版社“布老虎”丛书为例》，硕士学位论文，西南大学，2006 年 5 月。
17. 赵倩：《当代中国公安题材小说中的警察形象研究》，硕士学位论文，山东大学，2010年4月。
18. 鲁国军：《新世纪“女性主题”中篇小说研究》，硕士学位论文，辽宁大学，2010年5月。
19. 江丹：《新世纪辽宁青年作家小说创作研究》，硕士学位论文，沈阳师范大学，2011年5月。

20. 周晓楠：《辽宁省作家协会服务职能研究》，硕士学位论文，东北大学，2011年5月。
21. 罗兰：《90年代以来女性农民工文学形象建构与解析——以〈当代〉说起》，硕士学位论文，西南大学，2012年4月。
22. 王静：《"布老虎丛书"文学品牌现象研究》，硕士学位论文，中国海洋大学，2013年5月。
23. 汪全玉：《〈十月〉与中国新时期以来的小说创作》，硕士学位论文，浙江大学，2014年4月。
24. 吴俊仪：《新世纪以来〈十月〉的出版传播特点研究》，硕士学位论文，北京印刷学院，2014年6月。
25. 张茜：《文化地理学视域下的80年代以来的辽宁小说创作研究》，硕士学位论文，辽宁大学，2015年5月。
26. 赵婷婷：《当代文学场中的〈小说选刊〉》，硕士学位论文，南京师范大学，2016年4月。
27. 关聪：《孙惠芬小说的民俗书写》，硕士学位论文，吉林大学，2016年5月。
28. 张文斌：《新世纪文学老年叙事研究》，硕士学位论文，安徽师范大学，2017年5月。
29. 毕彩婷：《网络时代文学期刊〈当代〉的发展途径研究》，硕士学位论文，北京印刷学院，2018年12月。
30. 郑会会：《新时期文学视域下的〈鸭绿江〉研究》，硕士学位论文，渤海大学，2019年6月。
31. 刘政达：《新世纪〈当代〉小说的个体伦理转向》，硕士学位论文，东北师范大学，2020年5月。
32. 赵莹：《夹缝中成长的少男少女——新世纪少年成长小说研究》，硕士学位论文，东北师范大学，2020年5月。
33. 齐新垚：《〈十月〉的现实主义品格》，硕士学位论文，天津师范大学，2021年3月。
34. 胡培安：《时间词语的内部组构与表达功能研究》，博士学位论文，华东师范大学，2005年4月。
35. 丰爱静：《现代汉语主谓结构作主语考察》，硕士学位论文，华中科技大学，2005年5月。
36. 周同燕：《现代汉语体谓结构考察》，硕士学位论文，华中科技大学，2006年5月。
37. 王小穹：《论主谓主语句的构句特点》，硕士学位论文，华中科技大学，2008年6月。
38. 雷丹：《新时期乡村影视的文化透视》，硕士学位论文，四川省社会科学院，2009年4月。
39. 杨宛璐：《新时期农村轻喜剧与农村文化建设》，硕士学位论文，华中师范大学，2011年5月。
40. 袁彦文：《对新时期以来东北农村电视剧中民俗文化的研究》，硕士学位论文，东北师范大学，2013年5月。
41. 胡乐浩：《新农村建设题材电视剧话语分析研究》，硕士学位论文，扬州大学，2018年5月。

后　记

一

国有史，地有志，宗有谱，家有乘，人有传。其中年谱是一种记载人物传记的特殊的文献体裁，与传记不同，年谱主要以谱主为中心，以时间线索贯穿，全面详细地记载谱主的生平。作家的文学年谱，是研究作家创作及作品的基础材料，从基本事实、研究方法到学术观点，都能为后来者的研究提供一份绕不过去的研究成果。

津子围是我长期关注的作家，在进行研究的过程中，我时常有感于材料收集的困难与事实的模糊，这成为我写作本年谱的动力。

本年谱的编辑体例按年度编排，内容包括三个方面。一是梳理津子围当年公开出版和发表的文学作品、学术论文专著与相关评论文章，以及作品的转载和获奖情况。二是以当年发表的作品为中心，归纳并总结围绕作品产生的评论观点。三是概述津子围当年的生活、学习和工作经历以及重大事件。

本年谱试图全方面、多角度地记载津子围自出生至今所走过的道路，力求真实、准确、详细地反映津子围的生活轨迹、文学创作、事业乃至心路历程，以呈现一个更加立体、丰满、可接近的作家形象，为后来的研究者提供真实可靠的基础事实材料，甚至为理解作家的文学观念和创作思想、生成更多阐释空间提供更丰富的参照。

本年谱的写作，主要通过收集整理公开发表的资料和参考查阅部分内部资料进行编写，有关谱主的生平经历等内容则已向本人求证并征得同意发表。另外，受自己的视野和能力水平所限，难免存在错误疏漏之处，恳请各位专家学者谅解和指正。

二

写作本书，也令我对津子围有了更全面、更深层的了解，对其作品乃至定位也有了更清晰的判断。

津子围是最早进行城市文学创作的作家之一，吹响了城市文学的先锋号角并延续至今。一九九九年，李洁非在杨匡汉、孟繁华主编的《共和国文学50年》第六章“城市时代和城市文学”中，就将津子围的《三个故事和一把枪》作为研究对象，津子围第一次通过城市文学进入文学史视野。此后，津子围塑造了商人、白领、警察、公务员、教师等生活在城市中的一系列小人物形象，其中“马凯”“罗序刚”可成为代表机关小公务员和警察的典型人物形象。津子围的城市文学作品，表现了城市化进程中的社会转折，反映了时代转折中人们复杂迷惘的时代情绪，揭示了都市文明的金钱、权力、欲望的物化主题。

津子围是融现代主义于现实主义题材创作的作家。津子围开始写作的20世纪80年代中期，正值西方现代主义思潮在中国兴起，自此现代派的影子在津子围的作品中若隐若现，评论界曾称之为被先锋落下的人。二〇〇四年四月，李春燕主编的《19—20世纪东北文学的历史变迁》的第七编第二章中，将津子围的写作特点总结为“荒诞的超验与智性的黑色幽默”，指出津子围小说中的现代和后现代色彩。但中国的文学传统始终离不开现实主义，热潮退去，荒诞和幽默则留在了津子围的现实主义题材小说之中，一方面丰富了小说的叙事技巧，一方面也扩大了文本的阐释空间。二〇〇四年十二月，廖一在《新时期东北文学的流变》中将津子围定位为先锋作家，指出津子围的叙事方式、写作态度既不同于马原的渲染形式，也不同于余华的零度冰点，而是在黑色幽默的氛围中以超验的体验展开慢吞吞的甚至懒洋洋的描述，使人感受现实的苦涩、变形与破碎，津子围小说的智性与超验一直在表达传统与现代碰撞时人的伦理、爱情、人性的碎片、不适应和变异。津子围小说对传统的颠覆也表现在其作品不断变化的出人意料的结局……而以现代理性思索剖析当代东北社会生活中后现代元素对人性的异化，则充满机警的智性。二〇〇九年八月，何青志在其主编《东北文学六十年》中评价津子围的小说："运用了现代主义的艺术手法透视了现代人的荒诞与异化，将现代人内心的迷茫困惑与失落展示得淋漓尽致。"

津子围创作视野宏阔，涉猎广泛，包罗万象，同时他的大量作品关注社会底层，为小人物书写，体现悲悯情怀。二〇一三年，北京现代文学馆举办了"海蛎子组合"研讨会，此次会议上，评论家对津子围的创作定位有了端倪，如李敬泽延续二〇〇四年研讨会提出的津子围创作"高原现象"，陈晓明概括为"灰色幽默"，何向阳概括为"冷幽默"，阎晶明认为津子围"小说处在一个传统小说和现代小说过渡的一种创作"。二〇一七年，孟繁华在《新世纪文学论稿之文学思潮》中大篇幅论述长篇小说《口袋里的美国》，认为《口袋里的美国》是一个关于美国的"外部想象"的寓言，它在政治范畴内为我们提供了新的阐释空间，同时也改写或者终结了以往对西方书写的"悲情"的历史。

津子围是具有地域文化意识的东北作家。在津子围的文学世界中，始终存在着一条明晰的东北文学线索，林喦以"旧事"题材小说作为概括。津子围的"文学东北"，多以日常审美性叙事的方式呈现，描绘大历史下的个人情状，展现了东北的民间风俗样态和社会文化心理，语言间饱含回忆与怀恋的真情流露。《童年书》不无萧红《呼兰河传》的影子，被孟繁华列入《新世纪文学论稿之文学思潮》"文学大东北：地缘文学的建构与想象"章节之中。《十月的土地》则被中国社科院文学所白烨称为"东北版的《白鹿原》"。津子围的文学东北世界，为我们提供了独属于东北人的集体记忆，却也是作家忠于自己的"这一个"东北想象。

在写作之外，津子围的主业是一名公职人员，任职于国家政府部门，同时在经济学、人力资源、公共管理等专业从事研究。可以明确的是，津子围是一个集作家、学者、官员三重身份于一体的人文知识分子，三重身份互相影响，共同构成了津子围的价值观念和思维方式，成为他进行写作的独特资源。因此，他的知识分子视角写作、东北历史活化的呈现以及对都市白领、商界人士、普通市民的书写，在近600万字的文学作品中展现了一个时代“百科全书”式的繁复图景。阅读津子围，理解津子围，只有在大时代中发现他细微的生活，才能更好地接近作家本身，更加准确地把握作家真实的一面，从而理解在历史的留白处那个更广阔的文学空间。

三

编写本书的过程，就像是一次沿着作家足迹前行的时空交流，这无疑成为我人生中一次非常重要的学习经历。

特别感谢津子围老师为本书的编写提供宝贵的原始资料，并耐心回答各种细枝末节的问题，本书内容的真实性、准确性、全面性因而得以保证。

非常感谢我的导师吴玉杰教授，给予我热心的指导，提出了极具建设性的意见，使我受益匪浅。

感谢出版社的同人，为本书的出版付出的努力。